dtv

W0416697

Anthony Powell

Die Kunst des Soldaten

Roman

Aus dem Englischen
von Heinz Feldmann

dtv

BSCW Stiftung

Brougier-Seisser-Cleve-Werhahn-Stiftung

Die Übersetzung dieses Bandes
wurde mit freundlicher Unterstützung
der Brougier-Seisser-Cleve-Werhahn-Stiftung ermöglicht.

Von Anthony Powell ist bei dtv außerdem lieferbar:
Eine Frage der Erziehung (14594)
Tendenz: steigend (14595)
Die Welt des Wechsels (14596)
Bei Lady Molly (14628)
Casanovas chinesisches Restaurant (14637)
Die Wohlwollenden (14679)
Das Tal der Gebeine (14680)

Ausführliche Informationen über
unsere Autoren und Bücher
www.dtv.de

FSC www.fsc.org MIX Papier aus verantwortungsvollen Quellen FSC® C019821

2020 dtv Verlagsgesellschaft mbH & Co. KG, München
Lizenzausgabe mit Genehmigung des Elfenbein Verlags
© 2017 Elfenbein Verlag, Berlin
Die Originalausgabe erschien 1966 unter dem Titel
›The Soldier's Art‹ bei William Heinemann, London.
›The Soldier's Art‹ © John Powell and Tristram Powell, 1966
Umschlaggestaltung: Wildes Blut, Atelier für Gestaltung, Stephanie Weischer
unter Verwendung eines Fotos von Getty Images/Imperial War Museum
Satz: C.H.Beck.Media.Solutions, Nördlingen
(Satz nach einer Vorlage des Elfenbein Verlags)
Druck und Bindung: Druckerei C.H.Beck, Nördlingen
Printed in Germany · ISBN 978-3-423-14734-7

I

Ich erstand meinen großen Militärmantel gleich zu Anfang dieser ganzen Sache, und zwar in einem der Läden in der Nachbarschaft der Shaftesbury Avenue, wo sie neben Offiziersausstattungen und Sportartikeln auch Theaterkostüme verleihen oder verkaufen. Die Atmosphäre im Inneren, bedrohlich wie in einem orientalischen Basar, suggerierte heimliche Geschäfte, verstohlenen, wenn vielleicht auch nicht ungesetzlichen Handel, und sie erhöhte noch meine Anspannung bei diesem für mich neuen Unterfangen. Der Verkauf fand im oberen Stockwerk statt, in einem dunklen, mysteriösen, mit Skiausrüstungen und Reithosen drapierten Raum, in dessen hinterem Bereich zwei kopflose Puppen in steifer Habachtstellung hinter den Glasscheiben einer hohen Vitrine ausgestellt waren. Eine dieser Figuren trug das mit glitzernden diagonalen Streifen besetzte Trikot eines Harlekins; die andere die scharlachrote Galauniform eines Infanterieregiments – allegorische Gestalten, so schien es mir, die den Dualismus des sie umgebenden antithetischen Warensortiments repräsentierten: das Zivile und das Militärische, Arbeit und Spiel, Distanziertheit und Involviertheit, Tragödie und Komödie, Krieg und Frieden, Leben und Tod.

Der Verkäufer, gebeugt, schon älter, mit Bart und dem der Atmosphäre angemessenen Gebaren eines levantinischen Händlers, holte den Mantel aus einem verborgenen, im Halbdunkel liegenden Winkel und half mir ehrerbietig in dieses doppelreihige, mit Messingknöpfen besetzte, steif-faltige, khakifarbene Kleidungsstück. Er knöpfte es mit schnellen, knochigen Fingern zu und schlug die Aufschläge bis zum Hals hoch; dann trat er zwei Schritte zurück, um die Wirkung zu prüfen. In dem dreiseitigen großen Spiegel in meiner Nähe überprüfte auch ich die Rückenansicht des bis zu den Waden hinunterreichenden Mantels und wurde mir dabei bewusst, dass ich, sozusagen kraft dieser militärischen Kostümierung, bald wie Alice durch den Spiegel in eine Welt schweben würde, die nicht weniger rätselhaft war als die jenes Mädchens.

»Wie gefällt er Ihnen, Sir?«

»Gut, denke ich.«

»Wie für Sie gemacht.«

»Er passt sehr gut.«

Er löste jetzt langsam, einen nach dem anderen, die Knöpfe. Dabei starrte er schweigend vor sich hin, so als ob er über etwas nachdenke.

»Ich glaube, ich kenne Ihr Gesicht«, sagte er.

»Wirklich?«

»War es ›Die mittlere Wache‹?«

»War was die mittlere Wache?«

»Die Theateraufführung, in der ich Sie gesehen habe.«

Ich habe absolut kein schauspielerisches Talent, überhaupt keins – ein grundlegendes Handicap bei fast allem, was man im Leben unternimmt; aber andererseits besitzen schließlich auch viele Schauspieler herzlich wenig davon. Es bestand kein Grund dafür, dass er nicht annehmen sollte, die Bühne könne genauso gut mein Beruf sein wie jeder andere auch. Doch mit etwas identifiziert zu werden, das vielleicht eine Spur profunder war als eine altmodische Farce, die das lärmend-fröhliche Leben in der Waffenkammer eines Schiffes der Royal Navy zum Gegenstand hat, wäre möglicherweise meinem Selbstwertgefühl zuträglicher gewesen; ich hielt aber eine nähere Beschreibung meiner persönlichen Umstände bei dieser Gelegenheit für zu mühsam und auch für fehl am Platz. Ich nahm deshalb seine Einschätzung, so ernüchternd sie auch war, ohne Widerspruch hin und beschränkte mich lediglich darauf zu verneinen, dass ich in diesem besonderen Klamaukstück mitgespielt hätte. Er half mir aus dem Mantel und schüttelte mit ernster Miene die Falten glatt.

»Und wofür wird dieser gebraucht?«

»Welcher?«

»Der Mantel – wenn ich mir die Frage erlauben dürfte?«

»Nur für den Krieg.«

»Oh«, sagte er begierig, ›Der Krieg‹ …«

Es war offensichtlich, dass ihn die jüngsten politischen Ereignisse völlig unberührt gelassen hatten; dass er ein Alter erreicht hatte, in dem er vielleicht desillusioniert war von den Gemeinplätzen des Lebens – ein zu eifriger Theaterbesucher, um noch für irgendetwas anderes außer den Schauspielkritiken in der Presse, so mittelmäßig sie auch geschrieben sein mochten, Zeit erübrigen zu können und um den Zeitungsberichten über die internationalen Krisen zu erlauben, die Lebhaftigkeit seiner ästhetischen Betrachtungen zu umwölken. Das war eine verständliche Einstellung.

»Ich werde mir die Aufführung merken«, sagte er.

»Tun Sie das bitte.«

»Und Ihre Adresse?«

»Ich nehme ihn gleich mit.«

Die Zeit war knapp. Jetzt, wo der Vorhang aufgegangen war zu dem alten Lieblingsstück – »Der Krieg« –, in dem mir, wie es schien, eine Statistenrolle zugedacht war, würden die Tage, die mir noch verblieben waren, bevor ich mich meiner Einheit anzuschließen hatte, für die Kostümprobe genutzt werden müssen. Ich durfte die Stichworte nicht verpassen. Je mehr ich darüber nachdachte, desto angemessener erschien mir die Metapher. Außerdem, die Kleidung macht den Mann aus – wenn nicht den ganzen, so doch einen großen Teil von ihm, besonders wenn es sich um die Uniform handelt. Nach ein paar Minuten hielt ich das Paket, ein ziemlich sperriges, in Händen.

»Ich hab versucht, ihn handlich zu verpacken«, sagte er. »Aber ich vermute, das Theater ist gleich in der Nähe.«

»Das Theater des Krieges?«

Er sah mich eine Sekunde lang verwirrt an, dann, meine Bemerkung für ein dunkles Bonmot aus der Welt des Theaters haltend, nickte er anerkennend.

»Ich wünsche Ihnen eine lange Laufzeit«, sagte er und schlug seine alten, mageren Hände wie zum Applaus zusammen.

»Danke.«

»Einen guten Tag, Sir, *ich* habe zu danken.«

Ich verließ den Laden, erlaubte mir aber noch einen letzten Blick auf die beiden prächtig gekleideten Puppen, die von ihrem Glasgefängnis aus die düster-beklemmende Welt der mit Tweed und Whipcord behangenen Kleiderbügel überblickten. Wenn ich es recht bedachte, waren diese kopflosen Figuren vielleicht gar nicht antithetisch, sondern repräsentierten vielmehr »Ehre und Witz, in der Hölle sie sitz'«, auf die sich der Teufel in Kiplings Gedicht bezieht. Sie saßen hier zwar nicht, sondern standen, aber die genaue Körperhaltung war nur Nebensache. Der eigentliche Punkt war, dass sie genau die richtige Kleidung trugen, während ihre Kopflosigkeit – ähnlich der Augenbinde der Liebe und der Justitia – sehr wohl auf die unerbittliche Vorbestimmtheit ihres gemeinsamen Schicksals hinweisen mochte, eines Schicksals, das selbst der Krieg nicht ändern konnte. Ja, der Krieg, der diesen beiden Attributen, »Ehre und Witz«, wahrscheinlich ein unbegrenztes Feld der Verwirklichung bot, würde ihre letztliche Fatalität eher noch intensivieren als mildern. Während ich in dem blassen, wie unwillig gewährten Sonnenschein des Londoner Dezembers, einem fahlen, doch so vertrauten Licht, über diese Vermutung nachgrübelte, erkannte ich die Weinhandlung wieder, die mir wegen der Flasche Portwein – wenn denn jene Flüssigkeit so bezeichnet werden konnte –, die Moreland und ich Jahrhunderte zuvor an jenem Sonntagnachmittag mit so großen Hoffnungen gekauft hatten, die aber zu trinken wir dann später gänzlich unmöglich fanden, ewig im Gedächtnis bleiben wird.

Wenn ich jetzt von einer beunruhigenden, doch gleichzeitig auch monotonen Gegenwart aus zurückblickte, erschienen mir diese Tage mit Moreland als eindeutig arkadisch. Auch das drohende Arbitrium zum Kriege hin (so der ziemlich geschraubte Ausdruck von Premierminister Chamberlain in seiner Radioansprache) hatte den Wochen, die mit dem Kauf des Militärmantels endeten, eine gewisse makabre Erregtheit verliehen. Jetzt, etwa vierzehn Monate später, schien jener Tag kaum weniger weit zurückzuliegen als die Opferung der Flasche Portwein. Das Letzte, das ich von Moreland (in einem von Isobels Briefen) gehört hatte, war, dass eine musikalische Verpflichtung ihn nach Edinburgh gebracht habe. Aber auch diese Information war mir schon vor langer Zeit geschickt worden, kurz nach meiner eigenen Ankunft bei der Division. Seit damals tat ich nun schon eine Million Jahre lang Dienst in diesem Hauptquartier, besaß ich kein Eigenleben außerhalb der Armee, hatte ich keinen Meister außer Widmerpool und keine Tischgenossen außer Biggs und Soper.

In der Zwischenzeit hatte der Krieg selbst verschiedene Phasen durchlaufen, einige davon äußerst unbehagliche: Frankreich war besiegt, Europa überrannt, eine Invasion Englands stand drohend bevor, der Luftkrieg über London war eröffnet. Im Zusammenhang mit dem letzteren Aspekt berichtete Isobel auch von dem spezielleren Ereignis eines Volltreffers auf Barnbys Fresken im Donners-Brebner-Gebäude. Meine Erinnerungen an diese Bilder waren jetzt genauso verschwommen wie die an Barnby selbst, der gegenwärtig als Tarnungsoffizier bei einer entfernt stationierten Einheit der Royal Air Force Dienst tat. In der letzten Zeit gingen die Dinge zwar ein wenig aufwärts – in der westlichen Sahara zum Beispiel –, aber die allgemeine Situation bot noch beträchtlichen Raum für Verbesserungen, ehe man sie auch nur im geringsten Maße als zufriedenstellend betrachten konnte. Die Offiziersmesse F, von Widmerpool als »... tief, aber nicht der Bodensatz des Stabs beim Divisionshauptquartier« definiert, vermochte nichts an meinem Gefühl zu ändern, dass vieles im Argen lag in dieser Welt.

Nach dem ersten Luftangriff auf unseren Ort – bei dem tausend Menschen getötet wurden, was in diesem Stadium des Krieges als eine sehr große Zahl für eine Provinzstadt in einer Nacht erachtet wurde – befahl Generalmajor Liddament, der Divisionskommandeur, dem Verteidigungszug, den ich vorübergehend kommandierte, innerhalb des Bereichs, in dem die

Soldaten ihre Quartiere hatten, in der Zeit zwischen dem Ertönen des Fliegeralarms und der Entwarnung Maschinengewehre aufzustellen. Dies war nichts als Drill – und Schießen gar nicht vorgesehen, außer es ergaben sich ungewöhnliche Umstände, Sturzflugbombardierungen zum Beispiel; und natürlich hatte das Kommando normale Flugabwehrbatterien eingerichtet. Angekündigt durch den melancholischen, dem rituellen Klagegeschrei barbarischer Totenfeiern ähnlichen Grabgesang der Sirenen, pflegten die deutschen Flieger immer kurz vor Mitternacht – sie hatten einen langen Weg zurückzulegen – und prinzipiell etwa eine halbe Stunde, nachdem ich eingeschlafen war, aufzutauchen. Sie flogen stets in verhältnismäßig großer Höhe quer über die Stadt, kreisten dann tiefer herunter und brummten schließlich genau auf ihre Bahn zurück, bevor sie, manchmal auf gut Glück ein paar Brandbomben in der unmittelbaren Nachbarschaft der Messe abwerfend, zu dem ernsthafteren Geschäft der Bombardierung von Docks und Schiffswerften weiterflogen. Dieses Kreisen über dem Hafen dauerte an, bis es Zeit für sie wurde umzukehren. In solchen Nächten ließ sich, nachdem die Waffen zurück zum Waffenlager gebracht und die Abteilungen in ihre Unterkünfte entlassen waren, nicht mehr viel Schlaf einfangen.

Die letzten abgehackten, erstickten Noten des zu Ende gehenden Alarms erinnerten mich stets an unangemessen gespielte Musikinstrumente, an General Conyers und seine Wiedergabe von Gounod oder Saint-Saëns auf dem Cello zum Beispiel oder an jenen auch oft Saint-Saëns spielenden Günstling Morelands, den wie ein Pirat aussehenden Mann mit dem altmodischen Holzbein und der Klappe über einem Auge, der in einer der Nebenstraßen des Piccadilly Circus auf seiner Fiedel herumkratzte. Immer noch verschlafen, begann ich mich im Dunkeln anzuziehen, denn in dem vorhanglosen Schlafzimmer Licht anzuschalten hätte das mühevolle Anbringen der Verdunklungsbretter an dem Fenster vorausgesetzt. Vielleicht war es ja eine lohnende Aufgabe, die musikalischen Variationen der verschiedenen Formen des Fliegeralarms zu studieren. Wo Isobel lebte, auf dem Land, übermittelte der Pfarrer, als Hauptluftschutzwart, den örtlichen Alarm persönlich über Telefon. Entweder um die Ernsthaftigkeit der Benachrichtigung zu betonen oder weil das Intonieren für einen Mann seines Berufes zur zweiten Natur geworden war, sprach er die Worte stets in einem imitierenden Ton und gab seiner Stimme das heulende Auf und Ab der Sirene:

»... Fliegeralarm ... *Fliegeralarm* ... Fliegeralarm ... *Fliegeralarm* ... Fliegeralarm ... *Fliegeralarm* ...«

Solche Träumereien flogen mir aus den Schatten des Zimmers zu, ebenso wie die Hoffnung, dass die deutsche Luftwaffe, eingedenk der Dauer ihres Rückflugs, ihre nächtlichen Aktivitäten nicht mit allzu großer teutonischer Gewissenhaftigkeit in die Länge ziehen möge. Am folgenden Tag würde ein dreitägiges Manöver des Kommandos beginnen, und dann würde, was meinen Verteidigungszug anging, Schlaf vielleicht ebenso schwer zu bekommen sein. Die Luft draußen auf der Straße war schneidend kalt, obwohl sich inzwischen spärliche Anzeichen des Frühlings in der umliegenden Landschaft, in der heckenlose Felder durch ramponierte Steinmauern voneinander getrennt waren, bemerkbar machten. Das Mondlicht musste gegen den schnell wachsenden Bereich der künstlichen Illumination ankämpfen, die jede Verdunklung belanglos erscheinen ließ. Ich hatte die Abteilungsposten nacheinander zu inspizieren. Die Flak erzeugte bereits einen beträchtlichen Lärm. Einmal schlug ein winziger Granatsplitter mit einem blechernen Scheppern wie bei einer Attacke mit einem Blasrohr gegen das Metall meines Helms. Die Maschinengewehrabteilung an der Ecke des Sportfelds, die als letzte aufzusuchen war, hatte ihre Waffe bereits in eine schussbereite Stellung gebracht und eröffnete mir in einem eher entschuldigenden Ton, dass sie gerade eine Salve abgefeuert habe.

»Waren es leid, hier nur herumzuhängen und zuzusehen, wie sie diese Dinger abwarfen«, sagte Unteroffizier Mantle,

»und so haben wir dann eine der Leuchtraketen heruntergeholt, ehrlich gesagt.«

Seine Brille gab ihm das Aussehen eines gebildeten, gelehrten Mannes, das so gar nicht zu einer solchen ungeduldigen und heftigen Handlung passte. Er war ein junger, energiegeladener Unteroffizier, der als einer der Kandidaten für eine Offizierslaufbahn vorgesehen war, wenn dies nicht durch Oberst Hogbourne-Johnson verhindert wurde, der in der letzten Zeit Zeichen der Obstruktion in diesem Bereich zu erkennen gegeben hatte.

»Wir werden für diese Ladungen Bericht erstatten müssen.«

»Ich werd daran denken, Sir. Ich hatte allerdings noch ein paar in der Hinterhand. Das ist immer gut für den Fall, dass es eine dieser unangekündigten Munitionsinspektionen gibt.«

Eine unförmige, untersetzte Gestalt in einem Regenmantel kam aus der Dunkelheit auf uns zu. Das Kleidungsstück war so lang, dass es ihr fast bis auf die Fersen reichte. Sie erwies sich als Bithel. Es war unmöglich zu sagen, warum er zu dieser Nachtstunde während eines Luftangriffs herumwanderte. Seine Dienste als verantwortlicher Offizier der Feldwäscherei konnten in diesem Augenblick wohl kaum gefragt sein. Als er uns erreichte, sagte er:

»Man kann bei diesem Lärm einfach nicht schlafen.«

Er sagte das in einem gereizten Ton, so als ob die leicht zu erreichende Abhilfe von der verantwortlichen Autorität aus irgendeinem Grund verweigert worden sei.

»Ich hab auch diese Pillen nicht mehr«, fuhr er fort. »Ich bin mir nicht mal sicher, ob man die überhaupt noch bekommen kann. Werden nicht mehr verkauft, wie so viele andere nützliche Artikel heutzutage. Ich hielt es für klüger, einen Helm aufzusetzen. Ist sowieso Vorschrift, nehme ich an. Ich wusste gar nicht, dass du oder jemand anders vom Divisionshauptquartier bei solchen Gelegenheiten Dienst hat. Organisiert nicht das Einsatzkommando diese Pom-Pom-Schnellfeuerkanonen? So heißen die doch, glaube ich. Dann gibt es da noch das Bofors-

Geschütz. Das ist auch eine Flugabwehrkanone, nicht wahr? Schwedisch. Ich sollte viel mehr über die Royal Artillery und ihre Funktionen wissen. Man hat ja als Infanterist nichts damit zu tun, obwohl ich einiges aufgeschnappt habe, seit ich bei der Division bin.«

Er lächelte verlegen und sah, wie immer, aus, als erwarte er eine Abfuhr. Einige Monate zuvor hatte er seinen unordentlichen Schnurrbart abrasiert, den er trug, als er sich, von irgendeinem hinterwäldlerischen Zweig der Landwehr kommend, unserem früheren Bataillon anschloss. Diese physische Veränderung, die mehr im Einklang mit seinen anderen natürlichen Eigenschaften stand, betonte in seinem großen Mondgesicht noch zusätzlich die unglaublich stümperhafte Anpassung seiner falschen Zähne. Dass Bithel so vergleichsweise lange das Kommando über die Feldwäscherei behalten hatte, grenzte an ein Wunder. Sein Überleben war hauptsächlich der Tatsache zuzuschreiben, dass diese Einheit nur aus Gründen administrativer Zweckmäßigkeit mit der Division verbunden war, nie einen offiziellen Bestandteil von ihr bildete und folglich auch kurzfristig von ihr abgezogen werden konnte. Dementsprechend wurde ihr auch nie eine große disziplinarische Aufmerksamkeit zuteil. Zudem hatte Bithel insofern Glück, als Feldwebel Ablett sein Untergebener war, der wahrscheinlich den größten Teil der Verwaltungsarbeit leistete. Es gab noch einen weiteren Grund, der eine Rolle dabei spielen mochte, Bithels Absetzung, die letztlich unumgänglich war, hinauszuzögern. Er sprach gewöhnlich enthusiastisch von seiner eigenen Verbindung mit der Welt des Theaters – Prahlereien, die sich bei näherer Untersuchung darauf reduzierten, dass er einige Monate lang an dem Theater der Provinzhauptstadt, in der er eine Zeitlang ein prekäres Leben gefristet hatte, am Empfang tätig gewesen war. Er hatte den Job verloren, als das Schauspielhaus in ein Kino umgewandelt wurde, aber einige Krümel thespischen Prestiges hingen, zumindest seiner eigenen Einschätzung nach, immer noch an Bithel, so dass, als der für die Feldhygieneeinheit verantwortliche Offizier – traditionell der Impresario der Unterhaltungstruppe der Division – mitten in den Probearbeiten erkrankte, das Unternehmen Bithel übertragen wurde, der auch als Produzent und Regisseur eine ganz passable Show auf die Beine stellte.

Dennoch, dass er früher oder später geschasst werden würde, stand außer Frage. Widmerpool, der als Stellvertretender Assistent des Generaladjutanten in der passenden Position war, um diese Maßnahme in die Wege zu leiten, war sehr darauf bedacht, ihn bei der ersten Gelegenheit abzuservieren; er hätte es zweifellos längst getan, wenn die Feldwäscherei zu unserer Abteilung gehört hätte. Widmerpools Missfallen hatte nicht nur verständliche allgemeine Gründe; bei ihm kam noch hinzu, dass er – ganz uncharakteristischerweise, denn gewöhnlich war er bei solchen Dingen gut informiert – den von Bithel sporadisch propagierten Mythos, ein Bruder eines Offiziers gleichen Namens und gleichen Regiments zu sein, der im Ersten Weltkrieg mit dem Victoria-Kreuz ausgezeichnet worden war, geschluckt hatte. Es schien keinen Grund zu geben, warum nicht auch der jüngere Bruder eines Victoria-Kreuz-Trägers bei der Führung der Feldwäscherei versagen sollte, aber Widmerpools Fantasie war zu einem früheren Zeitpunkt irgendwie von dieser Legende zeitweise gefangen gewesen, so dass sich bei ihm bittere Gefühle entwickelten, als sich die Geschichte als offensichtlich unwahr erwies. Jetzt stand Bithel da und starrte mit angestrengter Aufmerksamkeit auf das Maschinengewehr, so als ob er eine solche Waffe zuvor noch nie gesehen hätte.

»Was das Div. H. Q. angeht, so hat allein der Verteidigungszug Dienstbereitschaft, wenn es einen Luftangriff gibt – eine von diesen Ideen des Generals, alle auf Zack zu halten.«

Bithel nickte ernst zu der Erklärung, warum wir jetzt das Sportfeld bewachten. Zufälligerweise hatten er und ich seit jenem Abend kaum miteinander gesprochen, als er, wie er es selbst formulierte, »ein Glas zu viel getrunken« hatte, nachdem er in der Schule für chemische Kriegsführung auf Castlemallock durch die Gaskammer gelaufen war. Die Bewegungen der Feldwäscherei hielten ihren Offizier, einen Leutnant, ihrer Natur entsprechend in einem fast permanenten Zustand des Herumreisens durch das Einsatzgebiet des Verbands, während meine eigenen Pflichten, so trivial sie auch sein mochten, zu zahlreich und verzweigt waren, um mir viel Zeit für gesellschaftliche Kontakte mit anderen Abteilungen des H.Q. zu lassen. So hatten wir bis zu diesem Augenblick nur gelegentlich ein kurzes Wort miteinander gewechselt, und zwar gewöhnlich wenn wir bei den periodischen Versammlungen aller Offiziere des Hauptquartiers zu einem Vortrag oder einer Strafpredigt des Generals nebeneinandersaßen. Dies war das erste Mal, dass wir uns begegneten, ohne von einer Menge anderer Menschen umgeben zu sein.

»Nimmt einen ganz schön mit, Nacht für Nacht so aus dem Bett zu müssen«, sagte er. »Sollen wir eine Runde um das Sportfeld drehen?«

Sein Mitgefühl war nicht ohne eine Spur von Verzweiflung. Nur wenige Offiziere konnten in diesem Augenblick weniger ›auf Zack‹ ausgesehen haben als er.

»Warte, bis ich diese Maschinengewehrstellung kontrolliert habe.«

Ich stellte fest, dass bei dieser Abteilung alles in Ordnung war. Bithel und ich schlenderten über den Rasen auf den baufälligen Cricketpavillon – oder waren es Umkleidekabinen? – zu, ein kleines Gebäude aus Holz, nicht viel größer als eine Hütte. Es hatte in der letzten Zeit einigen Ärger wegen dieses Baus gegeben, denn Biggs, der für Sport zuständige Stabsoffizier, hatte gerade in dem Augenblick den Schlüssel dazu verlegt, als der Privatbesitzer des requirierten Sportfeldes Bänke oder Gartensitze dort lagern wollte. Widmerpool hatte sich stark darüber beklagt, wie viel Zeit wegen dieser Sache vergeudet worden sei, und war zu Recht sehr verärgert über Biggs gewesen, für den die Hütte und ihr Schlüssel fast zu einer Obsession geworden waren. Ich prüfte, ob man die Tür richtig zugesperrt hatte, nachdem sich der Schlüssel wieder eingefunden hatte und die Sitze dort untergebracht waren. Sie ließ sich nicht öffnen. Dafür hatte Biggs wohl gesorgt.

Der Lärm der Kanonade um uns herum nahm an Stärke zu. Ein Geruch wie schwelendes Gummi, ein stinkender, widerlicher Mief, überlagerte jetzt die weniger penetranten Ausdünstungen von Ruß und Rauch. Zur entfernten Seite der Stadt hin – in Richtung Hafen – beschrieben, schnell vor und zurück schweifend, die dünnen grünen Strahlen der Suchscheinwerfer weite, einander schneidende Bögen gegen den östlichen Horizont, kürzer und länger werdend, kürzer und länger, kürzer und länger, während sich zielstrebig ihre Bahnen kreuzten. Dann, ganz plötzlich, bildeten diese verschiedenen, im Zickzack verlaufenden Lichtwinkel eine gemeinsame Spitze am Himmel, einen kleinen elliptischen Kreis, durch den hin und wieder ein winziger Gegenstand, sich wie ein ärgerliches, in einer Flasche gefangenes Insekt bewegend, schnell dahinschoss. Als ob sie in bewusst gesteuertem Gleichklang zu den methodischen Schwankungen der Suchscheinwerfer reagierten, zogen jetzt abwechselnd aufglühende und wieder verblassende Wolkenmassen hinauf, die so ein halbes Dutzend ständig neuer, komplizierter Pastellfarbkompositionen aus Schwarz und Lila, Grau und Safran, Rosa und Gold entwarfen. Aus diesem prächtigen Firmament – das, transzendental gesprochen, eine bevorstehende Offenbarung von hoch oben anzudrohen schien – senkten sich nun langsam, wie japanische Laternen bei einer Feierlichkeit, zwanzig oder mehr Leuchtkugeln herab, ausgelöst von den angreifenden Flugzeugen. In Zweier- oder Dreiergruppen zusammenhängend, drifteten sie zunächst ziellos in dem leichten Wind und verloren auch nach längerer Zeit kaum an Höhe, sondern schwankten nur leicht hierhin und dorthin und verwandelten sich in nahezu bewegungslose Lampen, die an immens langen Drähten von einer unsichtbaren Decke herabzuhängen schienen. Plötzlich, wie auf ein zuvor vereinbartes Signal für den Höhepunkt des

Spektakels, einer Standardszene der Mitternachtsshow, hin, stiegen von unten Wolken pechschwarzen Rauchs wirbelnd hoch und trafen auf diese schwebenden, flimmernden Fackeln. Auch zu ebener Erde loderten jetzt unregelmäßige Gruppen von Flammen auf, wie Nester nächtlicher Schmiedefeuer in dem Industriegebiet Mittelenglands. Die ganze Welt war in einen grässlichen, blaugrauen Glanz getaucht, theatralisch und sinister zugleich, ein Licht, das weder Tag noch Nacht war, ein Halbdunkel an den Grenzen Plutos. Der Gestank verbrannten Gummis war ekelhafter denn je. Bithel fummelte am Gürtel seines Regenmantels herum.

»Es hat Ärger wegen eines Schecks gegeben«, sagte er.

»Deines?«

»Ich glaube, das war der eigentliche Grund, der mich wach gehalten hat; das, und dass ich diese Pillen nicht mehr habe. Aber vielleicht kommt ja alles wieder in Ordnung, denn ich hab das Geld bezahlt – hab mir ein wenig von dem Postoffizier geliehen, genauer gesagt –, aber Schecks machen einem immer Kummer. Sie sollten abgeschafft werden.«

»Vielleicht geschieht das ja nach dem Krieg.«

»Das wird zu spät für mich sein.«

Er sprach in einem sehr ernsten Ton.

»Eine große Summe?«

»Eine Sache von ein paar Pfund – aber er ist geplatzt.«

»Kannst du das nicht geheim halten?«

»Ich glaube, bis jetzt weiß der SAGA noch nichts.«

Von Bithels Standpunkt aus gesehen war das ein wichtiger Punkt. Sonst hätte Widmerpool vielleicht die Gelegenheit gefunden, auf die er wartete. Ich war im Begriff, Bithel mein weiteres Mitgefühl auszudrücken, als eine tiefe Explosion, die die Erde zu spalten schien, die Luft zerriss und das allgemeine Bum-Bum-Bum der Kanonen übertönte und dann von den Hügeln der Umgebung in bebenden, dröhnenden Wellen wieder zurückgeworfen wurde. Bithel schüttelte den Kopf. Für den Augenblick war seine Aufmerksamkeit von seinen eigenen, zweifellos besorgniserregenden Schwierigkeiten abgelenkt.

»Das muss ein Volltreffer gewesen sein«, sagte er.

»Es hörte sich so an.«

Er setzte zu sprechen an, stoppte aber sofort wieder, weil er offensichtlich seine Meinung darüber geändert hatte, wie er die Frage formulieren solle. Nachdem er sich augenscheinlich dazu entschlossen hatte, ihr eine andere Form zu geben, stellte er sie in einem bewusst schüchternen Ton.

»Du hast mir mal gesagt, du bist ein Leser – wie ich –, nicht wahr?«

»Ja, das stimmt. Ich lese ziemlich viel.«

Ich machte nicht länger den Versuch, diese Gewohnheit zu verheimlichen, trotz all der unerwünschten Implikationen, die das hatte. Zumindest ordnete sie mich einer erkennbar seltsamen Kategorie von Menschen zu, von denen man weniger zu erwarten brauchte als das normale Verhalten.

»Ich liebe ein gutes Buch, wenn ich die Zeit dazu habe«, sagte Bithel. »Zum Beispiel St. John Clarkes ›Wie durch ein Wunder‹. Etwas Ernsthaftes, an dem man lange zu lesen hat.«

»Zufälligerweise hab ich das nicht gelesen.«

Bithel schien sich meiner Antwort kaum bewusst zu sein. Offensichtlich war St. John Clarkes Roman ihm nur Nebensache, nicht das eigentliche Ziel, auf das seine allgemeine Frage gerichtet war. Obwohl es, wenn er sich in der Stimmung für ein vertrauliches Gespräch befand, unmöglich zu erraten war, was er als Nächstes sagen würde, waren solche Erklärungen Bithels stets der Beachtung wert. Er hatte etwas Besonderes auf dem Herzen. Als er mir die nächste Frage stellte, lag eine Art Inbrunst in seiner Stimme.

»Hast du dir je Magazine wie ›Chums‹ oder ›Boy's Own Paper‹ gekauft, als du ein Junge warst?«

»Natürlich – ich hab sie gewöhnlich in gebundenen Jahresausgaben gelesen. Ich habe einen Schwager, der liest sie immer noch.«

Es war Errys einziges Laster, das er allerdings verborgen hielt, so als ob es ihn eines Mangels an Ernsthaftigkeit und sozialem Verantwortungsgefühl überführe. Bithel antwortete etwas, aber so, als ob sie absichtlich zu diesem Zweck abgegeben worden seien, ertränkten plötzliche konzentrierte Salven von Flakfeuer seine Äußerung.

»Was hast du gesagt?«

Bithel sagte wieder etwas.

»Ich kann dich immer noch nicht verstehen.«

Er kam näher an mich heran.

»... Held ...«, rief er.

»Du fühlst dich wie ein Held?«

»Nein ... ich ...«

Der Lärm ließ nach, aber er musste immer noch aus Leibeskräften schreien, um sich verständlich zu machen.

»... mir immer vorgestellt, dass ich der Held *dieser Geschichten* bin.«

Diese geschrienen Worte waren bei dem Getöse der Kanonen kaum hörbar. Er schien zu glauben, er biete mir mit ihnen ein Stück beispielloser psychologischer Offenbarung seinerseits.

»Das tut doch jeder«, schrie ich zurück.

»Jeder?«

Er war enttäuscht von dieser Antwort.

»Ich bin sicher, mein Schwager tut es noch heute.«

Bithel war nicht im Geringsten an meines eigenen oder irgendeines anderen Schwagers Neigung zur Selbstidentifizierung beim Lesen von Romanen interessiert. Das war verständlich, denn er wusste ja nichts von Erridges Existenz. Zudem wünschte er nur über sich selbst zu sprechen. Er war zwar gänzlich auf dieses Thema konzentriert, behielt aber seinen entschuldigenden und zugleich nachdrücklichen Ton bei.

»Ich dachte nur neulich nachts – als der Jerry zuerst rübergeflogen kam –, dass ich jetzt genau die Erfahrung mache, über die ich als Junge immer gelesen hatte.«

»Wie meinst du das?«

»›Zum ersten Mal unter Beschuss geraten‹ – das war stets ein großer Moment in der Karriere des Helden. Daran musst du dich doch erinnern. Wenn er ›zeigen konnte, was in ihm steckt‹, wie es in der Geschichte gewöhnlich hieß.«

Er lachte, als ob er sich für einen solchen gewagten Flug seiner Fantasie entschuldigen wolle. Dabei entblößte er die Doppelreihe seiner Schmierentheaterzähne.

»›Das Rattern der Musketen von fernen Hügeln‹ – ›ein kleiner Sandschauer, hochgespritzt von einer Kugel vor der Bastei‹?«

Diese konventionellen Wendungen aus den Abenteuergeschichten für Jungen mochten Bithel vielleicht dazu ermutigen, tiefer in Beobachtungen über das Leben einzutauchen. Und in der Tat fühlte er sich von diesen Klischees bewegt.

»Das ist es«, sagte er. Er sprach mit größerer Lebhaftigkeit als sonst. »Das ist genau das, was ich meine. Was für ein wunderbares Gedächtnis du hast. Was du gesagt hast, bringt mir diese Storys wieder richtig zurück. Ich war ein großer Leser als Junge. Einer dieser nachdenklichen kleinen Kerle. Bin leider nicht dabei geblieben.«

All dies erinnerte mich ein wenig daran, wie Gwatkin, mein früherer Kompanieführer, heimlich im Kompaniebüro über Kiplings »Hymne an Mithras« gebrütet hatte; aber während Gwatkin über derartiges literarisches Material als Konsequenz seiner eigenen Besessenheit von dem Zauber des Soldatenlebens meditierte, waren Bithels Grübeleien ganz anderer Art. Bei Bithel führte die Erinnerung an seine frühere Vorliebe für Geschichten über militärische Leistung bloß zu einem sehr natürlichen Erstaunen darüber, dass er selbst in diesem Moment verhältnismäßiger Gefahr keine größere persönliche Furcht hegte.

»Genau genommen erlebte man ja Luftangriffe – geriet man ja unter Beschuss, wenn du so willst – damals, als wir noch ›Boy's Own Paper‹ lasen. Während des Ersten Weltkriegs, meine ich.«

»Ach, ich nicht«, sagte Bithel. »Die Zeppeline kamen nie in die Nähe eines der Orte, wo wir lebten, als ich ein Kind war. Das ist es ja, warum ich so überrascht war, dass mir das hier nichts mehr ausmacht. Ich bin mehr so der nervöse Typ, weißt du. Ich musste einmal vor Gericht eine Zeugenaussage machen, ein ziemlich widerlicher Fall – hatte nichts mit mir zu tun, Gott sei Dank, ich war nur Zeuge –, und ich dachte, meine Beine sacken unter mir weg. Aber diese Sache, die wir jetzt um uns herum hören, macht mir wirklich keine Sorgen. Der schlimmste Moment ist immer der, wenn der Alarm einsetzt, meinst du nicht auch?«

Das Problem der Furcht stellt sich unausweichlich von Zeit zu Zeit, wenn man sich im Krieg befindet. Wird es zu Situationen kommen, in denen ihre Wirkung auf die Sinne vielleicht unerträglich schwer zu kontrollieren ist? Wie Bithel hatte auch ich ziemlich häufig über dieses Thema nachgedacht. Ich war zu dem sehr vorläufigen Schluss gekommen, dass die Furcht selbst weniger direkt mit der unvermeidlichen Gefahr verbunden ist, als man zunächst annehmen mag; obwohl natürlich diese Gefahr, wenn sie mehr oder weniger unbestimmt in ihrer Antriebskraft zunimmt, vielleicht – nein, ganz gewiss – den Graphen der Furcht steil in die Höhe treiben wird. Nachts im Bett, Monate bevor die Luftangriffe auf unseren Ort begannen, überkam mich manchmal so etwas wie panische Angst, und ich wälzte mich dann in meinem Schlafsack aus keinem anderen Grund hin und her als dem Gefühl, dass das Leben völlig aus den Fugen geraten zu sein schien. Das war ein Zustand nervöser Anspannung – wie ihn Bithel für sich beschrieben hatte –, der sich ganz gewiss auch in Friedenszeiten einstellen konnte und den ich vielleicht damals auch am eigenen Leib erlebt, jetzt aber vergessen hatte, wie so vieles von dieser verlorenen Welt. Zur gleichen Ebene gehörte, dass ich jetzt manchmal wach lag und Qualen vergeblichen sexuellen Verlangens durchlitt, Wolken verderbter Fantasien über meinem Feldbett schwebten, Träumereien der Lüsternheit, besonders hervorgerufen, so schien es, von der abstoßenden militärischen Umgebung. Ja, es war oft nötig, mich daran zu erinnern, dass Niedergeschlagenheit, sorgenvolle Stimmungen und das Gefühl, verfolgt zu werden, nicht notwendigerweise die Folgen des Dienstes in der Armee oder der Tatsache sind, dass man zu einer Nation gehört, die sich im Krieg befindet, obwohl depressive Geisteszustände jetzt automatisch mit diesen in Verbindung gebracht zu werden scheinen.

Der gegenwärtige Luftangriff war, wie Bithel angedeutet hatte, eher spektakulär als alarmierend, ja, hatte sogar jetzt, wo ich völlig wach und angezogen war, eine leicht stimulierende Wirkung, solange ich mich nicht an die Langeweile des für den folgenden Tag angesetzten dreitägigen Manövers erinnerte, das nach einer schlaflosen Nacht durchzustehen sein würde. Andererseits, wenn Bomben nun auf das Spielfeld fielen, würde sich eine solche sorglose Stimmung schnell zum Schlechteren wenden, besonders, wenn das Maschinengewehr einen Treffer abbekäme und uns damit die Chance zu einer Vergeltung genommen wäre. (Man könnte an dieser Stelle vielleicht hinzufügen, dass drei oder vier Jahre später das Gefühl, von Luftangriffen stimuliert zu werden, völlig verpufft war.) Wie auch immer, Bithel verlangte nicht länger einen Kommentar zu seinen eigenen Meditationen über eine ›Feuertaufe‹. Er wandte sich jetzt wieder seinen persönlichen, vorwiegend finanziellen Sorgen zu, um die seine Gedanken sowieso fast immer kreisten.

»Ich hoffe nur, es wird alles in Ordnung gehen mit dem Scheck«, sagte er. »Es fing damit an, dass die Soldabteilung den Frontzuschlag in jenem Monat zu spät auf mein Bankkonto überwiesen hatte.«

Eine solche Situation konnte sich in der Tat von Zeit zu Zeit ergeben. Sie war die Folge des Fehlens methodischen Handelns, möglicherweise auch ausgesprochener Inkompetenz auf Seiten der betreffenden Finanzabteilung des Kriegsministeriums; vielleicht auch zurückzuführen auf die ökonomische Unfähigkeit oder tiefsitzende Boshaftigkeit jener, die Pennistone später »diese Gruppe hochgebildeter Affen« zu nennen pflegte und die letzten Endes im Schatzamt für solche Dinge zuständig waren. Was auch immer der Grund war, die Soldaten mussten gelegentlich auf ihren Sold verzichten, was manchmal zu solchen individuellen Katastrophen wie der Bithels führte.

»Ich sehe sehr wohl, dass es Theater geben wird«, sagte er, »aber mit etwas Glück wird es nicht zu einer Verhandlung vorm Militärgericht kommen.«

Zwei oder drei nicht ganz so laute Detonationen waren der letzten großen Explosion gefolgt. Jetzt ebbte der Lärm ab, und der Umfang des Sperrfeuers reduzierte sich langsam, aber spürbar. Ganz plötzlich schwiegen die Kanonen dann völlig, so wie Hunde in der Nacht, die dich mit ihrem Bellen stundenlang wach gehalten haben, sich plötzlich dazu entschließen, stattdessen lieber einzuschlafen. Ein paar Sekunden lang herrschte absolute Stille. Dann hörte man eine Zeitlang von weither das verzweifelte Scheppern der Glocke eines Feuerwehrautos oder Krankenwagens, bis auch dessen Echos wieder traurig im Wind erstarben. Diesem diskordanten Läuten folgte bald ein großer Lärm: lautes Rufen, das Starten von Lastwagen, Autogehupe »... der Krach von Hupen und Motoren, die im Frühling Sweeney zu Frau Porter bring' ...« Gewaltige Rußflocken, wie riesige, die Nachtluft erkundende Motten, schwebten im Zwielicht dahin. Der Gestank brennenden Gummis ging langsam über in einen Geruch spezifisch chemischen Charakters, in dem Acetylendämpfe vorzuherrschen schienen. Endlich kam das tröstliche, langgezogene Heulen der Entwarnung. Bei ihren ersten Tönen setzte, so als ob er auf diese Weise angekündigt worden sei, in dicken Tropfen der Regen ein. Einige Minuten später hatte sich der Schauer in dichte Ströme verwandelt, und der frische Duft neu benetzten Grases verdrängte bald all die anderen Gerüche.

»Also los, decken Sie das Maschinengewehr zu, Unteroffizier.«

»Sollen wir jetzt hier Schluss machen, Sir?«

»Tun Sie das.«

»Ich glaub, ich geh jetzt auch wieder ins Bett zurück«, sagte Bithel. »Ich bezweifle, dass ich noch viel Schlaf kriege. Ich bin jetzt froh, dass ich meinen Regenmantel mithabe. Ich brauch ihn wirklich mehr als einen Helm. Schreckliches Klima hier drüben. Macht, dass man zu viel von diesem Porter, wie sie das Bier hier nennen, trinkt. Mehr, als man sich leisten kann. Nur, um die Feuchtigkeit aus den Knochen zu halten. Komm mich doch mal in der G-Messe besuchen. Du wirst Barker-Shaw mögen, den Offizier der Feldsicherheitspolizei. Er ist Professor – Philosophie, glaube ich – an einer Uni. Kann mich nicht erinnern, an welcher. Kluges Gesicht. Der Mann, der die Hygieneabteilung kommandiert, ist auch ein kluger Kopf. Du solltest mal hören, wie der den Militärzahnarzt über das Sterilisieren aufzieht.«

Unsere Wege trennten sich jetzt. Unteroffizier Mantle führte seine Männer in die Mannschaftsunterkunft zurück. Ich setzte meine Runde zu den anderen Maschinengewehrstellungen fort, entließ die Leute und machte mich auf den Weg zu meinem Bett.

Die F-Messe lag nur ein paar Minuten zu Fuß von dem letzten Posten entfernt. Sie war in einer Doppelhaushälfte aus rotem Backstein untergebracht, in einer der Villen in einer Seitenstraße, die sich bis hinunter zur Stadtgrenze erstreckte. Wenn man durch die Eingangstür trat, überfiel einen sogleich ein Alptraum an Freudlosigkeit und Verschmutzung, an all der melancholischen Schäbigkeit in ihrer schlechtesten Form, der jedem Nest von Schlafzimmern anhaftet, in dem nur Männer schlafen; ein Gesetz der Natur, das von dem Charakter jeder rein männlichen Behausung erfüllt wird, selbst wenn sie in Gebäuden untergebracht ist, denen wegen ihres Alters oder ihrer historischen Assoziationen eine gewisse Ehrwürdigkeit zukommt. Von solchen Bezügen war das Haus der F-Messe jedoch weit entfernt, zumindest von einer historischen Bedeutung, von der man behaupten konnte, sie sei hier im Entstehen begriffen. Während des Tages konnte man von seinen Fenstern aus jenseits der Vororte graue steinige Hügel, Berge fast, erkennen; in einer anderen Richtung, jener der Hafenanlagen, auf die sich kürzlich die Luftangriffe konzentriert hatten, reckten sich Kräne und Fabrikschornsteine hoch, jenseits von denen ein aus dem Landesinneren kommendes Gewässer sich zum Meer hin verbreiterte – »dem unergründet', salzig', uns entfremdend' Meer«. Etwa eine halbe Meile von der Messe entfernt, aber immer noch zum selben Wohngebiet gehörend, beherbergten zwei oder drei ziemlich hohe Häuser mit Ausnahme der Hilfsdienste das gesamte Divisionshauptquartier. Einige verstreute Universitätsgebäude in der Nachbarschaft vermochten es nicht, der Umgebung auch nur den Hauch einer akademischen Atmosphäre zu vermitteln.

»Es gibt sowieso schon keinen Platz in dieser verdammten Messe«, sagte Biggs, der für den Sport beim Stab zuständige Offizier, zu mir, als ich zum ersten Mal dort eintraf. »Und jetzt kommen auch noch Sie daher, Jenkins, und vergrößern das Gedränge und brauchen einen zusätzlichen Platz an diesem elenden, wackeligen Tisch, den man uns geliefert hat, um daran zu essen, und sind ein weiterer Körper, der die Zinkbadewanne im oberen Stockwerk belegt, die sie Bad nennen – kein Rasieren im Badezimmer, denken Sie daran, absolut *verbotten*. Was sollen eigentlich Ihre Aufgaben sein bei der Division?«

Als Hauptmann mit den Ordensbändern des Ersten Weltkriegs und kahl wie eine Billardkugel hatte er vielleicht auf eine streng-klassische Weise gut ausgesehen, als er jünger war; jedenfalls war das seine eigene Meinung gewesen. Jetzt aber, mit chronisch geröteten Wangen, setzte er zunehmend Fleisch an, seine große Knollennase lag zwischen scharfen, furchtsamen Augen, und sein Mund mit dem kleinen Amorbogen schnappte dauernd auf und zu wie ein Gummiventil. Die ungewöhnlich stark ausgebildete Muskulatur seines Brustkastens, der Schultern und des Gesäßes gaben ihm die Aura eines ›starken Mannes‹ im Zirkus – einer ›starken Frau‹ fast – oder eines professionellen Gewichthebers, der im Begriff ist, der Warteschlange vor einem Theater eine Freilichtvorführung zu geben. Seine Stimme, harsch und unsicher, bezeugte den Verfolgungswahn, der ihn peinigte – jenen in der Armee nicht ungewöhnlichen Zustand, in dem man stets damit rechnet, dass plötzlich ein Vorgesetzter auftaucht – so wie im Märchenspiel der König der Dämonen aus einer Falltür im Fußboden hervorschießt – und etwas an einem auszusetzen hat. Im Zivilleben Sportmanager in einem Seebadeort war Biggs gerade dabei, so hörte ich später, sich von seiner Frau scheiden zu lassen, ein langwieriges, mühseliges und teures Verfahren, über das er sich häufig zu beschweren pflegte.

»Ich gehöre zum Büro des SAGA.«

»Für wie lange?«

»Weiß ich nicht.«

»Wie hat Major Widmerpool das Recht auf einen Assistenten bekommen, möchte ich gerne wissen?«

»Ein Brief vom Kriegsministerium.«

»So, und weiter?«

»Ich soll ihm dabei helfen, Rückstände bei solchen Sachen wie Militärgerichtsverfahren und Requirierungsansprüchen aufzuarbeiten.«

»Ich hab auch jede Menge Rückstände«, sagte Biggs. »'ne verdammt große Menge. Doch mir geben sie keinen Assistenten. Aber ich beneide Sie nicht, Jenkins. Es ist ein Hundeleben. Und vergessen Sie eines nicht, vergessen Sie es ja nicht: Keiner ist ärmer dran in der ganzen Armee als ein Fähnrich. Andere Ränge haben ihre Rechte, die mit nur einem Stern haben keine. Das gilt besonders für das Div. H. Q.; und hinzu kommt, Major Widmerpool ist ein Pedant und will alles ganz genau gemacht haben. Er hatte mich vorher mal auf dem Kieker, kann ich Ihnen sagen, weil meine Vorgehensweise nicht den Bestimmungen entsprechen würde. Er achtet teuflisch auf die Einhaltung der Bestimmungen.«

Danach verlor Biggs das Interesse an diesem Thema, das ja

auch wirklich nicht besonders interessant war, außer in dem erwähnten Hinblick darauf, dass überhaupt einen Assistenten bekommen zu haben eine Leistung seitens Widmerpools war, die Respekt verdiente. Niemand außer einem unermüdlichen Erzeuger von Arbeit um ihrer selbst willen hätte eine Hilfskraft für seinen Job für nötig gehalten und, könnte man hinzufügen, im normalen Verlauf der Dinge sie auch zugestanden bekommen, selbst wenn man sie als notwendig erachtet hätte. Widmerpool hatte das geschafft. Zufälligerweise war die Abordnung eines Offiziers niedrigen Ranges an die Einrichtung zusätzlich dadurch in einem gewissen Maße gerechtfertigt, dass kurz vor meiner Ankunft bei der Division Prothero, der den Verteidigungszug kommandierte, vom Motorrad gefallen war und sich das Bein gebrochen hatte. Während er im Krankenhaus lag, wurden mir sowohl seine Pflichten als auch die von Widmerpool an mich delegierten Aufgaben zugeteilt.

»Du wirst sehen, es gibt hier eine Menge Arbeit zu tun«, sagte Widmerpool an meinem ersten Morgen. »Eine ganze Menge. Wir werden an den meisten Tagen bis spät abends dransitzen.«

Diese Warnung stellte sich als berechtigt heraus. Es standen gerade verschiedene Kriegsgerichtsverfahren an; ein weiteres war soeben abgeschlossen worden, aber Widmerpool hielt das Urteil für nicht mit dem Gesetz vereinbar. Ein Soldat, der zeitweise seinen Verstand verloren und zwei Zivilisten angegriffen hatte, war in dem Prozess freigesprochen worden. Widmerpool war wegen dieser Sache in einen komplizierten Briefwechsel mit der Abteilung des obersten Militärrichters verwickelt. Solche Dinge nahmen viel von meiner Zeit in Anspruch, zumal ich den größten Teil der Woche draußen mit militärischen Übungen verbrachte. Obwohl ich ihn im Verlauf der letzten zwanzig Jahre, seit der Zeit, als wir zusammen auf der Schule gewesen waren, hin und wieder – wirklich nur hin und wieder – getroffen hatte, fand ich, dass es jetzt, wo ich unter ihm arbeitete, Seiten an Widmerpool gab, die mir verhältnismäßig unvertraut waren. Die Natur der meisten Menschen, die mit den Augen eines Untergebenen betrachtet werden, wird, von unten besehen, mit schärferem Blick beurteilt. Dieser neue Sichtwinkel eröffnete mir, zum Beispiel, wie schwierig es war, mit ihm zusammenzuarbeiten, und zwar besonders wegen seiner Geheimniskrämerei, die sich aus seiner dauernden Furcht, ja fast Obsession, herleitete, von ihm selbst erledigte Aufgaben könnten jemand anderem zugeschrieben werden. An meinem ersten Morgen bei der Division sprach Widmerpool ausführlich über seine eigenen Methoden. Er saß bereits an seinem Tisch, als ich das Zimmer betrat. Er nahm seine Brille ab und putzte sie heftig. Dabei setzte er eine Miene herzlicher, militärischer Leutseligkeit auf.

»Kein Grund zur Entschuldigung«, meinte er, ehe ich etwas sagen konnte. »Dein Meister ist stets der erste Stabsoffizier, der morgens hier in diesem Hauptquartier erscheint und, abgesehen von denen, die Nachtdienst haben, auch der letzte, der, nachdem die Sonne untergegangen ist, wieder geht. Jetzt möchte ich dir bestimmte Dinge erklären, ehe ich an der Morgenkonferenz des Leiters der Abteilungen A und Q teilnehme. Der erste Punkt ist, dass ich nie Arbeit zurückweise, weder in der Armee noch sonst irgendwo. Arbeit zurückzuweisen ist immer ein Fehler. Sieh zu, dass ich nie entdecke, dass du das tust – es sei denn, natürlich, es handelt sich um Arbeit, die eine andere Abteilung uns unzulässigerweise aufzuhalsen versucht und dann schließlich die Lorbeeren dafür einheimsen will. Ein Mann, der gerne die Lorbeeren für die Arbeit anderer Leute erntet, ist Farebrother, mein Gegenüber bei der Abteilung Kommando. Ich mag Farebrother nicht. Er ist mir zu glatt. Außerdem will er sich für eine bestimmte Vorstandssitzung bei einer Bank rächen, an der wir beide einmal teilgenommen haben.«

»Ich hab Farebrother vor Jahren kennengelernt.«

»Das sagtest du schon. Du erwähntest diese Tatsache wenigstens einmal gestern Abend, zweimal, glaube ich.«

»Tut mir leid.«

»Ich hoffe, deine frühere Bekanntschaft mit ihm verhindert, dass du von seinem sogenannten Charme getäuscht wirst, wenn du einmal als mein Stellvertreter mit ihm zu tun hast.«

Widmerpools Fehde mit Sunny Farebrother war schon, so fand ich heraus, von langer Dauer und reichte weit in die Vergangenheit zurück, ›im Besonderen aber‹ (wie man beim Militär sagt) in eine Zeit, als Farebrother kurz nach Ausbruch des Krieges Brigademajor in Widmerpools Landwehr war. Die Arbeit des ›A‹-Stabes, den Widmerpool (unter dem Leiter der Abteilungen A und Q, Oberst Pedlar) bei der Division vertrat, umschloss die Administration des ›Personals‹ und der ›Inneren Ökonomie‹, Gebiete, auf denen Farebrother, so schien es, Widmerpools Bemühungen mehr als einmal vereitelt hatte, besonders in Fällen der Versetzung von Leuten aus einer Einheit in eine andere, der Entsendung von Kandidaten zu Kursen und routinemäßigen Disziplinarmaßnahmen. Farebrother machte zum Beispiel Schwierigkeiten im Zusammenhang mit Widmerpools Korrespondenz mit der Abteilung des Militärrichters. Es gab alle Arten von Möglichkeiten, wie ein ›Gegenüber‹ beim Corps oder bei der Abteilung Kommando einem Offizier bei der Division das Leben schwermachen konnte. Da das Hauptquartier der Abteilung Kommando in einem der Blöcke der regulären Armeekasernen auf der anderen Seite der Stadt untergebracht war, hatte ich keinen persönlichen Kontakt mit Farebrother, sondern wechselte nur gelegentlich ein Wort mit ihm über das Telefon, wenn der SAGA nicht erreichbar war. Dabei kam unsere frühere Bekanntschaft nie zur Sprache. Ich vermochte kaum abzuschätzen, ob Widmerpools Ansicht über diese gegenseitige Beziehung gerechtfertigt war. Farebrothers Stimme am Telefon zeigte nie die geringste Spur von Verärgerung, selbst nicht bei einem hitzigen Konflikt über die Frage, wie ein Befehl interpretiert werden müsse. Diese ruhige Haltung war ein hervorstechendes Merkmal an Sunny Farebrothers Taktik. Im Großen und Ganzen waren die Siege, was die jeweiligen praktischen Resultate anging, ziemlich gleichmäßig zwischen den beiden verteilt.

»Gut, Sunny, gut«, pflegte Widmerpool zu murmeln und mit den Zähnen zu knirschen, wenn er eine Niederlage erlitten hatte.

»Es ist abgelaufen, wie Kenneth es wünschte«, war Farebrothers Formel, wenn er die umgekehrte Situation hinzunehmen hatte.

Dann gab es ja auch noch meine eigenen Hoffnungen und Befürchtungen. Obwohl inzwischen auf das einfachste Maß reduziert, waren sie doch nicht ohne Komplikationen. Vor allem wünschte ich, mich von Widmerpool zu trennen, gleichzeitig aber auch materielle Verbesserungen meiner eigenen militärischen Verhältnisse zu erreichen. Doch während die Monate dahingingen, ergab sich keine Aussicht auf eine Befreiung von den Handlangerdiensten für Widmerpool, und auf eine Beförderung noch viel weniger. Schließlich war ja die Armee das, was du dir gewünscht hast, pflegte ich mir zu sagen, und die Armee ist das, was du bekommen hast – ganz im Sinne von Molières »Sous-Lieutenant George Dandin«. Es hat keinen Sinn zu meckern, von der Tatsache ganz zu schweigen, dass sehr viele Leute, denen es weit schlechter geht, froh wären, diesen Job zu haben. Diese Haltung bedeutete natürlich einen Unterschied zu dem Stolz, den ich bei dem Gedanken empfunden hatte, dass allein Glück und kluges Vorgehen mir die Ernennung zum Offizier in einem Moment eingebracht hatten, als das so vielen meiner Altersgenossen nicht gelingen wollte. Doch in einem Augenblick das eine zu denken und in einem anderen etwas anderes ist das Grundrecht eines jeden Menschen. Außerdem akzeptierte ich die Tatsache, dass diejenigen, die die schwache, aber doch wahrnehmbare innere Befriedigung zu teilen wünschen, in welcher unbedeutenden Position auch immer in Kriegszeiten zu den Streitkräften zu gehören, wenn sie Mitte dreißig und ohne besondere Qualifikationen für die Ausübung der Kriegskunst sind, für diesen Luxus zahlen müssen, indem sie, was Aufgaben angeht, annehmen, was kommt. Ich fand, wenn überhaupt, Trost in den damals im Eisenbahnzug von David Pennistone zitierten Ansichten de Vignys zum Thema »des Verzichts des Soldaten auf Denken und eigenständiges Handeln«.

Wie auch immer, obwohl der Soldat vielleicht auf Denken und eigenständiges Handeln verzichten mag, niemand hat je suggeriert, dass er auch auf das Meckern verzichten solle. Es gab keinen Grund, warum es mir allein von allen Soldaten in allen Armeen der Welt verwehrt sein sollte zu glauben, dass das Militärleben mir anregendere Pflichten, einen höheren Rang und eine bessere Besoldung schuldete, einfach nur deshalb, weil mir der Weg zu solchen Zielen völlig unklar war. Auch wenn Widmerpool das Divisionshauptquartier verließe, um, wie er es selbst zu nennen pflegte, »was Besseres« zu tun, würde sich meine eigene Lage fast sicher eher verschlechtern als verbessern. Das Bataillon, jetzt mit einem zunehmend zur Verfügung stehenden Strom junger Offiziere zur vollen Mannschaftsstärke aufgefüllt, würde nicht länger meine Dienste als Zugführer benötigen, viel weniger noch mir wahrscheinlich den Befehl über eine Kompanie anbieten. Ja, insgesamt gesehen konnten meine Dienste von einer Einheit, der es darauf ankam, ihre Effizienz zu verbessern, wohl kaum als allzu wertvoll erachtet werden. Ich war bereit, das selbst zuzugeben. Andererseits gab es ohne höhere Weihen in Form eines Vorbereitungskurses auf den Nachrichtendienst oder eine ähnliche geheiligte Institution so gut wie keine Möglichkeit, hier oder an irgendeinem anderen Stab eine Ernennung zu ergattern. Für einen Kurs dieser Art würde ich ganz gewiss keine Empfehlung bekommen, solange Widmerpool mich für nützlich hielt. Wenn diese subjektive Qualifikation aus dem einen oder anderen Grund an Gültigkeit verlor, wenn zum Beispiel Widmerpool »was Besseres« zu tun fand, musste ich ziemlich sicher mit einer Versetzung zum Infanterieausbildungszentrum rechnen, mit einem wenig wünschenswerten Schicksal also, einem Schicksal, das mich kaum zu Ruhm und Ehre führen würde. Widmerpool selbst war sich natürlich dieser Tatsachen bewusst. Als er sich einmal in einer zugänglichen Stimmung befand, hatte er mir versprochen, für mich eine Zukunft zu arrangieren, die der Versetzung zu dem Glückstopf, den das IAZ darstellte – wo man eher durch Glück als durch Leistung Erfolg hatte –, vorzuziehen sei.

»Ich sorge für die Leute, die für mich gearbeitet haben«, sagte Widmerpool im Verlauf der Aufzählung einiger seiner eigenen Qualitäten. »Ich werde zusehen, dass du in einem passenden Job unterkommst, wenn ich selbst weiter aufsteige. Das sollte jetzt nicht mehr lange auf sich warten lassen, meine ich. Zumindest werd ich dafür sorgen, dass du zu einem Kurs geschickt wirst, der dich für die richtige Art von Beschäftigung qualifiziert. Mach dir keine Sorgen, mein Junge, ich werde dich ins Bild setzen.«

Das war, unter den gegebenen Umständen, eine relativ gute und, wie ich meinte, auch nicht unverdiente Zusicherung. »Dich ins Bild setzen«, diese in der Armee gnadenlos immer wieder gebrauchte Phrase, war der spezielle Lieblingsausdruck Widmerpools. Er hatte ihn bei meiner ersten Ankunft im Hauptquartier benutzt, als er mir eine kurze Beschreibung der Eigenschaften der übrigen Mitglieder des Divisionsstabs gab. Er hatte damals mit General Liddament selbst begonnen.

»Diese an einer Leine geführten Hunde und das in seine Kampfanzugjacke geklemmte Jagdhorn sind reine Affektation«, sagte er. »Nicht weit davon entfernt, ausgesprochen würdelos zu sein, meiner Meinung nach. Dennoch, von den fünfzehntausend Leuten der Division kenne ich nur einen einzigen anderen, der geeignet wäre, sie zu kommandieren.«

»Und das ist?«

»Die Bescheidenheit verbietet mir, ihn zu nennen.«

Widmerpool färbte den Ton seiner Stimme mit einem gewissen Maß an Scherzhaftigkeit, als er das sagte, was jedoch den Eindruck, er spreche mit voller Überzeugung, eher noch verstärkte als verminderte. Tatsache war, dass er den General ziemlich fürchtete. Der Grund dafür lag zum Teil in General Liddaments Clownerien, von denen einige in der Tat nur schwer zu verteidigen waren; teilweise aber auch darin, dass der Divisionskommandeur, wenn er in der Stimmung dazu war, seine Offiziere gerne aufzog. Und Widmerpool mochte es gar nicht, aufgezogen zu werden. Der General war sich, glaube ich, sehr wohl der Qualitäten Widmerpools als eines effizienten, unendlich fleißigen SAGA bewusst, während er gleichzeitig aber auch über ihn als Menschen lachte. In dieser Hinsicht war Widmerpool gewiss nicht sein einziges Opfer. Generäle werden traditionell als dumme Menschen dargestellt, manchmal mit gutem Grund. Allerdings pflegte Pennistone, wenn wir später über solche Dinge sprachen, dagegen anzuführen, dass die pragmatische Haltung des mit Befehlsgewalt ausgestatteten Soldaten – die Grundlage für einen großen Teil dieser Unterstellung – die notwendige Folge der Natur militärischer Pflichten sei. Es ist dies eine Haltung, die unausweichlich jeden Mangel an geistiger Flexibilität noch besonders betont; und die Fähigkeit, geistig flexibel zu sein, ist auch bei jenen, die in anderen Berufszweigen zu eminenten Positionen aufgestiegen sind, kaum in einem größeren Maße zu entdecken, zumindest dann nicht, wenn sie außerhalb ihres eigenen Aufgabenbereichs agieren. Bei General Liddament war, wie ich später entdecken sollte, diese pragmatische Haltung, auch wenn sie bei ihm den Vorrang einnahm, gleichwohl durch seine bemerkenswerte Beobachtungsgabe modifiziert. Unverheiratet und völlig in seinem Beruf aufgehend, galt er als jemand, der eine vielversprechende Zukunft vor sich habe. Zu Anfang des Krieges war er bei einem Kampfeinsatz mit einem Bataillon verwundet worden – eine vorübergehende Behinderung, die wahrscheinlich die Erklärung dafür war, dass er nicht bereits ein Frontkommando innehatte.

In Gegenwart des Generals war Widmerpool durchaus bereit, seine Gefühle hinsichtlich der beiden Hunde zu verbergen (er hasste alle Tiere), die in der Tat eine Plage sein konnten, wenn ihre Doppelleine sich in den Korridoren des Hauptquartiers mit den Beinen der Stabsoffiziere und deren Schreibkräften verhedderte. Und er war sich, wenn sich ihr Besitzer in Hörweite befand, nicht zu schade, »wuff-wuff« zu den beiden zu sagen, und ihnen dann ein paar allerdings wenig überzeugende Klapse der Aufmunterung zu geben.

»Gott sei Dank ist es den Biestern nicht erlaubt, mit zu den Manövern zu kommen«, sagte er. »Wenigstens da zieht der General eine Grenze. Ich glaube Hogbourne-Johnson hasst sie genauso sehr wie ich. Also, Hogbourne-Johnson ist ein Mann, bei dem du vorsichtig sein musst. Er ist übellaunig, unzuverlässig, nicht mehr als durchschnittlich effizient und bei allen Rängen unbeliebt, dem des Generals eingeschlossen. Aber *ich* weiß, wie man ihn nehmen muss.«

Hogbourne-Johnson, ein vollgültiger Oberst mit roten Spiegeln am Kragen seiner Uniform, war für die Einsatzbereitschaft der Truppe verantwortlich und der Stabsoffizier, der den General in allen Routineangelegenheiten vertrat. Er war ein Berufssoldat und wurde im Ersten Weltkrieg mit dem Militärkreuz ausgezeichnet. Er war hochgewachsen und neigte entschieden zur Feistheit. Seine kleine Hakennase saß über einem Schmollmund, dessen Winkel nach unten hingen. Irgendwie ähnelte er einer Eule, einem ärgerlichen, alternden Vogel, dem gerade eine Feldmaus entkommen ist und der jetzt nach einem anderen kleinen Tier Ausschau hält, das er verschlingen könnte. Das Militärkreuz ließ darauf schließen, dass er vermutlich ein tapferer Mann war, oder zumindest jemand, der genug Kampfeinsätze erlebt hatte, um diesen Begriff fast als etwas Nebensächliches erscheinen zu lassen. Widmerpool war bereit, diese früheren Qualitäten einzuräumen.

»Hogbourne-Johnsons Karriere war bisher enttäuschend«, sagte er. »Frühe Hoffnungen, die sich nicht erfüllten. Zumindest ist das seine eigene Meinung. Auszeichnung als der Beste seines Jahrgangs an der Militärakademie in Sandhurst, so was alles. Dann hat er irgendwo Mist gebaut – in Palästina, glaube ich –, kurz vor dem Krieg. Er hat aber ganz sicher noch nicht aufgegeben. Hofft immer noch darauf, eine Division zu kriegen. Wenn er mich fragte, könnte ich ihm sagen, dass er auf dem besten Weg zu irgendeinem administrativen Abstellgleis ist und von Glück sagen kann, wenn er nicht in Pension geschickt wird, ehe die Feindseligkeiten vorüber sind. Der General wird ihn absägen, sobald er den besonderen Mann kriegen kann, den er haben will.«

»Aber der General könnte ihn doch schon morgen entlassen.«

»Aus irgendeinem Grund passt es ihm nicht, das zu tun. Außerdem prahlt Hogbourne-Johnson gerne damit herum, Mitglied der Leichten Infanterie zu sein. Um die Wahrheit zu sagen, es überrascht mich doch sehr, dass ein anständiges Linienregiment ihn ertragen konnte. Sie hätten ihm wenigstens beibringen können, sich am Telefon nicht gegenüber einem anderen Offizier als ›*Oberst* Hogbourne-Johnson‹ zu melden. Ich weiß, Cocksidge sagt ›*Hauptmann* Cocksidge hier‹, wenn er zu einem Leutnant spricht. Das erwartet man von Cocksidge. Hogbourne-Johnson sollte es besser wissen. Der Kommandeur der Artillerie sagt nicht: ›Hier ist *Brigadegeneral* Hawkins‹, er sagt ›Hawkins hier‹. Aber ich sollte vielleicht nicht meckern. Ich werde mit dem Mann fertig. Das ist die Hauptsache. Wenn er bis jetzt nicht gelernt hat, sich zu benehmen, wird er es nie tun.«

All das erwies sich als eine ziemlich angemessene Beschreibung Oberst Hogbourne-Johnsons und seines Verhaltens; und ich sah im Laufe der Zeit keinen Grund, warum ich anderer Meinung sein sollte. Die Armee ist ein Ort, wo simple Charakterisierungen gedeihen. Ein Offizier oder Soldat ist fähig, eifrig, achtet auf sein Äußeres; oder er ist schwierig, faul, schmutzig. Er ist beliebt oder verhasst. Prinzipiell sind jedenfalls nur wenige Zwischentöne in der militärischen Farbskala zugelassen. Individuen werden in gewissem Maße kraft solcher traditioneller Methoden der Klassifizierung in diese starren Kategorien gepresst. Oberst Hogbourne-Johnson war einer jener schablonenhaften Armeetypen – enttäuscht; sauer; darauf aus, Ärger zu machen; nicht sehr beliebt (außer bei seinem Bürochef Diplock). Andererseits aber war er, obwohl es bei ihm sehr wohl törichte und unangenehme Momente gegeben haben mochte, ganz gewiss kein Dummkopf. Wo Widmerpool, wie es sich dann zeigte, einen Fehler machte, war in der Annahme, er habe Oberst Hogbourne-Johnson so weit, dass er ihm aus der Hand esse. Die Schwächen des Obersten, wenn man sie so nennen will, schlossen nicht einen völligen Mangel an Verständnis dessen ein, wie Widmerpool agierte. Ja, Hogbourne-Johnson bewies schließlich eine verhältnismäßig tiefe Einsicht in Widmerpool, als es zu dem gigantischen Streit wegen Diplock kam, der dann – was Widmerpool und Hogbourne-Johnson anging – in die Frage mündete, wer das Aufklärungsregiment der Division kommandieren solle.

Die Aufklärungseinheit, damals gerade im Entstehen begriffen, war etwas, an dem Oberst Hogbourne-Johnson von Anfang an ein spezielles, allerdings nicht völlig wohlwollendes Interesse nahm.

»Diese Aufklärungs-Kameraden tun nicht mehr als das, was wir von der Leichten Infanterie zu Fuß fertiggebracht haben«, pflegte er zu sagen. »Heutzutage wollen sie eine Flotte von Panzerfahrzeugen für ihre verdammten Operationen haben, und Kosten spielen keine Rolle. Es wird 'ne Menge verdammten Unsinns über dieses sogenannte Aufklärungsbataillon erzählt.«

Das Aufklärungscorps – wie die Einheit dann später genannt wurde – war in der Tat während seiner Entstehungszeit ein Gegenstand beträchtlichen Streits unter den höheren Chargen. Einige Experten dachten wie Oberst Hogbourne-Johnson; andere hielten genau das Gegenteil für richtig. Ein Aspekt des Problems drehte sich darum, ob das Aufklärungscorps – das seinen Ursprung bis zu einem gewissen Grad in den Panzerabwehrkompanien einer früheren Phase des Krieges hatte – als praktisches Abstellgleis für Offiziere benutzt werden solle, die, obwohl kompetent, von ihrer Muttereinheit aus dem einen oder anderen Grund für weniger als akzeptabel gehalten wurden; oder ob andererseits das Corps zu einer der Eliteeinheiten der Armee zu formen sei, die die freie Auswahl unter den besten der zur Verfügung stehenden Offiziere und Soldaten habe. Zum Beispiel: Yanto Breeze von meinem früheren Bataillon war nach dem nie aufgeklärten Tod – Freitod oder Mord? – von Feldwebel Pendry zu einer Panzerabwehrkompanie übergewechselt. Er war allein insofern in die Sache verwickelt gewesen, als er in dieser Nacht der diensthabende Offizier war, was ihm zu dem Wunsch ausreichte – die Sache brachte die Unannehmlichkeit einer Anhörung vor dem Untersuchungsgericht mit sich –, das Bataillon zu verlassen. Ein guter, allerdings nicht ausgesprochen glänzender Offizier, den man als völlig geeignet für die Panzerabwehrkompanie fand. Verfechter eines stilvolleren Aufklärungscorps hätten vielleicht, zu Recht oder nicht, bessere äußere Qualifikationen für die Rekrutierung ihrer Offiziere für notwendig erachtet, als Breeze sie aufweisen konnte. Das war im Wesentlichen der Stand der Dinge. Auch Widmerpool fand diese ganze Frage äußerst interessant – und zwar sowohl als Amateursoldat wegen ihrer taktischen Möglichkeiten als auch als professioneller Intrigenspinner, weil sie ihm alle Arten von Möglichkeiten bot, sich persönlich einzumischen.

»Hogbourne-Johnson spielt ein doppeltes Spiel hinsichtlich des Aufklärungscorps«, sagte er. »Zufälligerweise ist mir das bekannt. Der Divisionskommandeur ist sehr stark an der neuen Einheit interessiert. Dagegen können sich weder der General des Corps noch der der Abteilung Kommando für das Thema begeistern, und sie sind wenig hilfreich darin, die Dinge voranzutreiben. Hogbourne-Johnson glaubt – meiner Meinung nach zu Recht –, General Liddament plane, ihn loszuwerden. Entsprechend tut er alles, sich bei den anderen beiden Generälen einzuschleimen, indem er deren Politik unterstützt. Er erwartet dann ihre Hilfe, wenn er von seiner Ernennung freigestellt wird.«

»Wie der ›ungerechte Haushalter‹.«

»Wer war das?«

»In der Bibel.«

»Ich dachte, du meinst einen Offizier dieses Namens.«

»Der, der sagt, schreibe zehn, wenn es fünfzig hätten sein sollen.«

»Da ist nichts Ungerechtes dran«, sagte Widmerpool, wie immer alles wörtlich nehmend. »Natürlich muss Hogbourne-Johnson die Befehle seines eigenen Divisionskommandeurs befolgen. Ich will auch überhaupt nicht andeuten, dass er dabei ist, die Grenzen der Disziplin zu überschreiten. Schließlich ist die Entwicklung der Aufklärungseinheit Ansichtssache. Ein Berufsoffizier seines Ranges hat selbstverständlich das Recht, eine eigene Meinung zu haben. Doch worüber unser General nicht besonders erfreut sein würde, wäre zu hören, dass Hogbourne-Johnson Himmel und Erde in Bewegung setzt, damit ein Freund von seinem eigenen Regiment zum Kommandeur dieser neuen Einheit ernannt wird.«

»Woher weißt du das?«

»Weil auch ich meinen Kandidaten habe.«

»Für das Kommando des Aufklärungscorps?«

»Als ich mich näher mit der Sache beschäftigte, bin ich auf Hogbourne-Johnsons Spuren gestoßen. Aber ich kann ihm einen Strich durch die Rechnung machen.«

Widmerpool lächelte und nickte auf eine Weise, die äußerste Gerissenheit andeuten sollte.

»Wer?«

»Niemand, den du kennen würdest. Ein exzellenter Offizier aus meiner Bekanntschaft namens Victor Upjohn. Ich kenne ihn von der Landwehr her. Ein erstklassiger Mann.«

»Werden sie nicht jemanden von der Kavallerie ernennen, was auch immer Hogbourne-Johnson oder du willst?«

»Sie werden meinen Infanteristen ernennen – und froh sein, ihn zu haben.«

»Wenn der General wahrscheinlich verärgert darüber sein

wird, dass Hogbourne-Johnson hinter seinem Rücken an Ernennungen zu Kommandeuren in seiner Division bastelt, wird er dann nicht noch weniger erfreut sein herauszufinden, dass du dasselbe Spiel spielst?«

»Er wird es nicht herausfinden. Und auch Hogbourne-Johnson nicht. Die Ernennung Upjohns wird einfach nur im Amtsblatt bekanntgemacht. In der Zwischenzeit bin ich bereit, soweit es geht und bis zu einem gewissen Punkt mit Hogbourne-Johnson zu kooperieren. Schließlich, wenn ich den richtigen Mann für das Kommando des Aufklärungscorps kenne, ist es meine Pflicht, ihn auch dahin zu bringen.«

Es sprach einiges für diese Ansicht. Wenn man sich in der Armee, oder auch sonst, durchsetzen will, hat es keinen Zweck, die Regeln allzu akribisch zu befolgen – ein Grundprinzip, das sich an allen großen militärischen Karrieren, und an den meisten im zivilen Leben, in reichlichem Maße illustrieren lässt. Was Widmerpool nicht einkalkuliert hatte, war, wie sich die Dinge dann entwickelten, eine plötzliche Verschlechterung seiner eigenen Beziehungen zu Oberst Hogbourne-Johnson. Ohne Zweifel lag der Grund dafür, dass er von deren Festigkeit trotz der unsicheren Gemütslage des Obersten überzeugt war, darin, dass Widmerpool es fast ausschließlich mit seinem unmittelbaren Vorgesetzten, Oberst Pedlar, zu tun hatte und deshalb weniger Anlässe zu Reibereien mit jener anderen, explosiveren Seite bestanden. Natürlich hatte er von Zeit zu Zeit Kontakt mit Oberst Hogbourne-Johnson, aber es ergab sich zwischen den beiden keine tagtägliche Routinebeziehung, während deren Hogbourne-Johnson wahrscheinlich früher oder später aus Prinzip hätte unangenehm werden können.

Oberst Pedlar stellte, als Leiter der Abteilungen A und Q, überhaupt kein Problem dar. Ebenfalls ein vollgültiger Oberst und ebenfalls mit dem Militärkreuz ausgezeichnet, verspürte er wenig Verlangen, anderen aus Prinzip das Leben unangenehm zu machen. Eine gewisse Steifheit in seinem Verhalten bei offiziellen Transaktionen erklärte sich möglicherweise eher aus seiner Befürchtung, es könne vielleicht mehr von ihm erwartet werden, als er zu bieten hatte, als, wie bei Hogbourne-Johnson, aus einem angeborenen Instinkt, bei all seinen Handlungen unvernünftig zu sein. Oberst Pedlar schien fast überrascht, den Rang erreicht zu haben, den er jetzt innehatte, und er schien so gut wie keinen Ehrgeiz zu besitzen, weiter aufzusteigen, oder wenigstens die geringe Hoffnung zu hegen, er würde zur gegebenen Zeit zum Brigadegeneral befördert. Die Langsamkeit seiner Gedankenprozesse regte seinen Untergebenen, Widmerpool, manchmal auf, obwohl diese Prozesse insgesamt gesehen verlässlich waren. Wenn Oberst Hogbourne-Johnson wie eine Eule aussah, dann ähnelte Oberst Pedlar einem Retriever, einem treuen Hund, kerngesund und bereit, es mit einem Rüden aufzunehmen, der doppelt so groß ist wie er, oder durch einen reißenden Fluss zu schwimmen, um das geschossene Wild seines Herrn zu holen, einem Hund, der aber gleichzeitig nicht erste Klasse im Aufnehmen einer schwierigen Witterung ist.

Der Ärger mit Oberst Hogbourne-Johnson wäre, so wie er sich in diesem besonderen Augenblick ereignete, vielleicht nie entstanden, wenn Oberst Pedlar nicht zufällig abwesend gewesen wäre. Als er dann, plötzlich und heftig, einsetzte, erwies sich sein Grund als eine weit fadere Angelegenheit als die heimliche Steuerung von Ernennungen. Ja, der Zwischenfall war von so nebensächlicher Natur, von solcher Alltäglichkeit, dass ich (wenn ich nicht selbst – als Folge des ungewöhnlichen Resultats, dass das Hauptquartier der vorrückenden Truppen und das der Nachhut am Ende eines dreitägigen Manövers zu einem einzigen Element zusammengeführt wurden – Zeuge gewesen wäre) nachher immer vermutet hätte, ein wesentlicher Teil der Geschichte sei weggelassen worden, und stets geglaubt hätte, dass nichts an sich so Triviales Widmerpool derartig aus der Fassung bringen könnte. Meine Ungläubigkeit war, vermute ich, darauf zurückzuführen, dass ich selbst nach all den Jahren, die ich Widmerpool kannte, sein ungeheures, fast morbides Selbstwertgefühl unterschätzte.

Während der Manöver war der Verteidigungszug verantwortlich für den Schutz des Hauptquartiers der vorrückenden Truppen des Divisionskommandeurs. Das bedeutete, dass ich bei solchen Gelegenheiten im Quartier des Generals untergebracht und folglich zeitweise von Widmerpool getrennt war, dessen Pflichten als SAGA sich auf das Hauptquartier der Nachhut konzentrierten. Am letzten Abend dieser besonderen Übung, eines dreitägigen Manövers des Kommandos, war das HQ der vorrückenden Truppen wie gewöhnlich in einem kleinen Farmhaus etabliert, einem jener verstreuten Wohngebäude in der abschreckenden Landschaft im nordwestlichen Areal des Kommandos, ganz oben in der Ecke der Landkarte. Die ersten sechsundfünfzig Stunden waren – wie ich das in der Nacht vor unserem Ausrücken vorhergesehen hatte – ziemlich lebhaft gewesen und hatten uns nur wenig Gelegenheit gegeben zu schlafen. Doch als sich der General und sein Operationsstab am Ende des dritten Tages zu einem späten Mahl niederließen, herrschte das allgemeine Gefühl vor, man könne mit Fug und Recht annehmen, dass der größte Teil der Anstrengungen des Manövers nun vorüber sei. Für eine kurze Zeit konnte jeder die Zügel locker lassen. Der General selbst befand sich in einer exzellenten Stimmung, denn die Schlacht gegen die Blaue Seite war praktisch gewonnen.

Eine einsame Öllampe warf einen Kreis trüben Lichts über den Tisch, an dem wir in dem Wohnzimmer des Farmhauses aßen, den Rest des Raumes im schweren Schatten lassend und die zentralen Gestalten der anwesenden Gesellschaft durch ihren Schein dramatisch hervorhebend. Handelte es sich um eine Gruppe von Konspirateuren – die Pulververschwörung von 1605 etwa –, dargestellt in der Kreuzschraffur alter Kupferstiche? Das wohl nicht gerade. Dennoch, das harte Licht und die Schatten gaben dem Kreis der Köpfe eine seltsame, mysteriöse Einheit. Durch die Gesichter der beiden Obersten, Vogel und Hund, erhielt das Bild eine zusätzliche Note des gewollt Grotesken und Surrealen, die möglicherweise die satirische Absicht des Künstlers, eines vielleicht politischen Karikaturisten, andeutete. Die Obersten waren zu beiden Seiten General Liddaments platziert, der, tief in Gedanken versunken, am Kopf des Tisches saß. Seine hageren, bartlosen, asketischen Gesichtszüge – die eines Schulmeisters oder Priesters; eine Spur denen von Sir Magnus Donners ähnlich – hatten eine gelbliche Farbe. Vielleicht war es dieses Gelbbraun, das mich zu einer solchen Deutung dieser ganzen Bildmetaphorik führte, die mir jetzt plötzlich klar wurde.

Das hier war der Pharao, zwischen zwei Schutzgöttern, die ihn von menschlicher Berührung abschirmten, in die Nische eines Schreins gemeißelt. Alles lag klar auf der Hand. Oberst Hogbourne-Johnson und Oberst Pedlar waren tierköpfige Götter des alten Ägypten, Oberst Hogbourne-Johnson natürlich Horus, einer jener in Stein gemeißelten Darstellungen, in der der Herr der Morgensonne eher einer Eule als einem Falken ähnelt, einer übellaunigen Eule zudem. Oberst Pedlars Hundeschnauze war dagegen milder als die normale Version des schakalgesichtigen Anubis, dessen Herrschaft über Grabmäler und die Toten in der Tat in das Aufgabengebiet des Leiters von ›A und Q‹ fiel. Einige der anderen Anwesenden ließen sich weniger leicht in das ägyptische Pantheon einordnen. Ja, ich kam schließlich zu dem Schluss, dass keiner von ihnen wirklich ein Gott sei, sondern alle nur Tempelsklaven. Cocksidge zum Beispiel, der für den Nachrichtendienst zuständige Offizier mit dem Ausdruck eines eifrigen, älteren kleinen Jungen in seinem blassen Gesicht (obwohl er schon fast dreißig war), war ganz gewiss der niedrigste der Sklaven, der nur die äußeren, weniger heiligen Bezirke des Schreins reinigen, die Latrine des Priesters, wenn so etwas überhaupt auf dem Gelände des Tempels existierte, mit seinen Händen leeren durfte. Greening, der Adjutant des Generals, mit rosigem Gesicht, blond, gutmütig, etwa zwanzig Jahre alt, war wohl ein ausländischer Gefangener, der darauf wartete, auf dem Altar dieser anthropomorphen Trinität geopfert zu werden. Ehe ich noch sonst jemanden zufriedenstellend identifizieren konnte, ergriff Oberst Pedlar das Wort.

»Wie ist die Schlacht verlaufen, Derrick?«, fragte er.

Bis dahin hatte Schweigen geherrscht. Alle waren müde. Außerdem: Obwohl Oberst Hogbourne-Johnson und Oberst Pedlar nicht besonders gut miteinander auskamen, waren sie sich doch einig in der Meinung, dass ihr Rang ihnen oberflächliches Geplauder mit Untergebenen verbiete. Beide gaben sich deshalb bei Mahlzeiten ständig Mühe zu vermeiden, dass ihre Blicke denen der jüngeren Offiziere begegneten und sich so vielleicht zwangsläufig ein Gespräch ergab. Um sicherzugehen, dass sich etwas derartig Unachtsames nicht ereignen möge, starrten sie einander stets mit all der Festigkeit eines frisch verlobten Paares, das auf ewig jeweils von der zauberhaften Erscheinung des anderen entzückt ist, ununterbrochen über den Tisch hinweg ins Gesicht. Und so verhielten sich die beiden Obersten auch jetzt wieder, als Oberst Pedlar plötzlich diese Frage stellte. Sie war zweifellos als Ausdruck höflichen Interesses an dem Tagesverlauf seines Kollegen intendiert und nicht so sehr als Ersuchen um weitere taktische Informationen über das Manöver, ein Thema, von dem Oberst Pedlar und jeder der anderen Anwesenden inzwischen mehr als genug haben mussten. Doch Oberst Hogbourne-Johnson entschloss sich, sie im letzteren Sinne zu verstehen.

»Ziemlich blutig, Eric«, sagte er. »Ziemlich blutig. Wenn du wissen willst, wie es war, lies den La-Be.«

»Ich hab ihn gelesen, Derrick.«

Die Assonanz der Vornamen der beiden Obersten verlieh ihren Dialogen immer eine gewisse Skurrilität.

»Lies ihn noch mal, Eric, lies ihn noch mal. Es wäre gut, wenn du das tätest. Es gibt darin mehrere Punkte, die ich später noch behandeln möchte.«

»Wo ist er, Derrick?«

Oberst Pedlar schien das intellektuelle Rüstzeug zu der Erklärung zu fehlen, dass er absolut keine Notwendigkeit – und noch weniger Lust – empfinde, den Lagebericht noch einmal zu lesen. Da er jedoch das Thema angeschnitten hatte, hielt er es vielleicht für seine Pflicht, es weiterzuverfolgen.

»Cocksidge wird ihn für dich holen, Eric. Er hat ihn in seiner eigenen kalligrafisch' Hand skribieret. Suche er den LaBe heraus, Jack.«

In einer gewissen Stimmung, besonders wenn er Widmerpool aufziehen wollte, neigte der General dazu, seine Sätze in alte, nicht mehr übliche Worte zu kleiden. Entweder weil dieser Stil auch ihm selbst zusagte, oder, wahrscheinlicher, weil er mit seinem Gebrauch ein Kompliment an den Divisionskommandeur zu implizieren beabsichtigte, favorisierte auch Oberst Hogbourne-Johnson diese Art zu sprechen. Als er das sagte, war Cocksidge augenblicklich auf den Füßen, und sein Gesicht verriet, wie immer, Respekt vor denen, die einen höheren Rang als er einnahmen. Cocksidges Verhalten seinen Vorgesetzten gegenüber erinnerte mich stets an einen Satz, den Odo Stevens gesagt hatte, als wir zusammen in dem Kurs in Aldershot waren:

»Guten Morgen, Hauptfeldwebel, hier ist ein Spatz für Ihre Katze.«

Cocksidge befand sich sozusagen in einem chronischen Zustand der Versorgung der Hauptfeldwebel-Katzen mit Spatzen (natürlich auf einer höheren militärischen Rangebene). Seine eigene notorische Respektlosigkeit gegenüber Untergebenen war von großer Stumpfsinnigkeit, aber der Einfallsreichtum, mit dem er seine Unterwürfigkeit gegenüber Vorgesetzten betrieb, grenzte an Genialität. Es bereitete ihm enorme Freude, jedem, der zwei Ränge über ihm stand, zu Diensten zu stehen, und seine Untertänigkeit selbst vor Majoren hatte das Wesen von Demut. Er hatte die Vorlieben und Abneigungen von Oberst Hogbourne-Johnson und Oberst Pedlar genau, fast wissenschaftlich, studiert und behandelte den General mit einer Verehrung, die sogar eine leichte Spur von Anbetung, von Vergötterung hatte. Sein Respekt vor General Liddament war so groß, dass er in dessen Gegenwart sogar seine professionelle Jungenhaftigkeit, die ein so hervorstechendes Charakteristikum seiner allumfassenden Servilität war und mit ihrem flehentlichen Ton um Nachsicht mit seiner eigenen Jugend und Unreife zu bitten schien, ein wenig zurücknahm.

Gerechterweise muss gesagt werden, dass Widmerpool Cocksidge verachtete, eine Haltung, die dieser ausgesprochen zu genießen schien. Die beiden Obersten dagegen billigten zweifellos seine inbrünstige Beflissenheit, zollten seinen übertrieben jugendlichen Manierismen sogar Anerkennung. Allerdings muss man auch einräumen, dass Cocksidge, abgesehen von dem Gekünstelten in seiner Persönlichkeit, seinen Dienst kompetent versah. Jetzt kam er eilig mit dem Lagebericht zurück.

»Ich danke Ihnen, Jack«, sagte Oberst Pedlar.

Er studierte das Papier, indem er es mit jenem ernsten, offenbar verständnisleeren Blick anstarrte, über den sich Widmerpool mehr als einmal beschwert hatte.

»Ich hab es schon gesehen«, sagte er. »Scheint in Ordnung zu sein, Derrick. Bringen Sie es dahin zurück, wo es hingehört, Jack.«

»Ich freu mich, dass du es für in Ordnung hältst, Eric«, sagte Oberst Hogbourne-Johnson, »denn ich schmeichle mir, dass der Operationsstab, unter meiner Führung, tadellose Arbeit geleistet hat.«

Der Biss in seinem Ton hätte eine Warnung sein sollen. Wie es seine Gewohnheit war, beendete er diesen Kommentar mit einem Grinsen, das sich irgendwie hörbar aus seinem linken Mundwinkel herauspresste, mit einer Art Zischen, das die Angemessenheit oder Witzigkeit seiner Worte unterstreichen sollte. Außer wenn er in schlechter Stimmung war, pflegte er stets das, was er sagte, mit diesem gedämpften Laut abzuschließen. Tatsache war, Oberst Hogbourne-Johnson machte nie einen Versuch, das Gefühl seiner eigenen Überlegenheit über einen Mit-Offizier zu verbergen, einer Überlegenheit nicht allein im

Hinblick auf seine Stellung, sein Regiment und seine geistigen Gaben, sondern auch auf jenes Feld, auf dem er sich seiner Meinung nach besonders hervortat, nämlich in jener Arena, wo Männer von Welt ihre glänzende Schau abziehen. Das Spiel seines Witzes richtete sich oft gegen den eher gemächlichen Intellekt Oberst Pedlars, dessen Bemühungen, mit all dieser Zurschaustellung von Brillanz mitzuhalten, gelegentlich in einem Desaster endeten. So geschah es auch an diesem Abend. Nachdem er einen Blick auf den Lagebericht geworfen hatte, gab er ihn an Cocksidge zurück, der das Dokument mit gebeugtem Kopf entgegennahm, so als ob er die Kommunion empfange oder ihm eine Reliquie höchster Heiligkeit anvertraut werde. Ohne Zweifel hatte der La-Be Oberst Pedlar in der Auffassung bestärkt, dass, was das Manöver anging, kein Grund zur Sorge mehr bestehe. In Augenblicken wie diesem neigte er dazu, sich zu übernehmen.

»Willst du nicht den Tag heute Abend mit einem Glas Portwein ausklingen lassen, Derrick«, fragte er, »jetzt, wo unsere Anstrengungen fast vorüber sind?«

»Portwein, Eric?«

Der Ton, mit dem Oberst Hogbourne-Johnson das Wort aussprach, vermittelte dem Namen des Weins eine erstaunliche Bedeutungsfülle. Widmerpools Mutter hatte Jahre zuvor ›Portwein‹ in einer ähnlich interrogativen Weise intoniert, allerdings wahrscheinlich eher, um zu implizieren, ihre Gäste könnten sich glücklich schätzen, überhaupt Portwein zu bekommen, als aus den Gründen, die Oberst Hogbourne-Johnson dazu nötigten, das Wort so genau zu modulieren.

»Ja, Derrick?«

»Nicht heute Abend, Eric. Portwein tut der Leber nicht gut. Jedenfalls die Sorte von Portwein, die wir in dieser Messe haben. Ich mache einen Bogen um Portwein, Eric, und ich würde dir raten, das ebenfalls zu tun.«

»Wirklich, Derrick?«

»Wirklich, Eric.«

»Also, ich glaube, ich trinke trotzdem ein Gläschen. Schade nur, dass du mir dabei nicht Gesellschaft leistest.«

Oberst Pedlar gab die entsprechende Bestellung auf. Oberst Hogbourne-Johnson schüttelte missbilligend den Kopf. Er war für seine Sparsamkeit bekannt; einige sagten sogar, sie arte in Geiz aus. Ein Glas Portwein wurde an den Tisch gebracht. Oberst Pedlar hob, wie in einer Reklame für eine bekannte Marke des fraglichen Weins, das Glas gegen das Lampenlicht und drehte den Rand in seiner Hand.

»Ein Mann in meinem Regiment erzählte mir kurz vor dem Krieg, sein Großvater habe für ihn eine Pipa Portwein gelagert, die er an seinem einundzwanzigsten Geburtstag erben werde«, bemerkte er.

Oberst Hogbourne-Johnson grunzte, und zwar auf eine Weise, die implizieren sollte, dass die Einhaltung dieses besonderen Brauchs, selbst die gesellschaftliche Notwendigkeit einer solchen Vorkehrung, in der feinen Gesellschaft als viel zu selbstverständlich akzeptiert sei, um irgendeine beiläufige Bemerkung der Anerkennung erforderlich zu machen, obwohl diese Tradition sehr wohl in solchen Kreisen, die er, Hogbourne-Johnson, als ›schwere‹ Infanterie und, so könnte man hinzufügen, als zudem nicht besonders schickes Regiment zu bezeichnen gewohnt war, verhältnismäßig unvertraut sein mochte.

»Zwölf Dutzend Flaschen«, sagte Oberst Pedlar verträumt. »Ein ganz hübscher Weinkeller für einen Burschen, der gerade volljährig geworden ist.«

Oberst Hogbourne-Johnson horchte plötzlich auf. Er entblößte eine Reihe Zähne unter seinen biskuitfarbenen Bartstoppeln und der kleinen Hakennase.

»Zwölf Dutzend, Eric?«

»Ja. Stimmt das nicht, Derrick?«

Oberst Pedlar klang jetzt nervös, war sich ohne Zweifel bereits bewusst, dass er sich mit seinem Anspruch, die Welt zu kennen, zu weit vorgewagt hatte, dass er sich – nicht zum ersten Mal – einen elementaren Fauxpas geleistet hatte.

»Zwölf Dutzend?«, wiederholte Oberst Hogbourne-Johnson. Er gab seiner Frage besonderen Nachdruck, implizierend, dass er sich wohl verhört haben musste.

»Ja.«

»Du hast weit am Ziel vorbeigeschossen, Eric. Bist überhaupt nicht Bilde.«

»Wirklich, Derrick?«

»Ganz sicher, Eric.«

»Was ist denn dann eine Pipa, Derrick? Ich bin doch kein Weinhändler.«

»Man muss kein Weinhändler sein, um zu wissen, was eine Pipa Portwein ist, alter Junge. Das sollte jeder wissen. Hat nichts damit zu tun, dass man Händler ist. *Mehr als fünfzig Dutzend.* Das ist, was eine Pipa ist. Du liegst absolut falsch mit deiner Rechnung. Könntest nicht falscher liegen. Hast deinen Rechenschieber nicht richtig eingestellt. Bist in einem völlig verkehrten Kartenquadrat gelandet. Hast einen kapitalen Bock geschossen. Du hast den Anfang vermasselt und dir einen Fehlstart geleistet.«

»Beim Jupiter, das ist eine Pipa?«

»Das ist eine Pipa, Eric.«

»Dann hab ich mich geirrt, Derrick.«

»Das hast du in der Tat, Eric. Du hast dich in der Tat geirrt. Beim Jupiter, das hast du.«

»Ich bin erschüttert, Derrick. Beim nächsten Mal muss ich es besser machen.«

»Das ist wahr, Eric, das ist wahr – oder wir werden nicht wissen, was wir von dir halten sollen.«

General Liddament schien sie nicht zu hören. Es war, als sei er in einen kataleptischen Schlaf gefallen oder befinde sich unter dem Einfluss einer starken Droge. Nach diesem Gespräch zwischen den beiden Obersten trat eine weitere lange Pause ein – eine von diesen sich endlos hinziehenden Abwesenheiten jeglicher Konversation, die so charakteristisch sind für die Armeemessen (zumindest die britischen) und in deren Verlauf, wie Augenblick auf Augenblick vergeht, man das Gefühl hat, dass jemand im Begriff sei, eine erschreckende Äußerung hervorzustoßen, diese jedoch aus keinem besonderen Grund stets in der Schwebe bleibt, für immer unterdrückt, aus einer inneren Notwendigkeit unfähig, endlich Form anzunehmen. Ein alter Blechwecker tickte auf der Anrichte laut vor sich hin, die schnelle Vergänglichkeit menschlichen Lebens betonend. Oberst Pedlar nippte gelegentlich an seinem Portwein, aber der Genuss war nach seinem Fauxpas dahin. Cocksidge kratzte mit der Kante seiner Hand sehr ruhig mehrere Krümel auf dem Tischtuch zusammen und schob sie, ergeben, doch gleichzeitig auch sehr geziert, auf seinen leeren Teller, so als wolle er selbst hier, im Bereich der Speisen, sein immerwährendes Engagement sichtbar zum Ausdruck bringen, das Umfeld jener, die in ihrer Befehlsgewalt über ihn gestellt waren, tipptopp in Ordnung zu halten und sein Bestes, so bescheiden das auch sein mochte, daranzusetzen, ihr Leben so angenehm wie möglich zu machen. Noch am Morgen dieses Tages war ich in dem trüben Licht der Dämmerung in der Küche des Farmhauses über ihn gestolpert und wäre fast der Länge nach hingeschlagen, als er auf den Knien vor dem Feuer hockte und die Butterration anwärmte, um ihr die angemessene Konsistenz zu geben, damit der General sie ohne Mühe schneiden könne, wenn er am Frühstückstisch erschien. Ohne Zweifel war der Geist Cocksidges während all jener Perioden des Schweigens, von denen sich eine jetzt wieder über die Messe gelegt hatte, unaufhörlich mit neuen Projekten der Selbsterniedrigung vor den Mächtigen befeuert. Inzwischen war nicht mehr darauf zu hoffen, dass es noch etwas zu essen geben würde. Es schien mir an der Zeit, mich von der Tafel zurückzuziehen, denn was sonst hätte sich noch gelohnt, länger dort zu bleiben.

»Darf ich gehen und nachsehen, wie der Verteidigungszug vorankommt, Sir?«

General Liddament schien das zunächst nicht gehört zu haben. Dann aber riss er sich mit sichtlicher Anstrengung aus seiner tiefen Kontemplation. Es war, als hätte ich diese Erlaubnis von einer der hingestreckten Gestalten in einer Opiumhöhle erbeten. Es dauerte einige weitere Sekunden, bis er zu sich kam und die Frage bedachte. Als er dann sprach, tat er das mit dem Ton fast biblischer Feierlichkeit.

»Gehen Sie, Jenkins, gehen Sie. Keiner meiner Offiziere soll je daran gehindert werden, sich um die Bedürfnisse seiner Männer zu kümmern.«

In diesem Augenblick betrat ein Feldwebel den Raum und näherte sich dem General.

»Es ist gerade die Nachricht über Funk gekommen, Sir, dass sich wieder feindliche Flugzeuge über der Stadt befinden.«

»Gut – ergreifen Sie Routinemaßnahmen.«

Der Feldwebel zog sich zurück. Ich folgte ihm in den schmalen Korridor hinaus, wo meine Ausrüstung an einem Haken hing. Ich schnallte den Gürtel mit den Beuteln um und machte mich auf den Weg zu den Außengebäuden. Die meisten der Männer des Zuges hatten es sich in dem hoch aufgetürmten Stroh auf dem Dachboden bequem gemacht, einige schnarchten munter vor sich hin. Feldwebel Harmer war gerade dabei, sich ebenfalls schlafen zu legen und hatte das Kommando an Unteroffizier Mantle übergeben. Ich überprüfte schnell die Wacheinteilungen. Alles war in Ordnung.

»Es kam gerade durch, dass sie wieder über der Stadt sind, Feldwebel.«

»Diese verdammten Kerle.«

Harmer, ein Mann mittleren Alters mit buschigen Augenbrauen und massigem Körperbau, war ziemlich langsam und hielt gerne Moralpredigten. Im Zivilleben war er Vorarbeiter in einem Stahlwerk.

»Wir müssen heute Nacht nicht wegen denen wach bleiben.«

»Das ist gut, Sir. Außerdem, man weiß sowieso nie, ob sie einen nicht kriegen.«

»Ja, das stimmt.«

»Ach, man weiß es nie. Es ist ein unsicheres Leben, das steht fest. Heute noch quicklebendig, und morgen bist du schon nicht mehr da. Als meine Frau letztes Jahr ins Krankenhaus kam, hab ich die Schwester getroffen und gefragt, wie die Operation verlaufen ist. Sie hat nicht geantwortet und nur gesagt, der Doktor wollte mit mir sprechen. Da wusste ich schon, was er sagen würde. Noch am Abend davor, als ich sie besuchte, sagte sie: ›Ich glaube, ich lass mir ein paar neue Zähne machen.‹ Keiner von uns kann wirklich sagen, was wird.«

»Das ist wahr. Keiner.«

Auch als er mir die Geschichte mit den Zähnen zum ersten Mal erzählt hatte, war mir keine andere Antwort als diese eingefallen.

»Ich versuche jetzt etwas Schlaf zu kriegen. Es ist alles in Ordnung, und Unteroffizier Mantle wird übernehmen.«

»Gute Nacht, Feldwebel.«

Unteroffizier Mantle blieb bei mir zurück. Er wollte die Gelegenheit nutzen und mit mir privat über die Probleme sprechen, die sich im Zusammenhang mit seiner Kandidatur für die Offizierslaufbahn ergeben hatten. Oberst Hogbourne-Johnson hatte sich entschlossen, in dieser Sache so viele Schwierigkeiten wie möglich zu machen. Mantle war ein guter Unteroffizier. Niemand wollte ihn verlieren. Ja, Oberst Hogbourne-Johnson plante, ihn zum Feldwebel und schließlich vielleicht zum Hauptfeldwebel zu befördern, wenn sich die Gelegenheit ergab, Harmer loszuwerden, der ihm nicht jung genug war oder keine außergewöhnliche Energie aufzubringen vermochte, wenn er auch seinen Dienst angemessen versah. Widmerpool, über den solche Dinge häufig liefen, war es völlig egal, was mit Mantle geschehen sollte. Er unterstützte Hogbourne-Johnsons obstruktive Taktik in dieser Sache, und zwar teilweise, weil er das für den Weg des geringsten Widerstandes hielt, und teilweise, weil er selbst nie müde wurde, die unbestreitbare Wahrheit zu wiederholen, dass die Armee eine Institution sei, deren Ziel nicht auf die Annehmlichkeiten des Einzelnen gerichtet ist, sondern auf die Schaffung einer höchst effektiven Organisationsform eines Instruments, das darauf angelegt ist, Kriege zu gewinnen.

»Im gegenwärtigen Augenblick gibt es viele junge Männer an den Offiziersausbildungsschulen, die potentiell gute Offiziere sind«, sagte Widmerpool. »Gute Unteroffiziere dagegen sind stets selten anzutreffen. Diese Situation könnte sich leicht ändern, wenn viele Soldaten fallen, sie *wird* sich ändern, soweit Offiziere betroffen sind – obwohl gute Unteroffiziere dann zweifellos noch schwerer zu bekommen sein werden. Letzten Endes ist natürlich die Zahl derer, die das Zeug haben, Offizier zu werden, auf die verhältnismäßig kleine Minderheit beschränkt, die die nötigen Qualifikationen besitzen – und glaub nicht einen Moment lang, dass ich der Ansicht sei, diese Minderheit käme notwendigerweise, oder auch in erster Linie, aus der traditionellen Offiziersklasse. Im Gegenteil.«

»Aber Mantle kommt nicht aus der Schicht, die du traditionelle Offiziersklasse nennst. Sein Vater betreibt einen Zeitungsladen, und er selbst hat irgendeinen untergeordneten Job in einer Stadtverwaltung.«

»Das mag ja sein«, sagte Widmerpool, »und er verdient sicher mehr Ellenbogenfreiheit. Mantle ist ein guter Mann. Gleichzeitig aber sehe ich keinen Grund, warum ich seinen Fall mit ungebührlichem Nachdruck behandeln sollte. Wie ich schon mal sagte, halte ich nicht viel von Hogbourne-Johnsons Fähigkeiten als Stabsoffizier – in diesem besonderen Punkt stimme ich mit dem General überein –, aber Hogbourne-Johnson bewegt sich innerhalb seiner Rechte, ja handelt völlig korrekt, wenn er versucht, den Abgang eines Unteroffiziers zu verhindern, weil er das Gefühl hat, dass dadurch die Effizienz des Hauptquartiers gemindert würde.«

Dabei blieb es dann. Außerhalb der Scheune hatte ich ein ziemlich langes Gespräch mit Mantle über seine Situation. Als ich zum Farmhaus zurückkehrte, schien jeder bereits ins Bett gegangen zu sein; zumindest machte der Raum, in dem wir gegessen hatten, zunächst einen völlig verlassenen Eindruck, obwohl die Öllampe noch nicht gelöscht war. Man hatte sie allerdings vom Esstisch genommen und auf die Anrichte gestellt, die rechts neben dem offenen Kamin stand. Dann aber, als ich durch das Zimmer auf die Treppe in seinem hinteren Teil zuging, bemerkte ich, dass sich General Liddament noch nicht in sein Schlafzimmer zurückgezogen hatte. Er saß auf einem Küchenstuhl, seine Füße ruhten auf einem weiteren, und las in einem kleinen blauen Buch, das wie die Taschenausgabe irgendeines Klassikers aussah. Als ich an ihm vorbeiging, schaute er auf.

»Gute Nacht, Sir.«

»Was macht der Verteidigungszug?«

»Alles in Ordnung, Sir. Die Wachen sind eingeteilt. Es gibt Heu, auf dem sie schlafen können.«

»Und die Latrinen?«

»Wir haben zwei ausgehoben, Sir.«

»In Windrichtung?«

»Beide in Windrichtung, Sir.«

Der General nickte anerkennend. Er legte zu Recht Wert auf sanitäre Disziplin. Ich hatte den Eindruck, dass er noch immer in der außergewöhnlich guten Stimmung von vor dem Abendessen war. Ohne Zweifel freute er sich über den Tagestriumph über die Blaue Seite. Dann hob er plötzlich das Buch, in dem er gelesen hatte, hoch und hielt es mit ausgestrecktem Arm über seinen Kopf. Einen Moment lang dachte ich, er würde es gegen mich schleudern. Stattdessen schüttelte er den schmalen Band hin und her, so dass das Lesebändchen am oberen Ende durch die Luft flatterte.

»Sie lesen gerne Bücher, nicht wahr?«

»Ja, Sir.«

»Was halten Sie von Anthony Trollope?«

»Ich hatte immer Schwierigkeiten, ihn zu lesen, Sir.«

Das letzte Mal, dass ich über Bücher mit einem General diskutiert hatte, war mit General Conyers gewesen, einem viel älteren Mann als General Liddament, einem Mann, dessen

Interessen bekanntermaßen von der Psychoanalyse bis zur vergleichenden Religionsgeschichte und darüber hinaus auch noch in viele andere Richtungen reichten. Langjährige Erfahrungen in der Welt des königlichen Hofes und des Militärs hatten General Conyers eine lockere Toleranz gegenüber den Meinungen anderer gelehrt, seien sie nun literarischer oder irgendeiner anderen Art. General Liddament dagegen schien diese Nachgiebigkeit denen gegenüber, die seine Lieblingsautoren nicht in gleichem Maße schätzten, keineswegs zu teilen. Meine Antwort zeitigte eine scharfe Wirkung. Er stieß den zweiten Stuhl mit solcher Wucht von sich, dass er mit großem Gepolter umfiel. Dann setzte er seine Füße auf den Boden und drehte seinen Stuhl so herum, dass er mir ins Gesicht sehen konnte.

»Sie hatten immer Schwierigkeiten, Trollope zu lesen?«

»Ja, Sir.«

Er war offensichtlich unfähig, meinen Worten Glauben zu schenken. Es handelte sich hier um eine unglückliche Situation. Es entstand eine lange Pause, während deren er mich anstarrte.

»Warum?«, fragte er schließlich.

Er sagte das in einem sehr strengen Ton. Ich versuchte, eine Antwort zu finden. Aus der Vergangenheit drängten sich einige abgenutzte Fetzen längst vergessener Literaturkritik auf, biegsam genug, um sich eiligst zusammenstückeln zu lassen und anstelle eines angemesseneren Kleidungsstücks die dialektische Nacktheit der gerade abgegebenen Erklärung zu bedecken.

»… der Stil … gewisse sich wiederholende Tricks der Formulierung … Psychologie oft wenig überzeugend … manchmal ausgesprochen unehrlich in der Behandlung individueller Beziehungen … Frauen analysieren nicht ihre eigene, dort dargestellte Notlage … ja, der Autor denkt mehr, als dass er fühlt … natürlich, er besitzt enorme erzählerische Fähigkeiten … wohlstrukturiertes Material … all das ergibt Genialität … ein gewisses Gefühl für Charaktere, wenn auch stilisiert … und natürlich als ein Bild der Zeit …«

»Unsinn«, sagte General Liddament.

Er klang wirklich sehr verärgert. Die ganze gute Laune, die die Niederlage der Blauen Seite erzeugt hatte, war wegen der gedankenlosen Darlegung literarischen Vorurteils meinerseits verpufft. Es wäre vielleicht klüger gewesen, irgendein unverbindliches Urteil abzugeben. Möglicherweise würde ich jetzt wegen solcher aufrührerischer Ansichten unter Arrest gestellt. Der General dachte lange nach; vielleicht erwog er diese Frage. Dann hob er den zweiten Stuhl, der auf die Seite gefallen war, vom Boden auf. Er stellte ihn, sorgfältig, ruhig, in richtigem Abstand und Winkel zu sich, hin und legte seine Füße wieder auf den Sitz. Dann stieß er einen tiefen Seufzer aus und wippte seinen eigenen Stuhl weit zurück, bis er laut in den Leimstellen knackte. Diese körperliche Entspannung schien bei ihm eine größere, ganz unerwartete Ausgeglichenheit zu bewirken.

»Ich kann nur sagen, dass Ihnen eine Menge entgeht.«

Er sagte das in einem milden Ton.

»Das ist mir schon oft gesagt worden, Sir.«

»Wen mögen Sie denn dann, wenn Sie Trollope nicht mögen?«

Einen Moment lang fiel mir kein einziger Name eines Schriftstellers, ob gut oder schlecht, in der gesamten Geschichte der Literatur ein. Wen gab es da? Dann erinnerte ich mich langsam an ein paar bewunderte Gestalten – Choderlos de Laclos – Lermontow – Svevo ... Aber irgendwie hatten diese nicht den richtigen Klang. Ich hatte das Gefühl, dass sie allzu obskur, allzu eklektisch seien. In meinem Bemühen, einen von mir geschätzten Autor zu nennen, der hinsichtlich seines Materials und dessen Behandlung Trollope nicht zu unähnlich war und gleichzeitig (nicht nur weil ich selbst viel von ihm hielt) einen Kontrast zu ihm bildete, weil sein Werk eine große Variationsbreite besaß und einen weiten Bereich umfasste, drängte sich mir plötzlich die »Comédie humaine« auf.

»Balzac zum Beispiel, Sir.«

»Balzac!«

General Liddament brüllte diesen Namen förmlich. Man konnte unmöglich sagen, ob Balzac eine gute oder schlechte Antwort war. Da gab es keine Zwischenstufen. Die Wucht des Ausrufs erlaubte da keinen Zweifel. Der General ließ die vorderen Beine seines Stuhls wieder auf den Boden hinunter. Er dachte einen Moment lang nach. Da ich ein Kreuzverhör befürchtete, versuchte ich mich an die Plots all der Balzac-Romane zu erinnern, die ich je gelesen hatte – keineswegs eine große Zahl im Verhältnis zum Gesamtwerk. Doch die nächste Frage lenkte die Diskussion weg von dem Bereich der Literaturkritik als solcher.

»Haben Sie ihn auf Französisch gelesen?«

»Ja, Sir.«

»Sind Sie gut zurechtgekommen?«

»Die gelegentlichen technischen Beschreibungen haben mich aufgehalten – wie man eine Druckerei in der Provinz mit geborgtem Geld wirtschaftlich führt, was das beste Material für die Bedachung eines Schafstalls im Winter ist, so etwas. Gewöhnlich kann ich der Erzählung ziemlich gut folgen.«

Der General hörte nicht länger zu.

»Sie müssen sich ganz schön langweilen bei dem, was Sie gegenwärtig tun«, sagte er.

Er gab diesen Worten eine besondere Betonung, so als ob er viel über diese Sache nachgedacht hätte. Ich war so überrascht, dass ich nicht in der Lage war, eine Antwort oder einen Kommentar zu geben, ehe er wieder zu sprechen begann. Er schien jetzt jedes frühere Interesse an Autoren und Literatur verloren zu haben.

»Wann ist Ihr nächster Heimaturlaub fällig?«

»In einer Woche, Sir.«

»Guter Gott, wirklich?«

Ich nannte ihm das genaue Datum, unfähig, mir vorzustellen, was als Nächstes kommen würde.

»Werden Sie über London fahren?«

»Ja, Sir.«

»Und Sie würden einen Wechsel zu dem wollen, was Sie jetzt tun?«

»Ja, Sir.«

Es war mir nie aufgefallen, dass General Liddament in genügendem Maße an den einzelnen Personen, aus denen sich das Hauptquartier zusammensetzte, interessiert sein mochte, um solche Dinge bemerkt zu haben. Gewiss war er in dieser Hinsicht als General eine große Ausnahme. Er handelte auch, so kam mir jetzt in den Sinn, im Widerspruch zu Widmerpools oft propagierter Doktrin hinsichtlich des Einzelnen in seiner Beziehung zur Armee. Seine nächste Bemerkung war sogar noch erstaunlicher.

»Sie sind hier sehr geduldig mit uns gewesen«, sagte er.

Wieder wusste ich nicht, was ich antworten sollte. Zudem war ich mir nicht sicher, ob er mich nicht aufziehen wollte. In einer Hinsicht tat er das sicher; in einer anderen aber schien er etwas vorzuhaben. Das wurde sofort deutlicher.

»Die Sache ist die«, sagte er. »Leute wie Sie sind vielleicht an anderer Stelle nützlicher.«

»Ja, Sir.«

»Ich meine das nicht persönlich.«

»Nein, Sir.«

»Wir leben eine so kurze Zeit auf dieser Welt, dass es traurig erscheint, nicht das zu tun, wofür wir geeignet sind.«

Die Sätze kamen Widmerpools Ansichten schon näher, obwohl sie vernunftgemäßere Interpretationen darstellten; ihre Erinnerung daran, dass das Leben Staub sei, hatte zudem einen Anflug von Feldwebel Harmers Philosophie.

»Ich werde eine Botschaft an Finn schicken.«

»Ja, Sir.«

»Haben Sie je von Finn gehört?«

»Nein, Sir.«

»Finn war am Ende des letzten Krieges bei mir – ein Zivilist, natürlich, damals im Finanzwesen tätig.«

»Ja, Sir.«

General Liddament sprach das Wort ›Finanzwesen‹ mit jenem leichten Anflug von Ehrerbietung aus – mit gesenkter Stimme, irgendwo zwischen Ehrfurcht und Schrecken –, den Berufssoldaten, selbst außergewöhnliche Berufssoldaten wie er selbst, angesichts solcher mysteriöser, der schwarzen Magie verwandter Arten, den Lebensunterhalt zu verdienen, anzunehmen geneigt sind.

»Aber er hat eine gute Show abgezogen, als er bei uns war.«

»Ja, Sir.«

»Eine ganz exzellente Show.«

»Ja, Sir.«

»Hat das Victoria-Kreuz bekommen.«

»Jawohl, Sir.«

»Dann, nach dem Krieg, ist Finn aus dem Finanzwesen ausgeschieden. Ist in die Kosmetikindustrie gegangen – in Paris.«

»Ja, Sir.«

»War sehr erfolgreich da.«

»Ja, Sir.«

»Jetzt ist er mit France Libre wieder hierher zurückgekommen.«

»Jawohl, Sir.«

»Ich höre, Finn sucht nach geeigneten Offizieren für die Arbeit, die er jetzt macht. Ich schlage vor, Sie besuchen ihn mal während Ihres Urlaubs. Richten Sie ihm Grüße von mir aus. Robin wird Ihnen eine Anweisung ausstellen, wenn wir wieder im Basisquartier sind.«

›Robin‹ war Greening, der Adjutant.

»Soll ich das dem SAGA gegenüber erwähnen, Sir?«

General Liddament dachte einen Moment lang nach. Für den Bruchteil einer Sekunde sah es so aus, als ob er lächeln werde. Doch schließlich verblieb sein Mund in der üblichen enigmatisch starren Haltung, die er in Ruhestellung immer einnahm.

»Behalten Sie es für sich – behalten Sie es für sich – es wäre ganz gut, wenn Sie es für sich behielten.«

Ehe ich mich bei ihm bedanken oder noch ein weiteres Wort zwischen uns gewechselt werden konnte, wurde die Tür zu dem Zimmer heftig aufgerissen. Brigadegeneral Hawkins, der Kommandeur der Artillerie der Division, kam fast herein*gerannt*. Hochgewachsen, schlank und energisch war der K. A. jener Offizier, den Widmerpool dafür gelobt hatte, dass er, im Gegensatz zu Oberst Hogbourne-Johnson, »weiß, wie man sich zu benehmen hat, wenn man am Telefon spricht«. Widmerpool hatte Recht damit. Brigadegeneral Hawkins, der dafür gesorgt hatte, dass die Messe der Kanoniere die am besten geführte der Division war, gehörte zu den wenigen Angehörigen des Stabs, die ihre Pflichten mit jener ›Fröhlichkeit‹ angingen, die, laut Dicky Umfraville, Marschall Lyautey als erste Voraussetzung für einen Offizier erachtete. Sowohl Oberst Hogbourne-Johnson als auch Oberst Pedlar dagegen fehlte es, das musste man einfach zugeben, eindeutig an dieser Fähigkeit. Der General wiederum, dessen alter Freund der Brigadegeneral war, wie es hieß, besaß sie auf seine ganz besondere Art.

»Ich bin froh, Sie noch wach anzutreffen, Sir«, sagte er. »Es tut mir leid, Sie noch zu dieser Stunde stören zu müssen, aber Sie sollten sofort den Bericht sehen, der gerade hereingekommen ist. Ich dachte, ich komme besser selbst, und wir vermeiden so 'ne Menge Hin-und-Her-Gerede. Die Blaue Seite, die wir für umzingelt hielten, bewegt Soldaten in kleinen Gruppen über den Kanal.«

General Liddament stieß wieder den Stuhl von seinen Füßen, so dass er quer durch das Zimmer rutschte. Er nahm die Landkartentasche, die neben ihm lag, auf und begann damit, einen Platz auf dem Tisch freizumachen, auf dem eine Pfeife, Tabak und anderer Kram verstreut herumlagen. Den Trollope – ich konnte nicht sehen, welchen Roman er gelesen hatte – schob er in die Schenkeltasche seines Kampfanzuges. Brigadegeneral Hawkins umriss kurz die Situation. Ich machte Anstalten, mich von dieser Konferenz zu entfernen.

»Warten Sie«, rief der General.

Er kritzelte irgendwelche Notizen auf einen Zettel und zeigte dann mit dem Finger auf mich.

»Wecken Sie Robin«, sagte er. »Sagen Sie ihm, er soll sofort herunterkommen – noch bevor er sich anzieht. Dann gehen Sie und scheuchen den Verteidigungszug auf, damit er sogleich ausrücken kann.«

Ich ging rasch die Treppe hinauf zu Greenings Zimmer. Er schlief. Ich schüttelte ihn, bis er mehr oder weniger wach war. Greening war Derartiges gewohnt. Er sprang aus dem Bett, als sei es eindeutig eine Freude, den Schlaf beenden zu können, wieder in Bewegung zu sein. Ich übergab ihm die Befehle des Generals und kehrte dann zu dem Verteidigungszug auf dem Dachboden zurück. Die Leute waren beträchtlich weniger gewillt als Greening, sich stören zu lassen. Ja, es gab eine Menge Nörgeleien. Es dauerte nicht lange, bis der Befehl zum Ausrücken kam. Das Hauptquartier der vorrückenden Truppen begab sich an einen anderen Ort. Es handelte sich um eine Situation, die dem General ausnehmend gefiel – unerwartete Umstände, die unmittelbares Handeln erforderten. Möglicherweise war ihm mein eigener Fall trotz seiner winzigen Bedeutung in einem solchen Licht erschienen.

»Die wollen aber auch nie, dass wir richtigen Schlaf kriegen«, sagte Hauptfeldwebel Harmer, »aber wenigstens sind wir jetzt auf dem Weg nach Hause.«

Die Blaue Seite wurde zurückgeschlagen, ehe die Zeitgrenze des Manövers erreicht war. Kurz gesagt, die Schlacht war gewonnen. Es war fast früher Morgen, als das Hauptquartier der vorrückenden Truppen den Befehl erhielt, sich wieder in Bewegung zu setzen, diesmal in Vorbereitung auf unsere Rückkehr zum Basisquartier. Im Gegensatz zu dem üblichen Verfahren bei solchen Manövern erhielten wir bei dieser Gelegenheit direkten Kontakt mit unserem eigenen Hauptquartier der Nachhut; beide Abteilungen des Stabes versammelten sich in einem großen Farmgebäude, einem Kuhstall oder einer Scheune, während sie auf die Regelung des Transportverfahrens warteten.

Hier ereignete sich die Episode, die Widmerpools Haltung gegenüber Oberst Hogbourne-Johnson so radikal änderte.

Autos und Lastwagen waren entlang einer Straße zweiter Ordnung auf der anderen Seite eines Ackers, auf den Nieselregen niederfiel, aufgereiht. Eine kurze Zeit zuvor war eine Nachricht vom Basisquartier herübergekommen, die besagte, dass der Luftangriff der vorhergehenden Nacht Schäden angerichtet habe, die nach unserer Rückkehr in die Stadt die normale Administration beeinträchtigen würden. Oberst Pedlar war daraufhin sofort zurückgefahren, um solche Modifikationen der Routine vorzunehmen, die möglicherweise erforderlich waren. Seine Anwesenheit beim übrigen Stab hätte vielleicht, doch keineswegs sicher, einen Puffer zwischen Widmerpool und Oberst Hogbourne-Johnson gebildet. Wie sich die Dinge dann entwickelten, kam es, kurz bevor wir losfuhren, zu einem direkten Zusammenstoß zwischen den beiden. Gemeinsam mit zwei anderen Offizieren, mit denen er sich normalerweise ein Stabsauto teilte, war Widmerpool gerade im Begriff, den Kuhstall, in dem wir alle herumhingen, übermüdet und gähnend zu verlassen, als Oberst Hogbourne-Johnson plötzlich durch den Eingang kam. Er war offensichtlich sehr ärgerlich und ganz unfähig, die Wut, die in ihm aufwallte, zu kontrollieren. Selbst für einen professionell grantigen Mann befand er sich in einer bemerkenswert üblen Laune.

»Wo ist der SAGA?«, rief er aus vollem Hals.

Widmerpool trat mit jener ernsten, selbstgefälligen Miene vor, die, stets einen unzureichenden Eindruck von seinen wahren Fähigkeiten vermittelnd, oft darauf angelegt war, bei Leuten, mit denen er zu tun hatte, Gereiztheit zu erzeugen, auch wenn sie nicht bereits verärgert waren.

»Ich bin hier, Sir.«

Oberst Hogbourne-Johnson wandte sich Widmerpool zu, als sei er im Begriff, ihn zu schlagen.

»Wofür, zum Teufel, halten Sie sich eigentlich?«, fragte er mit immer noch sehr lauter Stimme.

»Sir?«

Widmerpool war in diesem Augenblick nicht im Geringsten auf eine solche Attacke vorbereitet. Nur ein paar Minuten zuvor hatte er sich lauthals selbst dafür gratuliert, wie erfolgreich doch sein Teil des Manövers verlaufen sei. Jetzt stand er da und starrte Oberst Hogbourne-Johnson in einer Weise an, die die Sache zwangsläufig eher schlechter als besser machen musste.

»Verkehrskoordinierung«, schrie Oberst Hogbourne-Johnson. »Was in Gottes Namen haben Sie in dieser Hinsicht getan? Wissen Sie nicht, dass das die Aufgabe eines SAGA ist? Ich vermute, das wissen Sie gar nicht. Sie wären nicht mal in der Lage, den Ausflug einer Gruppe von Pfadfinderinnen in den Pfarrhausgarten zu organisieren. Das Divisionshauptquartier hat den Befehl erhalten, sich sofort zum Basisquartier zu begeben. Ist Ihnen das bewusst?«

»Gewiss, Sir.«

»Sie haben den Marschbefehl gelesen? Sind Sie so weit gekommen?«

»Natürlich, Sir.«

»Und Sie haben die angemessenen Maßnahmen getroffen?«

»Ja, Sir.«

»Wie ist es dann möglich, dass das Mittlere Feldregiment im rechten Winkel auf unsere Route gestoßen ist? Das ist noch nicht alles. Es ist mir gerade berichtet worden, dass die Morseabteilung der Division mit all ihrer technischen Ausrüstung an einer anderen Kreuzung eine halbe Meile weiter oberhalb auf derselben Straße von einem Konvoi von Ambulanzwagen aufgehalten wird, der einen Bogen gemacht und sich genau vor ihr in die Hauptverkehrsader eingefädelt hat.«

»Ich habe mit dem Chef der Militärpolizei über Ausweichstraßen gesprochen, Sir …«, begann Widmerpool.

»Ich will nicht hören, mit wem Sie gesprochen haben«, sagte Oberst Hogbourne-Johnson mit vor Wut stark erhöhter Stimme, »ich will eine sofortige Erklärung für das infernalische Durcheinander, das Ihre Inkompetenz angerichtet hat.«

Wenn es Widmerpool nicht erlaubt war, die Vorschläge zu erwähnen, die Keef, Hauptmann und Kommandeur der Militärpolizei beim Divisionshauptquartier und bis zu einem gewissen Grad ebenfalls verantwortlich für die Verkehrsüberwachung, gemacht hatte, dann konnte er auch offensichtlich ganz unmöglich ein klares Bild von den Maßnahmen geben, die getroffen worden waren, um die Kolonnen zurückzuführen. Brigadegeneral Hawkins pflegte zwei äußerst wirkungsvolle Sätze für die Abwehr von Unzufriedenheiten oder unangenehmer Befragung seitens Vorgesetzter zu empfehlen: »Ich weiß es nicht, Sir, aber ich werde es herausfinden«, und die sogar noch effektivere Alternative: »Der fragliche Offizier/Soldat ist zu einer anderen Einheit versetzt worden.« Bei dieser Gelegenheit war jedoch keine dieser beiden großen internationalen Armeeformeln der Teufelsaustreibung anwendbar. Die Situation war sowieso einfach zu dringend. Ausnahmsweise also blieben diese zwei machtvollen Zaubersprüche wirkungslos. Doch wie sich dann herausstellte, hatte Widmerpool etwas weit Besseres zu bieten, als sich solcher unsicheren Anleitungen, wie groß ihre magische Kraft auch sein mochte, zu bedienen, um seine eigene Position zu verteidigen. Er besaß es in schriftlicher Form, in Kapitel und Vers. Statt sogleich zu antworten, erlaubte er Oberst Hogbourne-Johnson, vor Wut zu schäumen, während er selbst ein dickes kleines Notizbuch aus der Brusttasche seines Kampfanzugs zog. Er schaute sich einige Sekunden lang eine der Seiten an und begann dann sofort einen detaillierten Bericht über Truppenbewegungen, Einheit für Einheit, im gesamten unmittelbaren Operationsgebiet der Division vorzulesen.

»... Mittleres Feldregiment rückt vor von ... zieht vorbei an ... muss um ... erreicht haben ... genau gesagt, Sir, sollte es diesen Punkt der Straße schon vor zwanzig Minuten passiert haben ... Konvoi von Ambulanzwagen ... sollte weit weg von der Route der Morseabteilung sein ... sollte zur Basis über eine der Nebenstraßen, die parallel und südlich zu unserer Hauptabteilung liegt, vorrücken ... ich werde es Ihnen in einer

Sekunde auf der Karte zeigen, Sir ... ich kann mir nur denken, dass es Schwierigkeiten an der schmalen Eisenbrücke über dem Kanal gegeben hat. Diese Brücke ist nicht für schwere Lasten gebaut. Ich werde sofort einen Kurier losschicken ...«

Diese Details bewiesen lobenswerte Kenntnisse der örtlichen Verkehrsbedingungen. Widmerpool rekapitulierte noch eine Menge mehr davon. Offensichtlich verfügte er über die Bewegungstabellen der gesamten Division – Kenntnisse, die ihm als SAGA gewiss alle Ehre machten. Die Information, dass, was immer sonst noch passiert sein mochte, jedenfalls Widmerpool, zumindest dem Augenschein nach, nicht für irgendwelchen Schlamassel, der sich ereignet hatte, verantwortlich gemacht werden konnte, hätte Oberst Hogbourne-Johnson zufriedenstellen sollen. Doch Oberst Hogbourne-Johnson befand sich nicht in der Stimmung, eine solche Möglichkeit in Erwägung zu ziehen oder auch das Problem, oder sonst irgendetwas, im Licht der Vernunft zu betrachten. Es spricht einiges für eine solche Haltung. Es hat keinen Sinn, im Hinblick auf solche Probleme wie die Verwicklung einer Truppenkolonne in einen Verkehrsstau zu philosophisch zu sein. Handeln ist vonnöten, nicht Erklärung. Und solches Handeln mag sich über Vernunft hinwegsetzen müssen. Es wäre nicht schwer, dafür historische Beispiele zu finden. Dieser Ansatz lieferte die Rechtfertigung für Oberst Hogbourne-Johnsons Methode, die andernfalls nur schwer zu entschuldigen gewesen wäre.

»Sie haben ein schändliches Durcheinander verursacht«, sagte er. »Sie sollten sich schämen. Ich weiß, wir müssen heutzutage eine Menge Amateure unter den Stabsoffizieren ertragen, die so gut wie keine Erfahrung haben und noch weniger die Fähigkeit besitzen, das Abc des Militärwesens zu lernen. Dennoch, wir können etwas Besseres erwarten als das hier. Machen Sie sich jetzt davon und finden Sie augenblicklich heraus, was passiert ist. Und wenn Sie das getan haben, erstatten Sie mir Bericht darüber. Aber dalli jetzt.«

Widmerpools Gesicht war dunkelrot angelaufen. Es handelte sich hier um einen Zwischenfall, dem beizuwohnen ebenso schmerzlich war wie dem damals, als Budd ihn mit einer überreifen Banane voll mitten zwischen die Augen traf, oder dem Augenblick, als Barbara Goring auf dem Ball Zucker über seinen Kopf schüttete. Widmerpools Haltung hatte unter den früheren Demütigungen eine masochistische Akzeptanz der Angriffe erkennen lassen – »dieser sklavische Blick«, hatte Peter Templer am Tag des Bananenwurfs angemerkt. Unter der Tirade Oberst Hogbourne-Johnsons verriet Widmerpools Verhalten nichts Derartiges. Vielleicht lag das einfach daran, dass Hogbourne-Johnson im Vergleich zu Budd (damals Kapitän der Cricket-Elf) einen nicht genügend hohen Rang einnahm; in den Augen von jemandem wie Widmerpool, der seinen Blick auf Großes – auf den Armeerat und darüber hinaus – gerichtet hatte, eine Person von nur örtlicher und vorübergehender Bedeutung war, während Barbara in ihm eine Leidenschaft wachgerufen hatte, die den Masochismus in der Sonderklasse der Liebe ansiedelte. Wie auch immer, der Unterschied verdient es, festgehalten zu werden.

»Gut, Sir«, sagte er.

Er salutierte, drehte sich (ein wenig in der Art eines von Bithels Kindheitshelden) forsch auf dem Absatz um und marschierte aus dem Kuhstall. Oberst Hogbourne-Johnson ließ noch einen Hagel weniger scharfer Anpfiffe auf mehrere der Anwesenden niedergehen und verließ dann den Raum, um noch an anderer Stelle Leuten die Hölle heißzumachen. Nach einiger Zeit, nicht ohne eine gewisse Verzögerung, waren Erklärungen für die Probleme gefunden. Der Kurier, den Widmerpool ausgesandt hatte, kehrte mit der Nachricht zurück, dass einer der Feldambulanzwagen in dem von den hin und her fahrenden Panzern aufgewühlten Schlamm ins Schleudern gekommen sei und mit seinen Hinterrädern in einem tiefen Graben feststecke. Gleichzeitig war es der Mechanikereinheit, die einige Meilen davon entfernt mit den beschädigten Kettenfahrzeugen eines Infanteriebataillons beschäftigt war, wegen des hohen Gewichts nicht erlaubt, die von Widmerpool erwähnte Eisenbrücke zu überqueren. Sie war deshalb gezwungen, einen Umweg zu nehmen. Die Blockade der Straße machte verschiedene andere Umleitungen des Verkehrs notwendig, die zu zeitweisen Staus führten. Diese hatten sich bereits wieder aufgelöst, als der Kurier die Kreuzungen erreichte. Niemandem war in irgendeiner Weise Schuld an diesen Schwierigkeiten zu geben, und ganz gewiss nicht Widmerpool. Unfälle wie der des Feldambulanzwagens gehören zur schnöden Alltäglichkeit, wenn der größte Teil der zur Verfügung stehenden Transportmittel eines Kommandos quer durch ein Land bewegt wird, in dem es nur wenige und schlechte Straßen gibt.

Andererseits liegt es besonders beim Militär durchaus in der Natur der Sache, dass jemand bei solchen Gelegenheiten ungerechtfertigterweise heruntergeputzt wird. Zwischenfälle dieser Art müssen sich in der Armee dauernd ereignen. Zu gegebener Zeit wurde ich Zeuge, wie selbst Generälen in eindrucksvollen Positionen von Generälen in noch eminenteren Stellungen in der denkbar schärfsten Form die Leviten gelesen wurden, in Situationen also, in denen alle Betroffenen astronomisch weit entfernt waren von der bescheidenen Welt Hogbourne-Johnsons und Widmerpools. Dennoch, es stimmte, Oberst Hogbourne-Johnson hatte sich unbeherrscht gezeigt in seinen Anprangerungen, hatte Kritik an etwas, das er für Ineffizienz hielt, mit einem Grad an persönlicher Verachtung geäußert, der sich nicht gehörte, eine Verurteilung, die weit über einen offiziellen Tadel wegen eines vermuteten administrativen Fehlers hinausging. Es kam noch hinzu, dass Hogbourne-Johnson, wie Widmerpool selbst oft dargelegt hatte, in der Regel durchaus zufrieden mit Widmerpool zu sein schien.

Was auch immer das Für und Wider dieser Sache war, Widmerpool fühlte sich durch sie stark verletzt. Sie setzte ihm genauso heftig zu, wie die Anpfiffe von Maelgwyn-Jones, dem Adjutanten, meinem früheren Kompaniechef Rowland Gwatkin zuzusetzen pflegten. Ja, dieser verhältnismäßig triviale

Wortwechsel zwischen den beiden verwandelte Widmerpool von einem – wenn auch, wie er privat zugab, sich ihm überlegen fühlenden – Anhänger Oberst Hogbourne-Johnsons in den unerbittlichsten Feind des Obersten. Zufälligerweise bot sich eine Gelegenheit, Schwierigkeiten zu machen, schon an dem Tag, an dem wir von dem Manöver zurückkehrten. Ja, die Möglichkeit, sich zu rächen, wurde Widmerpool sozusagen auf einem Tablett dargeboten. Sie ergab sich im Zusammenhang mit Mr. Diplock, Oberst Hogbourne-Johnsons Bürochef.

»Diplock mag ein alter Schurke sein«, hatte Oberst Hogbourne-Johnson selbst einmal erklärt, »aber er kennt seinen Job rückwärts.«

Die Bemerkung wiederholend, hatte sich Widmerpool einen seiner seltenen Ausflüge in den Sarkasmus erlaubt.

»Wir alle wissen, dass Diplock ein Schurke ist«, hatte er bemerkt, »und auch, dass er seinen Job rückwärts kennt. Die Frage ist nur, kennt er ihn auch vorwärts? In meiner Sicht ist Diplock eines der Haupthindernisse für die dynamische Verbesserung dieses Verbands.«

Mr. Diplock (der so angeredet wurde, weil er den Rang eines Unterfähnrichs, erster Klasse, innehatte) war ein Reservist der Berufsarmee, der bei Ausbruch des Krieges wieder einberufen worden war. Als Zeichen seines Status direkt unter dem niedrigsten Offiziersrang (die Bezahlung war höher als die eines Fähnrichs) war er berechtigt, eine Dienstuniform aus für Offiziere vorgesehenem Stoff (allerdings mit hohem Kragen) und Schuhe statt Halbstiefel zu tragen. Sein völlig ergrautes Haar, der kurze, dicke Körper, die Aura unaufhörlicher Geschäftigkeit ließen an einen zur Armee einberufenen Gnom aus der unterirdischen Fabelwelt denken – einen Gnom, der es zudem liebte, der Menschenrasse, unter die er sich gemischt hatte, beträchtliche Bosheiten anzutun, indem er jede Transaktion, die über ihn zu laufen hatte, so kompliziert wie möglich machte. Diplock war völlig ummantelt von militärischem Obskurantismus. Barker-Shaw, der Offizier der Feldsicherheitspolizei –

Bithel zufolge im Zivilleben ein Professor –, hatte einmal in einem Moment der Verzweiflung ausgerufen, Diplock könnte es, wenn er mit der nötigen Bildung ausgestattet wäre, in Bezug auf den Bürokratismus mit der gesamten Beamtenschaft des Landes aufnehmen, und zwar sowohl kollektiv als auch individuell, und würde immer als Sieger hervorgehen. Er würde sie alle, so Baker-Shaw, in der pedantischen Beachtung der Vorschriften um ihrer selbst willen zum Nachteil der praktischen Notwendigkeiten übertreffen. Diplocks Antwort auf solch eine Kritik war stets dieselbe: dass keine andere Möglichkeit der Behandlung der Sache existiere. Das Ausfüllen von Formularen, die Abgabe von Berichten, der ganze Prozess des Dokumentierens schienen in seinem Innenleben den Platz einer Religion eingenommen zu haben. Die Geschicklichkeit, mit der er militärische Instruktionen zu handhaben wusste, hatte eine Höhe erreicht, auf der fast jede Sache, die sich seine eigene Missbilligung oder die des Vorgesetzten, dessen Parteigänger er zufälligerweise gerade war – in der Praxis also die Oberst Hogbourne-Johnsons –, zugezogen haben mochte, sabotieren oder zumindest endlos in die Länge ziehen konnte, während er gleichzeitig, wenn etwas administrativ Ungewöhnliches zu arrangieren war, stets sagte, er wisse, wie das zu bewerkstelligen sei. Dieses, insgesamt gesehen berechtigte, Selbstbewusstsein stellte vielleicht den Hauptgrund dar, warum Oberst Hogbourne-Johnson seinem Bürochef so wohlgesonnen war. Ein weiterer Grund lag ohne Zweifel in der Zurschaustellung von Ehrerbietung – einer Ehrerbietung von einer tieferen, besser verstandenen Art als die Cocksidges –, die Diplock als Gegenleistung Oberst Hogbourne-Johnson darbot. Widmerpool war immer verärgert über Diplocks Methoden, obwohl er selbst in der Regel keineswegs ein Feind formaler Routine war.

»Ich habe Hogbourne-Johnson heute Morgen lang und breit erklärt, dass wir hier nie etwas getan kriegten, solange wir einen Bürochef hätten, der ein so altes Weib sei. Weißt du, was er sagte?«

Obwohl Widmerpool sich einbildete, das Wesen des Armeelebens durchschaut zu haben, war er doch nicht in der Lage, die eher unter Zivilisten übliche Erwartung ganz aufzugeben, dass man dafür bezahlt wird, seine Vorgesetzten hinsichtlich des jeweils vorliegenden besonderen Aspekts einer Sache zu beraten und dass solch ein Rat in der klarsten und überzeugendsten Form präsentiert werden sollte. Er konnte sich nie völlig an eine Tradition gewöhnen, die auf eine totale Selbstentäußerung des Untergebenen abzielt, besonders wenn dessen professionelle Vorschläge umstritten sind.

»Was war die Antwort?«

»›Diplock war kein altes Weib, als er die Militärmedaille gewann.‹«

»Woher weiß er das? Einige alte Weiber sind sehr hart.«

»Ich antwortete in der respektvollsten Weise, dass Diplock die MM vor langer Zeit gewonnen habe«, sagte Widmerpool, diese Witzelei ignorierend. »Dass ich mich nur auf sein gegenwärtiges Herumhantieren mit verschiedenen Dienstvorschriften und jedem anderen Formularkram, dessen er habhaft werden könne, bezöge, besonders wenn etwas eilig sei. Ich vermute, Hogbourne-Johnson wollte mich brüskieren. Er stieß dieses seltsame schnarrende Lachen aus.«

Diese kleine Auseinandersetzung hatte vor Widmerpools katastrophalerem Zusammenstoß mit dem Oberst stattgefunden. Sie illustrierte nicht nur, dass Widmerpool in gewisser Hinsicht weiterhin den Werten aus seiner Zivilzeit anhing, sondern auch, dass er gelegentlich ganz offensichtliche Dinge nicht zu begreifen vermochte. Auch im Zivilleben wäre in einem Wirtschaftsunternehmen ein Frontalangriff auf eine Beziehung wie die zwischen Hogbourne-Johnson und Diplock sehr unbesonnen. Er würde die Vormachtstellung, der sich Diplock bei Hogbourne-Johnson erfreute, nicht beeinträchtigen. Allerdings befreite die Tatsache, dass er eine solche Bemerkung über Diplock für nötig hielt, Widmerpool später von dem Verdacht, mit einer heimtückischen Attacke auf seinen Bürochef in Wirklichkeit den Oberst treffen zu wollen. Widmerpool war schon vorher der Ansicht, dass Diplocks Leistungen unbefriedigend seien. Als dann die Zeit kam, war er natürlich nicht blind für das Vergnügen, das sich aus dieser Methode ergab, aber er ersann sie nicht aus schierer Bosheit. Nachdem einmal der Ball ins Rollen gekommen war, hatte er als SAGA keine Alternative, als den aufgekommenen Verdächtigungen nachzugehen.

Dass auch nur die leiseste Form eines Verdachtes, Mr. Diplock mache sich irgendwelcher Unregelmäßigkeiten schuldig, entstehen könnte, schien völlig unmöglich; von der Vermutung, es könne Anzeichen dafür geben, dass er Regierungsgelder veruntreue, ganz zu schweigen. Doch das war der Anschein, der jetzt aufzukommen begann. Möglicherweise forderte, psychologisch gesprochen, so viel Rechtschaffenheit in der buchstabengetreuen Beachtung des Gesetzes in Fragen täglicher Routine einen Ausgleich in anderer Richtung. General Conyers liebte es, sich über Dinge dieser Art zu verbreiten. Wie auch immer, die Affäre nahm ihren Anfang damit, dass Widmerpool eines Tages kurz nach dem Dreitagemanöver sagte, er sei mit der Verwaltung der Finanzen der Feldwebelmesse beim Hauptquartier nicht zufrieden.

»Etwas Seltsames geht da vor sich«, sagte er. »Diplock hat da seine Hand im Spiel, da bin ich mir sicher. Ich hab den Schatzmeistern der Messe immer wieder gesagt, sie sollen die Flaschen aus dem Kellerkonto herausnehmen und damit das Barkonto belasten. Sie scheinen es einfach nicht zu verstehen. Was Diplock angeht, so hab ich den Eindruck, er *will* es nicht verstehen.«

Diese Zweifel kamen in den darauffolgenden Wochen nicht zur Ruhe. Nicht lange nach Widmerpools Bemerkung verschwanden mehrere kleinere Summen Geldes von Stellen, wo sie deponiert worden waren.

»Ich hab vorgeschlagen, die Bargeldkästen in den Boden zu schrauben«, sagte Widmerpool. »Wenigstens weiß man dann, wo sie zurückgelassen worden sind. Diplock machte alle Arten von Schwierigkeiten in dieser Sache, aber ich hab darauf bestanden.«

»Hast du diese Verluste nach oben gemeldet?«

»Ich hab mit Pedlar darüber gesprochen, aber der war überhaupt nicht meiner Meinung, als ich ihm erklärte, was mich wundere – ich versuche jetzt, so wenig wie möglich direkt mit Hogbourne-Johnson zu tun zu haben. Ich bin mir sehr wohl bewusst, dass ich da kein offenes Ohr finden würde. Es wird ein Schlag aufs Auge für ihn sein, wenn sich mein Verdacht als korrekt erweist.«

Dann zeigte sich, dass es zusätzlich zu der Sache in der Feldwebelmesse Unregelmäßigkeiten im Zusammenhang mit den individuellen Essenszuschüssen gab.

»Du wirst sehen«, sagte Widmerpool, »das hängt alles zusammen. Was ich brauche, sind Beweise. Zuerst einmal wirst du morgen zu der Versorgungseinheit gehen und ein paar Erkundigungen einziehen. Ich muss harte Fakten haben. Deine Reise dahin ist auch eine gute Gelegenheit, die Instruktionen zu erklären, die ich gerade an die Untereinheiten des Armeeversorgungscorps geschickt habe. Nachdem du diese anderen Informationen gesammelt hast, kannst du dann weiter zur Munitionskompanie und zur Benzinkompanie fahren. Nimm Rucksackverpflegung mit, denn die sind ziemlich weit voneinander entfernt, und die andere Sache herauszufinden wird ein wenig Zeit in Anspruch nehmen. Du wirst vielleicht einem Mangel an Kooperation begegnen. Der Kommandeur des AVC macht Schwierigkeiten seit der Sache mit diesen Lastwagen, die ich allerdings einer völlig legitimen Nutzung zugeführt hatte.«

Im Laufe der Zeit hatte Widmerpool mit fast allen Offizieren im Divisionshauptquartier Streit gehabt. Der Krach mit dem Kommandeur des AVC hatte sich wegen der Verwendung der Regierungstransporter bei einer Gelegenheit ergeben, als die Interpretation der Vorschriften unklar war. Der Kampf war unentschieden ausgegangen, wie der mit Sunny Farebrother. Widmerpools Vorliebe für Konflikte gereichte ihm weniger zum Nachteil, als man vielleicht hätte vermuten können. Sein unbezweifelbarer Ruf, effizient zu sein, gründete sich bis zu einem gewissen Grad eher darauf, dass man ihn für einen Mann hielt, mit dem umzugehen schwierig sei, als auf den weit mehr verdienten Respekt für die unspektakuläre Plackerei, der er sich Abend für Abend in seinem Büro hinzugeben pflegte. Persönliche Popularität ist ein leicht zu überschätzendes Plus in der Erledigung praktischer Angelegenheiten. Sie kann möglicherweise sogar ein Handicap sein. Die Tatsache, dass sich Widmerpool gegenüber jedem, dem er begegnete, schroff verhielt, den meisten gegenüber sogar ausgesprochen ungefällig war, schien letzten Endes seine Position nie geschwächt zu haben. Doch die Diplock-Affäre war eine ganz andere Sache.

Wie Widmerpool vermutet hatte, deuteten meine Erkundigungen im Quartier der Versorgungseinheit darauf hin, dass nicht alles mit rechten Dingen zuging. Seine Fehde mit dem Kommandeur des AVC war, nach der Unwilligkeit der Einheit zu urteilen, Zeit für die Weitergabe von Informationen aufzubringen, ganz sicher bis dorthin durchgedrungen. Ich verließ den Ort mit einem besseren Verständnis für die in der fernen Vergangenheit vorgebrachte Kritik meines Vaters hinsichtlich der Versetzung Onkel Giles' zum Armeeversorgungscorps. Dennoch, bestimmte entscheidende Details standen nun bis zu einem gewissen Grad zur Verfügung. Es konnte kein Zweifel daran bestehen, dass, bestenfalls, die bestehenden Organisationsformen, was die Feldwebelmesse anging, in Unordnung waren; schlimmstenfalls aber etwas weit Ernsthafteres im Gange war, bei dem Diplock möglicherweise seine Finger im Spiel hatte. Ich brachte das von Widmerpool verlangte Material an jenem Abend zurück.

»Genau, wie ich dachte«, sagte er. »Ich geh sofort und spreche mit dem ›A und Q‹.«

Widmerpool blieb lange bei Oberst Pedlar. Er hatte mir gesagt, ich solle, für den Fall, dass weitere der Informationen, die ich im Laufe des Tages zusammengetragen hatte, gebraucht würden, warten, bis er zurück sei. Als er wieder ins Zimmer kam, zeigte mir sein Gesichtsausdruck sofort, dass er mit dem Ergebnis des Gesprächs unzufrieden war.

»Die Sache muss noch weiter untersucht werden«, sagte er. »Pedlar will immer noch nicht glauben, dass etwas Kriminelles im Gange ist. Ich bin nicht seiner Meinung. Geh noch mal durch, was sie dir gesagt haben.«

Es war fast Zeit für das Abendessen, als ich an diesem Abend zur F-Messe zurückkam. Ich ging ins Schlafzimmer, um meine Dienstuniform anzuziehen. Als ich die Treppe hinunterkam, begaben sich die Übrigen gerade in das Zimmer, in dem wir aßen.

»Beeilen Sie sich, Jenkins«, sagte Biggs, »sonst verpassen Sie noch all die herrlichen Knorpelstückchen, die Sopey den ganzen Nachmittag für uns aus den Schweinetrögen zusammengesucht hat. Es wundert mich, dass er die Dreistigkeit besitzt, das Zeug, das er herstellt, einem Menschen vorzusetzen.«

Er war an diesem Abend in einer seiner lärmenden Stimmungen. Wenn Biggs gute Laune hatte – was nicht oft vorkam –, neigte er dazu, laut und ausgelassen zu sein. Gewöhnlich war dann Soper, der Verpflegungsoffizier der Division, das Opfer seiner Frotzeleien. Soper, ebenfalls ein Hauptmann mit den Ordensbändern des Ersten Weltkriegs, war klein und o-beinig, was ihm, zusammen mit seinen buschigen Augenbrauen und den tiefliegenden, unsteten Augen, ein affenartiges Aussehen vermittelte, das irgendwie einen professionellen Komiker suggerierte. Im Zivilleben ein für den Einkauf zuständiger Manager einer Restaurantkette in der Provinz, ging er völlig auf in seiner Arbeit als Divisions-VO und äußerte nie einen Satz, der auch nur im Entferntesten seinem vielversprechenden Slapstick-Äußeren entsprach oder gar als Witz eingestuft werden konnte. Außerhalb des Dienstes sprach er kaum je über ein anderes Thema als Armeezulagen. In gewisser Weise spiegelten Biggs und Soper auf ihrer niedrigeren Ebene das Verhältnis zwischen Oberst Hogbourne-Johnson und Oberst Pedlar in der Generalsmesse wider; das heißt, sie gingen einander auf die Nerven, bildeten aber, als Co-Veteranen des vorhergehenden Krieges, so etwas wie eine gequälte Allianz. Das Band zwischen ihnen wurde noch verstärkt durch ein Zusammengehörigkeitsgefühl, das sich aus der Natur ihrer relativ unerheblichen Dienstbereiche speiste – beide waren, als Angehörige der G-Abteilung des Stabs, der für die militärischen Operationen der Division zuständig war, sehr auf ihre Würde bedacht. Es gab jedoch in ihrem Spiegelbild der Beziehung zwischen den beiden Obersten eine Abweichung von dem Original, denn obwohl der aggressive, herrische Biggs es war, der in gewisser Weise Soper drangsalierte (wie es Oberst Hogbourne-Johnson mit Oberst Pedlar tat), war es Soper, der sich gegenüber Biggs der Rolle des Mannes von Welt erfreute, eines Gurus der Kultiviertheit. So war Biggs zum Beispiel – wie widerstrebend auch immer – beeindruckt davon, wie viel Soper über das Essen wusste, und sei es auch nur Armee-Essen.

»Wie sehen denn die Speisepläne aus, Sopey?«, sagte Biggs rülpsend, als er sich niederließ. »Wann setzt du uns zur Abwechslung mal ein anständiges Stück Beefsteak vor? Kannst du mir das mal sagen?«

Soper bekundete nur wenig Interesse an dieser Frage, die gewiss sowieso vorwiegend nur rhetorisch gemeint war. Er hatte eine Gabel aufgenommen, von der er gerade mit seinem Daumennagel ein Stückchen getrockneten Gemüses entfernte, das an ihrem Griff klebte.

»Das möchtest du gerne wissen, was?«, war alles, was er darauf antwortete. Dann fügte er, an die Allgemeinheit der an dem Tisch Sitzenden gewandt, hinzu: »Ich vermute, wenn ich mich darüber beschwere, wie hier abgewaschen wird, werden sie uns nur sagen, dass nicht genug Wasser da ist.«

Der Bombenangriff, der stattgefunden hatte, während wir

auf dem Kommandomanöver waren, hatte eine der örtlichen Wasserleitungen beschädigt, so dass die F-Messe unter einem Wassermangel litt, der als Entschuldigung für jede Unzulänglichkeit der Küche angeführt wurde.

»Was meinen Sie, Doc?«, wandte sich Biggs in eine andere Richtung. »Sehnen Sie sich nicht auch nach einem schönen Stück Rumpsteak, wo noch ein Tropfen Blut drin ist? Also ich ja. Macht mir den Mund wässrig, wenn ich nur dran denke. Ich würd es einfach so hinunterschlingen.«

Macfie, der Stabsarzt, ein Berufssoldat, Major im Medizinischen Corps der Armee, der vor dem Krieg einige Zeit in Indien gedient hatte, ein hagerer, mürrischer, ungeselliger Mann, sprach nur selten während der Mahlzeiten oder bei irgendwelchen anderen Anlässen. Jetzt warf er Biggs einen Blick zu, in dem so etwas wie Abneigung lag. Ein paar kleine, ruckartige Bewegungen seines Kopfes waren seine einzige Antwort, ehe er zu dem maschinengeschriebenen Bericht zurückkehrte, den er gerade durchblätterte. Keiner der zwei oder drei sonst noch am Tisch Anwesenden schien große Lust zu haben, einen Kommentar abzugeben.

»Also, Doc, nun legen Sie doch während der Mahlzeiten mal die Statistiken über Geschlechtskrankheiten beiseite«, sagte Biggs, der vielleicht mehr Bier als gewöhnlich vor dem Abendessen getrunken hatte. »Gott, ich kann gar nicht abwarten, dass wir was zu futtern kriegen. Fühl mich leer wie ’ne verdammte Tonne.«

Er begann, mit den Füßen auf die blanken Bretter des Fußbodens zu stampfen und gleichzeitig mit seinen geballten Fäusten auf den Tisch zu schlagen.

»Nun machen Sie schon, Kellner!«, rief er. »Wann kriegen wir denn endlich was zu essen, Sie langsame Schnecke!«

»Ich möchte morgen gerne den Nachtdienst tauschen«, sagte Soper. »Können Sie ihn übernehmen, Jenkins?«

»Meiner ist nächsten Freitag.«

»Das passt mir gut.«

»Die ändern doch nicht wieder das System?«

»Ich spring für Sie ein, selbst wenn die es tun.«

»In Ordnung.«

Soper hatte mich einmal mit einem geänderten Dienstplan reingelegt und dabei seinen eigenen und den an meiner Stelle zu leistenden Nachtdienst vermieden. Er war äußerst geschickt in solchen Dingen. Ich wollte nicht ein zweites Mal auf eine solche Bauernfängerei reinfallen. Biggs beendete sein Trommeln auf der Tischplatte.

»Konnte den ganzen Tag kein verdammtes Stabsauto kriegen«, sagte er. »Ich hab große Lust einen Bericht an den ›A und Q‹ zu schreiben.«

»Als ob das was nützen würde«, sagte Soper.

Er schien jetzt der Meinung zu sein, dass die Gabel sauber genug sei und legte sie neben seinen Teller. Dann erregte ein Löffel seine Aufmerksamkeit.

»Ich muss dieses verdammte Boxturnier nächste Woche organisieren, und das wird 'ne ganz große Scheiße werden«, sagte Biggs. »Ich hab kein so leichtes Leben wie du, Sopey, du alter Hund, in voller Montur von einer Einheit zur anderen fahren und die Pasteten und Bisto-Soßen probieren. Ich hoffe nur, das verdammte Rindfleisch ist heute Abend nicht so zäh wie gestern. Wenn doch, kannst du was erleben, Sopey. Gott, was war das für ein Tag heute. Die ganze Zeit hat mir der ›A und Q‹ wegen des verdammten Boxens im Nacken gesessen, und Oberst H.-J. hat mir die Hölle heißgemacht wegen 'ner Menge Boxbroschüren, von denen ich noch nie gehört hatte. Er rief an, nachdem ich gerade den Safe abgeschlossen hatte und mich schon auf ein großes Glas Bier freute. Ich bin total bedient, kann ich euch sagen. Ich hab heute Nachmittag Bithel von der Feldwäscherei einen Besuch abgestattet. Das ist vielleicht ein komischer Knilch. So was habt ihr noch nicht gesehen. Dennoch, wir haben ein Bier zusammen getrunken. Der kann schlucken, sage ich euch. Es ging um einen von seinen Männern, der früher mal geboxt hat. Könnte vielleicht das Divisionshauptquartier vertreten, wenn er in der richtigen Gewichtsklasse ist. Wir könnten den Boxwettbewerb gewinnen, wisst ihr. Ich wär bei Oberst H.-J. dann wieder gut angeschrieben. Dem besten Weltergewichtler des Kommandos ist bei dem Luftangriff neulich nachts, als sie die Kaserne getroffen haben, eine Bombe auf den Kopf gefallen. Das gibt uns 'ne Chance.«

Teller mit Fleisch wurden von einem Kellner herumgereicht.

»Kartoffeln, Sir?«

Ich dachte gerade an andere Dinge; genauer gesagt, ich dachte, dass ich hier und jetzt gerne eine Flasche Wein trinken würde, so rau und sauer er auch sein mochte. Der Messekellner hielt mir eine Schüssel hin. Ich nahm eine Kartoffel. Aus irgendeinem Grund sah ich dann zu ihm auf. Seine Frage war, obwohl ruhig gestellt, scharf in diese Fantasien über das Trinken eingedrungen und hatte sozusagen eine saubere Schneise zwischen meine weinverliebten Tagträume und das kraftvolle, durch Biggs' gegenwärtige Laune geschaffene Konversationsambiente geschnitten. Ich warf einen zweiten Blick zu dem Gesicht des Kellners hoch und schaute schnell wieder weg. Ich nahm eine weitere Kartoffel. Dabei überkam mich ein schwaches, nicht näher zu bestimmendes Gefühl des Unbehagens. Der Soldat war hochgewachsen und dünn, offensichtlich etwa in meinem Alter, das Gesicht blass und erschöpft. Er hatte eine hohe Stirn und dunkles, an den Schläfen dünner werdendes, leicht ergrautes Haar. Die blutunterlaufenen Augen mit ihren dunklen, bläulichen Rändern waren lebhaft, vermittelten aber gleichzeitig den Eindruck angegriffener Gesundheit – ein Eindruck, der noch durch die Tatsache verstärkt wurde, dass der Kragen der Kampfanzugbluse zu weit war für seinen langen, dünnen Hals. Ich legte den Löffel in die Kartoffelschüssel zurück. Das Gefühl einer gewissen Beklommenheit ließ nicht nach. Der Kellner ging zu Biggs weiter, der vier Kartoffeln nahm, sie der Reihe nach einzeln untersuchte und dann auf seinen Teller rollen ließ, wobei die Bratensoße auf das Tischtuch spritzte. Ich verfolgte den Kellner mit meinen Blicken, während er die Schüssel Macfie darbot.

»Die Kartoffeln sind wieder ungenießbar«, sagte Biggs. »Wie verdammte Golfbälle. Sie haben nicht lange genug gekocht. Das ist es, was ihnen fehlt. Hören Sie, Kellner, sagen Sie dem Koch einen schönen Gruß von mir, aber er weiß, verdammt noch mal, nicht, wie man Wasser kocht.«

»Jawohl, Sir.«

»Und er kann sich diese Kartoffeln in den Arsch stecken.«

»Ja, Sir.«

»Wiederholen Sie ihm gegenüber, was ich gerade gesagt habe.«

»Gewiss, Sir.«

»Wo soll er sich die Kartoffeln hinstecken?«

»In den Arsch, Sir.«

»Ziehen Sie ab und sagen Sie es ihm.«

Was das Kochen der Kartoffeln anging, stimmte ich völlig mit Biggs überein. Doch solche rein gastronomischen Erwägungen wurden gänzlich zur Nebensache angesichts der Erhärtung eines gerade erhaltenen Eindrucks, eines Eindrucks, der verstörend, ja schockierend war, aber korrekt. Es konnte nicht länger bezweifelt werden. Was ich unmittelbar vermutet, dann aber als unvorstellbar verworfen hatte, war, bei näherem Hinsehen, nicht mehr zu leugnen. Der Kellner war Stringham. Er war im Begriff, zur Küche zu gehen, um dem Koch Biggs' Botschaft zu übermitteln, als Soper ihn zurückhielt.

»Eine Sekunde«, sagte Soper. »Wer hat den Tisch gedeckt?«

»Ich, Sir.«

»Wo ist das Salz?«

»Ich werde Salz holen, Sir.«

»Warum haben Sie das Salz nicht gedeckt?«

»Es tut mir leid, ich hab's vergessen, Sir.«

»Vergessen Sie es nicht noch einmal.«

»Ich werde es versuchen, Sir.«

»Ich sagte nicht ›versuchen‹, ich sprach vom Tun.«

»Jawohl, Sir.«

»Gibt es keine Menage im Ritz?«, sagte Biggs. »Dort wird Pfeffer und Salz all den Gästen persönlich gereicht, nehme ich an.«

»Senf, Sir – französischen, englischen, möglicherweise auch andere, obskurere Sorten – soweit ich mich erinnere, Sir, nicht so sehr Salz und Pfeffer«, sagte Stringham, »aber die Letzteren persönlich zu reichen wäre vielleicht eine gute Idee.«

Er verließ den Raum, um das Salz zu holen und dem Koch zu sagen, was Biggs von dem Essen hielt. Soper wandte sich an Biggs. Es freute ihn offensichtlich, eine Gelegenheit zu haben, dem Sportoffizier seine Grenzen aufzuzeigen.

»Du musst deine Ignoranz nicht so offen zeigen, Biggy«, sagte er. »Das Salz im Ritz persönlich reichen? Ich bitte dich. Demnächst gehst du noch ins Savoy und bestellst 'ne Portion Fish 'n' Chips, oder Baked Beans und 'n Becher Tee.«

»Das ist doch kein Grund, warum wir hier kein Salz haben sollten, oder?«, sagte Biggs.

Es lag ein aggressiver Ton in seiner Stimme. Dieses eine Mal lehnte er es ab, Soper als seinen Mentor in Gesellschaftsfragen zu akzeptieren, selbst wenn es um eine Sache ging, mit der der Versorgungsoffizier der Division so vertraut war wie mit der Führung von Restaurants.

»Etwas stimmt nicht mit diesem Kerl«, fuhr er fort. »Der Mann hat 'nen Klaps. Das kann man doch sehen. Hast du gehört, was er gerade gesagt hat? Spricht in diesem affektierten Ton. Warum ist der überhaupt in dieser Messe? Was ist mit Robbins passiert? Robbins war auch nicht gerade eine Augenweide, aber wenigstens wusste er, dass man Salz brauchte.«

»Liegt im Krankenhaus, mit 'nem Leistenbruch«, sagte Soper. »Dieser hier ist der Ersatz für Robbins. Kann auch nicht viel schlechter sein, wenn du mich fragst.«

»Den hier wird man auch bald als dienstuntauglich entlassen müssen«, sagte Biggs. »Man braucht den nur anzugucken, um das zu sehen. Ich wette, ich hab Recht. Hat keinen Sinn,

’ne Menge verrückter Scheißkerle dabeizuhaben. Wenn auch nur als Kellner. Brauchen Kerle, die zu was zu gebrauchen sind. Jesus, was für eine Armee.«

»Es ist immer schwierig, ’nen anständigen Messekellner zu finden«, sagte Soper. »Man kann nicht dauernd zu wählerisch sein. Man muss nehmen, was einem, verdammt noch mal, angeboten wird.«

»Ich kann den Kerl nicht ausstehen«, sagte Biggs. »Macht mich fertig, dieses schrecklich käsige Gesicht. Ich kann’s nicht ertragen. Nehme an, der holt sich zu oft einen runter. Sollte mich nicht wundern, wenn es das ist, was ihn krank macht. Man erkennt diesen Typ immer sofort.«

Durch seine zu einer Art Gummiventil zusammengepressten Lippen spie er ganz unerwartet ein kleines Stück Fett heraus, das mit bemerkenswerter Zielsicherheit auf dem äußersten Rand seines Tellers landete, gleich jenseits der Kartoffeln, die zu essen er verschmäht hatte. Es war ein in seiner Art erstklassiger Schuss.

»Wann ist der neue Kellner hier angekommen?«, fragte ich.

Ich sah keinen Sinn darin zu erwähnen, dass ich Stringham von früher her kannte.

»Hat heute Mittag hier angefangen«, sagte Soper.

»Ich bin ihm schon vorher begegnet«, sagte Biggs.

»Im Divisionshauptquartier?«

»Gehörte zur Arbeitsgruppe, die den Boxring aufgestellt hat«, sagte Biggs. »Immer mit dieser ach so vornehmen Redeweise, man glaubt es nicht. Der muss mal ’nen Dämpfer kriegen, meiner Meinung nach. Deshalb hab ich ihn nach dem Ritz gefragt. Ich glaub nicht, dass der je öfter im Ritz war als ich.«

Soper gab keinen unmittelbaren Kommentar dazu ab. Er starrte gedankenverloren auf das von Biggs zurückgewiesene Stückchen Fleisch, entweder um anzudeuten, dass er diese zu laxen Tischmanieren missbillige, oder um in seiner Funktion als Verpflegungsoffizier der Division professionell den Nährwert – und seine Verschwendung in Kriegszeiten – dieses besonderen Würfels Fett abzuschätzen. Auch Macfie warf Biggs einen strengen Blick zu. Er raschelte tadelnd mit seinem maschinengeschriebenen Bericht und lehnte die Blätter gegen den Wasserkrug, um sie während des Essens besser lesen zu können.

»Es wird schon gehen mit ihm als Kellner, solange wir ihm zeigen, dass wir auf unseren Standards bestehen«, sagte Soper nach einer Weile. »Du meckerst aber auch dauernd an etwas herum, Biggy. Wenn es nicht das eine ist, ist es das andere. Warum kannst du nicht mal deine verdammte Klappe halten?«

»Es gibt genug zu meckern in dieser verdammten Messe, oder nicht?«, sagte Biggs, den Mund voller Rindfleisch und Kohl, doch immer noch entschlossen, den Krieg in Sopers Land zu tragen. »Gemüse in Affenpisse gedünstet und Pfeffer wie üblich.«

Stringham war inzwischen mit dem Salz zurückgekommen. Das Abendessen nahm seinen normalen Verlauf. Essen, wie immer unbefriedigend es auch gekocht sein mochte, übte stets eine beruhigende Wirkung auf Biggs aus, so dass sein lautes Klagen langsam abnahm. Ein einziges Mal fing ich Stringhams Blick auf und meinte zu sehen, dass er still in sich hinein lächelte. Niemand sagte noch viel während der restlichen Mahlzeit. Als sie zu Ende war, begaben wir uns in den Vorraum. Später, während ich mich fertig machte, um zu dem Büro des SAGA zurückzukehren, sah ich, wie Stringham das Haus durch die Hintertür verließ. Er wurde von einem untersetzten, dunkelhaarigen Obergefreiten begleitet – ohne Zweifel der von Biggs so heftig gebrandmarkte Koch. Als ich zum Hauptquartier zurückkam, war Widmerpool bereits in seinem Zimmer und ging einen Stapel Papiere durch. Ich erzählte ihm, dass ich Stringham in der F-Messe gesehen hätte. Während er zuhörte, wurde er zunehmend gereizt und verärgert.

»Warum in aller Welt will Stringham hierherkommen?«

»Frag mich nicht.«

»Er könnte sich schnell als eine Quelle der Peinlichkeit erweisen, wenn er in Schwierigkeiten gerät.«

»Es gibt keinen besonderen Grund anzunehmen, dass er in Schwierigkeiten geraten wird, oder? Peinlich ist es für mich, denn ich hab ihn als Kellner in der F-Messe.«

»In der Schule war Stringham ein Junge, der sich immer schlecht benahm«, sagte Widmerpool. »Daran musst du dich doch erinnern. Du kanntest ihn viel besser als ich. Er hat dann sehr früh mit dem Trinken angefangen, nicht wahr? Ich erinnere mich an wenigstens einen sehr unangenehmen Zwischenfall, als ich ihn ins Bett bringen musste, nachdem er zu viel getrunken hatte.«

»Ich war auch dabei – aber es heißt jetzt, dass er vom Alkohol kuriert ist.«

»Da kann man bei Alkoholikern nie sicher sein.«

»Vielleicht kann man ihm einen besseren Job besorgen.«

»Aber Messekellner ist einer der besten Jobs in der Armee«, sagte Widmerpool ungeduldig. »Er ist nicht viel schlechter als der des für die sanitären Anlagen zuständigen Obergefreiten. In dieser Hinsicht hat er nicht den geringsten Grund, sich zu beschweren.«

»Soweit ich weiß, beschwert er sich auch gar nicht. Ich meinte nur, wir könnten ihm vielleicht irgendwie helfen.«

»Wie denn?«

»Im Moment weiß ich das auch nicht. Aber es muss doch etwas geben.«

»Mir ist immer gesagt worden«, sagte Widmerpool, »und zwar ganz zu Recht gesagt worden, dass es in der Armee, aber auch im sonstigen Leben, ein großer Fehler sei, mich in meinem professionellen Verhalten anderen Menschen gegenüber von persönlichen Gefühlen leiten zu lassen. Ich hab das dir gegenüber schon mal im Zusammenhang mit Unteroffizier Mantle erwähnt. ›Kümmere dich um deine eigenen Angelegenheiten‹, ist eine goldene Regel für einen Stabsoffizier.«

»Aber du kümmerst dich doch selbst nicht nur um deine eigenen Angelegenheiten, wenn es darum geht, wer das Aufklärungscorps kommandieren soll.«

»Das ist etwas ganz anderes«, sagte Widmerpool. »In gewisser Hinsicht *ist* der Kommandeur des Aufklärungscorps meine Angelegenheit, obwohl jemand wie du das vielleicht nicht verstehen kann. Der Punkt ist: Warum sollte Stringham irgendeine Bevorzugung genießen, nur weil du und ich zufällig zusammen mit ihm auf der Schule waren? Das ist genau das, worüber sich die Menschen beschweren – und zwar aus gutem Grund. Du musst dir doch bewusst sein, dass eine solche Geisteshaltung – nämlich dass gewisse Menschen ein Recht auf eine privilegierte Existenz haben – eine Menge böses Blut bei denen schafft, die in eine weniger glückliche Stellung hineingeboren wurden. Der Krieg bietet jedem die große Gelegenheit, seine eigene Ebene zu finden. Ich bin Major – du bist Fähnrich – er ist einfacher Soldat. Ich habe keinen Zweifel, dass du und ich befördert werden. Was dich angeht, so wirst du auf alle Fälle am Ende des achtzehnmonatigen Grunddienstes als Offizier automatisch den zweiten Stern erhalten, was bei dir jetzt nicht mehr weit entfernt sein dürfte. Ich glaube, ich kann mit ziemlicher Sicherheit sagen, dass mein eigener Rang nicht mehr sehr viel länger nur durch eine einzige Krone angezeigt wird. Bei Stringham bin ich mir weniger sicher. Er ist ein einfacher Soldat, und meiner Meinung nach wird er auch ein einfacher Soldat bleiben.«

»Umso mehr sollten wir doch versuchen, einen passenden Job für ihn zu finden. Es kann unmöglich viel Spaß machen, in der F-Messe zweimal am Tag das Gemüse herumzureichen.«

»Wir sind nicht in der Armee, um Spaß zu haben, Nicholas.«

Ich steckte den Tadel ein und sagte nichts mehr zu Stringham. Doch nachts im Bett dachte ich weiter über seine Ankunft im Divisionshauptquartier nach. Wir hatten uns seit Jahren nicht mehr gesehen; nicht mehr seit dem Empfang, den seine Mutter für Morelands Symphonie gegeben hatte – auf dem all der Ärger um Moreland und meine Schwägerin Priscilla begann. Im Rahmen ihrer Familie war Priscilla jetzt zufälligerweise wieder in den Nachrichten. Es zirkulierten Gerüchte, dass sie, durch die Umstände des Krieges von Chips Lovell getrennt, in ihrem Verhalten nicht allzu viel Diskretion zeige. Man sagte, ein ›Kampfpilot‹ sei häufig zusammen mit ihr gesehen worden; in einer anderen Version erhielt dieses Fantasieprodukt den Namen ›Kommando‹, ein loser Gebrauch dieses Begriffs, der hier eine Einzelperson bezeichnen sollte und nicht als Sammelbegriff für die Einheit gemeint war. Doch all das war jetzt Nebensache. Das Letzte, was ich von Stringham gehört hatte, hatte ich von seiner Schwester, Flavia Wisebite, erfahren, die mir sagte, ihr Bruder sei vom Alkohol kuriert und diene in der Armee. Zumindest die zweite dieser Feststellungen hatte sich jetzt als korrekt erwiesen. Es war zu hoffen, dass auch die erste gleichermaßen verlässlich war. Wie auch immer, es war zweifellos das Beste, die Tatsache, dass wir einander kannten, geheim zu halten. Widmerpool stimmte mir in diesem Punkt zu, als er selbst das Thema am folgenden Tag wieder anschnitt. Auch er schien während der Nacht über diese Sache nachgedacht zu haben.

»Du glaubst also, wir sollten etwas anderes für Stringham finden?«, fragte er an diesem Nachmittag.

»Ja, das stimmt.«

»Ich werd mir was überlegen«, sagte er. Er sprach jetzt in einem nüchterneren Ton als bei der früheren Gelegenheit. »Nichtsdestoweniger, keiner von uns beiden ist verpflichtet, mehr zu tun, als entsprechend unserem Rang und unseren Aufgaben unsere Pflicht zu erfüllen, Gemüse hin oder her. Du gehst jetzt zum Chef der Militärpolizei und findest heraus, ob er mit seinen Untersuchungen im Zusammenhang mit Diplock und seinen Machenschaften weitergekommen ist. Also los, auf, auf. Wir können uns nicht den ganzen Tag mit Stringham aufhalten.«

Was Stringhams Job in der F-Messe anging, tat sich nichts während der nächsten paar Tage. Insgesamt gesehen verrichtete er das, was von ihm verlangt wurde, kompetent – jedenfalls besser als Robbins –, obwohl er manchmal, ohne zu lächeln, die Augenbrauen hochzuziehen pflegte, wenn er mich persönlich bediente. Aus dem einen oder anderen Grund verhinderten die Umstände stets ein Gespräch zwischen uns. Ich dachte schon, wir würden es nicht schaffen, bevor ich in Urlaub ging, eine Gelegenheit zu finden, miteinander sprechen zu können, als ich eines Abends sah, dass Stringham im Dämmerlicht auf mich zukam. Er salutierte, guckte gerade vor sich hin und war im Begriff, an mir vorbeizugehen, als ich meine Hand ausstreckte.

»Charles.«

»Hallo, Nick.«

»Es ist erstaunlich.«

»Was ist erstaunlich?«

»Dass du hier auftauchst.«

»Warum glaubst du das?«

»Lass uns von der Hauptstraße weggehen.«

»Wenn du das möchtest.«

Wir bogen in eine Art Gasse ein, die zu einem Bürogebäudekomplex oder einer Fabrik führte, die jetzt für die Nacht geschlossen war.

»Wie ist es dir so ergangen, Charles?«

»Wie du siehst, bin ich Kellner in der F-Messe geworden. Ich hab mich immer gefragt, wie es sich anfühlt, ein Kellner zu sein. Jetzt kann ich es mit immenser Genauigkeit sagen.«

»Aber wie ist es dazu gekommen?«

»Ja, wie kommt es zu irgendetwas in der Armee?«

»Wann bist du Soldat geworden, zum Beispiel?«

»Zu lange her, als dass ich mich noch erinnern könnte – gleich zu Anfang des Hundertjährigen Krieges. Nachdem ich in mein erstes tapferes und glorreiches Corps eingetreten war und in dessen Depot diente, gelang es mir, zur Infanterie zu wechseln, und wurde hierher abkommandiert. Du weißt doch, wie man – um einen bildhaften Armeeausdruck zu gebrauchen – herumgescheißert wird. Ich glaub nicht, dass es bei Offizieren weniger oft passiert. Als mich das Königliche Armeeversorgungscorps an seinen kräftigen Busen drückte, wurde ich medizinisch nicht in die Kategorie I A eingestuft – was erklärt, warum ich mich in der Vergangenheit beim Aufwachen so oft wie der Zorn Gottes fühlte – und folglich zum Divisionshauptquartier beordert, ein typisches Beispiel für die komische Mischung von Leuten, die an einem solchen Ort landen. Als ich hörte, dass in der F-Messe ein Job als Kellner frei war, hab ich mich beworben, in dreifacher Ausfertigung. Meine Bewerbung wurde von Hauptmann Soper gnädig angenommen. Das ist die ganze Geschichte.«

»Aber ist nicht … können wir nicht etwas Besseres für dich finden?«

»Was zum Beispiel?«

Das war auch Widmerpools Frage gewesen. Stringham stellte sie ohne das geringste Anzeichen dafür, dass er den Wunsch nach Veränderung habe; es war höchstens die Neugierde herauszuhören, was vielleicht vorgeschlagen würde.

»Ich weiß es nicht. Ich dachte, es gäbe vielleicht etwas.«

»Glaubst du, ich tauge nicht als Kellner?«, sagte er. »Du erfüllst mich mit Besorgnis, Nick. Du bist doch sicher nicht auf der Seite von Hauptmann Biggs, der, wie ich merke, meine Persönlichkeit nicht mag. Ich dachte, ich machte meine Sache ganz gut. Mein Versagen bei dem Salz gebe ich zu. Ich räume absolut ein, dass die Maschine an diesem Punkt zusammengebrochen ist. Dennoch, solche Ausrutscher widerfahren dem Erfahrensten. Ich erinnere mich, dass, als der Herzog von Connaught einmal bei meinen früheren angeheirateten Verwandten, den Bridgnorths, zum Lunch weilte, der Butler, ein Diener mit langjähriger Erfahrung, kein bloßer Neophyt wie ich, seiner Königlichen Hoheit Makkaronikäse darreichte, ohne ihn zuvor mit einem Teller ausgestattet zu haben, von dem er sie hätte essen können. Ich werde nie das Gesicht meines Ex-Schwiegervaters vergessen; es war hoch getönt schon in normalem Zustand – mein verstorbener Schwager Harrison Wisebite pflegte zu sagen, Lord Bridgnorths Gesichtsfarbe erinnere an ›Unseres Künstlers Eindruck vom Hudson im Herbst‹. Bei dieser Gelegenheit glich es mehr einem holländischen Tulpenfeld in voller Blüte. Nein, vergiss das mit dem Salz, Nick. Wir machen alle mal einen Fehler. Die Gewohnheit wird mich besser machen.«

»Ich meine doch nicht …«

»Unter uns gesagt, Nick, ich glaube, ich hab es in mir, ein erstklassiger Messekellner zu werden. Das Talent ist vorhanden. Es ist nur eine Frage der Entwicklung verborgener Fähigkeiten. Ich hätte nie auch nur davon geträumt, solche Potenziale zu besitzen. Es ist ganz wundervoll, sie freizusetzen.«

»Ich weiß, aber …«

»Du magst meinen Stil nicht? Du meinst, mir fehlt es an dem nötigen Schliff?«

»Ich wollte nicht …«

»Du musst schließlich zugeben, dass es angenehmer ist, Hauptmann Biggs sein Essen zu servieren und sich dann in die Küche zum Obergefreiten Gwither zurückzuziehen, als während der ganzen Mahlzeit bei dem Hauptmann zu sitzen und ihm Tag ein, Tag aus beim Kauen zusehen zu müssen. Gwither dagegen ist ein entzückender Kamerad. Er war Straßenpflasterer, ehe er zur Armee ging, und, was auch immer Hauptmann Biggs an Gegenteiligem sagen mag, lernt schnell zu kochen, als Alternative dazu. Außerdem höre ich, Nick, dass du selbst jetzt für unseren alten Schulfreund Widmerpool arbeitest. Du willst doch nicht etwa, dass wir unsere Jobs tauschen, oder? Wenn doch – kommt nicht in Frage. Wie ist es eigentlich zu deiner Verbindung mit Widmerpool gekommen?«

Ich erklärte ihm, dass meine Versetzung vom Bataillon zum Divisionshauptquartier das Resultat eines Antrags Widmerpools auf einen Assistenten gewesen sei, bei dem er mich namentlich genannt habe. Stringham hörte zu und lachte von Zeit zu Zeit.

»Sieh mal, Charles, lass uns doch einen Tag festmachen, an dem wir irgendwo zusammen zu Abend essen. Mir wäre

Samstag lieb. Dann ist der größte Teil der Sachen im Büro des SAGA nach dem Manöver der Woche aufgearbeitet. Wir haben uns so viel zu erzählen.«

»Mein lieber Junge, du vergisst doch nicht etwa den Unterschied in unseren Rängen?«

»Das kümmert doch niemanden, wenn wir außer Dienst sind. Warum auch? Die Londoner Restaurants sind gerappelt voll von Offizieren und niedrigeren Rängen, die am selben Tisch sitzen. Das Leben wäre doch sonst unmöglich. Meine eigenen Schwäger zum Beispiel reichen von einem Major, George, bis zu einem Artillerieunteroffizier, Hugo. Wir müssen ja nicht in dem großen Hotel, wenn man es so nennen kann, zu Abend essen, wenn du ein ruhigeres Lokal vorziehst.«

»Das meinte ich eigentlich nicht, Nick. Ich weiß natürlich genau, dass wir in der Praxis zusammen zu Abend essen könnten – obwohl du wahrscheinlich zahlen müsstest, denn ich bin im Augenblick ziemlich knapp bei Kasse. Das ist es nicht. Ich fühl mich einfach nicht danach. Wenn ich mit dir dinierte, brächte das meinen Rhythmus durcheinander. Ich würde nicht so weit gehen zu sagen, dass ich wirklich Freude an dem hätte, was ich gerade tue – andererseits, wie viel von unserem Leben war denn schon je wirklich erfreulich? Doch was ich jetzt tue, ist das, was ich mir ausgesucht habe, ja, was ich auch, genau genommen, wirklich tun will. Bis zu einem gewissen Grad ist es gut für mich. Ich bin schrecklich seltsam geworden neuerdings. Vielleicht war ich ja immer schon seltsam. Na ja, das ist nicht so wichtig. Wie ich so daherrede und über mich schwätze. Aber da du deine Verwandten erwähntest, ich hörte, dein Schwager Robert Tolland ist gefallen?«

»Der arme Robert. Beim Kampf um die Kanalhäfen.«

»Es ist schrecklich chic zu fallen.«

»Das nehme ich an.«

»Aber ja, natürlich. Es gibt nichts Besseres. Todschick. Im Kampf gefallen. Haut mich immer um, dieser Ausdruck. Hier besteht wohl nicht die geringste Chance auf Kämpfe, es sei denn, Hauptmann Biggs richtet ein Gewehr auf mich, weil ich ihm den Rosenkohl von der falschen Seite serviert oder Bratensoße auf seine Glatze geschüttet habe. Weißt du, dass Robert Tolland mit meiner Schwester Flavia zusammen war, ehe er nach Frankreich ging und ihn dort sein Schicksal ereilte? Du hast Flavia nie kennengelernt, oder?«

»Ich sah sie und Robert zusammen, als ich letztes Jahr auf Urlaub war.«

»Flavia hat nie Glück mit ihren Ehemännern und Liebhabern. Stell dir vor, du bist kurz nacheinander mit Cosmo Flitton und Harrison Wisebite verheiratet. Also, sogar ich selbst würde einen besseren Ehemann abgeben. Ohne Zweifel hast du gleichzeitig auch gehört, dass meine Mutter und Buster Foxe sich getrennt haben. Sie ist in Geldschwierigkeiten im Moment. Einer der Gründe, warum Buster seine Koffer gepackt hat. Ich bin selbst ganz schön in der Klemme deswegen. Ausgesprochener Mangel an Barem. Mein Vater hat die paar Pfennige, die er hatte, seiner französischen Frau hinterlassen, weil er irrtümlicherweise annahm, Mama würde stets in der Lage sein, mir was zu geben.«

»Ist deine Mutter jetzt auf Glimber?«

»Großer Gott, nein. Irgendein Ministerium ist jetzt auf Glimber untergebracht; dieses Problem ist sie also los. Sie wohnt in einem Arbeiterhäuschen in der Nähe eines Feldlagers, um nahe bei Norman zu sein – du erinnerst dich doch, ihr kleiner Tänzer. Eine Zeitlang ist sie jeden Morgen um halb sechs aufgestanden, um ihm das Frühstück zu machen. Das nenne ich Hingabe! Norman ist da bei einer Offiziersausbildungseinheit. Wird er nicht wundervoll aussehen mit dem Sam-Browne-Gürtel – ach diese Taille. Natürlich liegt es in der Natur der Sache, dass er ihr nur ein Sohn sein kann – ein besserer als ihr eigener, fürchte ich; und außerdem – ein Leben mit Norman in einem Häuschen ist unendlich dem mit Buster in einem Schloss vorzuziehen, selbst wenn man das frühe Aufstehen berücksichtigt. Welch ein Moralapostel man doch wird. Das ist genau die Art von Schlussfolgerung, zu der Tennyson immer gelangte. Weiß du, da ich gerade die Viktorianer erwähnte, ich hab eine Vorliebe für Browning entwickelt.«

»Unser General liest Trollope – die Viktorianer sind offensichtlich in Mode in dieser Division.«

»Es war Tuffy, die mich darauf gebracht hat, ihn zu lesen. Irgendwie ein ziemlich überraschender Geschmack bei ihr. Du erinnerst dich doch an Tuffy? Nick, du bringst mich dazu, über alte Zeiten zu reden.«

»Miss Weedon? Natürlich.«

»Tuffy hat mich vom Saufen kuriert. Dann, nachdem sie das geschafft hatte, wurde ich ihr langweilig. Ich kann sie verstehen, es gab nichts mehr zu tun. Ich meine, es erwies sich als absolut unmöglich, aus mir ein ernsthaftes Mitglied der zivilisierten Gesellschaft zu machen. Allein, dass ich aufgehört hatte zu trinken, genügte schon, um das zu garantieren. Selbst ich kapierte, dass ich durch meine permanente Nüchternheit ein ganz schrecklich langweiliger Mensch geworden war. Dann brach der Krieg aus, und ich begann, alle Arten von martialischem Ehrgeiz zu entwickeln. Tuffy mochte das gar nicht, obwohl die Tatsache, dass solche Dinge, selbst wenn sie, was mich anging, auch nur im Bereich des Möglichen lagen, ihr doch beträchtliche Ehre machte. Sie erkannte allerdings, dass ich auf die eine oder andere Weise ihren Fängen entkommen würde. Der langen Rede kurzer Sinn, ich trat in die Armee ein, während Tuffy einen achtzigjährigen – vielleicht inzwischen sogar schon neunzigjährigen – General heiratete. Genau das Alter, wenn du so richtig in Schwung kommst als Soldat. Sie werden ihn wahrscheinlich zum Generalstabschef ernennen.«

»Du bist nicht auf dem Laufenden. Generäle sind schrecklich jung heutzutage. Widmerpool wird jeden Moment einer sein. Dennoch, es wäre nicht das Schlechteste, wenn sie General Conyers wieder einstellen würden. Ich kenne ihn seit Jahren.«

»Mein lieber Nick, du kennst einfach jeden. Kein gesellschaftliches Ereignis entgeht dir. Ich selbst kann nicht länger mit den Geburten, Eheschließungen und Toden Schritt halten – na, mit den Toden vielleicht dann und wann, aber nicht mit den Geburten und Eheschließungen. Deshalb ist es auch das Richtige für mich, dass ich kein Offizier bin. Kein Stress in dieser besonderen Hinsicht. Niemand fragt dich, ob du in der ›Times‹ von heute Morgen gelesen hast, dass der und der sich verlobt hat oder ein anderer sich scheiden lässt. Das fing alles an, mich irgendwie fertigzumachen. Mich zu ermüden. Also, um auf die lange und eintönige Geschichte meines eigenen Lebens zurückzukommen, es zeigte sich, dass Tuffy, wie jeder andere auch, genug von mir hatte. Sie brauchte ein anderes Feld, wo sie ihr unermüdliches Verlangen zu helfen ausleben konnte. Deshalb hab ich des Königs Schilling genommen. Wie A. E. Housman sagt: ›Ich schrieb zu Haus mich ein bei den Reitern,/Ach wer würd mit den Tapfren nicht schlafen?‹ Genau genommen bin ich, wie deine Vertrautheit mit militärischen Insignien dir längst verraten hat, kein Reitersoldat. Ist auch gut so, denn ich könnte heutzutage unmöglich an diesen musikalischen Ritten teilnehmen, die die Reitersoldaten immer auf militärischen Turnieren und sonst wo vorführen ... Hab seit Jahren nicht mehr auf einem Pferd gesessen ...«

Stringham hielt einen Moment lang inne und begann, einige Takte einer abgehackten Melodie zu summen, nach der die Reiter auf Pferdeschauen immer um die Koppel traben.

»Und-jeder-Kavalier-der-die-Ehr-liebt-und-mich
Soll-folgen-den-Hauben-aus-dem-schönen-Dundee ...«

Er bog seine Hände leicht nach unten und hob sie in die Höhe, so als ob er Zügel halte. Er schien weit weg zu sein und völlig vergessen zu haben, dass wir miteinander sprachen. Ich fragte mich, ob er noch zurechnungsfähig sei. Dann kam er plötzlich wieder zu sich.

»... Wovon sprach ich gerade? Ach ja, A. E. Housman, natürlich. Nicht gerade mein Lieblingsdichter, muss ich sagen, aber das war genau das, was passiert ist... obwohl ich eiligst hinzufüge, dass ich mit den Tapfren nur in dem Sinne schlafe, dass ich den Schlafsaal mit ihnen teile. Um die Wahrheit zu sagen, Nick, ich hatte die größten Schwierigkeiten, den metaphorischen Schilling aus dem gleichfalls metaphorischen Rekrutierungsfeldwebel herauszubekommen. Keine großartige Gestalt mit bunten Bändern an der Mütze, sondern mehrere schäbige Figuren in einem miefigen Büro, die Tee tranken. Trotzdem, die wollten mich nicht einmal ansehen, als ich zuerst da reinschneite. Dann nahm der Krieg eine Wende zum Schlechteren, in Norwegen und sonst wo, und sie sahen ein, dass sie Stringham eigentlich doch brauchten. Einer der Gründe, warum ich das Armeeversorgungscorps verlassen habe, ist, dass sie bei den Unterfähnrichen einen besonders anstrengenden Rang haben, den sie Kondukteur nennen – gerade so als ob man in einem Bus wäre –, also nahm ich den Wechsel vor, den ich schon erwähnte. Was für eine faszinierende Einrichtung die Armee doch ist. Ehe ich Soldat wurde, dachte ich, alles, was du tun musst, wenn du mit einem Gewehr schießt, sei, dein Auge, das Visier und das Ziel in eine Reihe zu kriegen und dann loszuballern. Die Armee hat ein ganzes Buch darüber verfasst, einen fetten kleinen Band. Aber meine Ichbezogenheit ist unerträglich, Nick. Erzähl mir von dir. Was hast du so gemacht? Wie wirst du mit all dem fertig? Du siehst eine Spur gestresst aus, wenn ich das sagen darf. Kein Wunder, wenn man für Widmerpool arbeitet.«

Stringham selbst sah krank aus, aber nicht im Geringsten gestresst.

»Zu all dem kommt ja noch«, sagte er, »dass man fürchterlich alt geworden ist. Glaubst du, ich werde nach dem Krieg die Voraussetzungen für einen Platz in dem Heim für alte Soldaten in Chelsea erfüllen? Ich würde diese roten Gehröcke lieben, obwohl ich Chelsea als Wohngegend nie gemocht habe. Ich hab nicht die geringsten Neigungen zu einem Bohemeleben. Doch zu beidem mag es durchaus kommen, ehe es mit einem zu Ende geht – Residenz in Chelsea und ein Bohemien dazu. Weißt du, ich hab in der letzten Zeit viel über mich nachgedacht, während ich die Fußböden geschrubbt hab und so was – Tätigkeiten, die ich aus irgendeinem Grund oft ziemlich erfreulich finde –, und ich bin zu dem Schluss gekommen, dass ich ein Narziss bin, total verliebt in mich selbst. Das ist der Grund, warum meine Ehe schiefgelaufen ist. Ich war wirklich schrecklich froh, als ich die hinter mir hatte.«

»Hast du noch irgendwelche Beziehungen zu Frauen?«

»Anscheinend habe ich jedes Interesse verloren. Ist das nicht seltsam? Du weißt, wie das ist. Mein größtes Vergnügen besteht jetzt in dem Versuch, die Dinge in meinem Kopf zu ordnen. Das nimmt meine ganze Zeit in Anspruch, wie du dir vorstellen kannst. Je mehr ich denke, desto weniger weiß ich. Komisch, nicht wahr? Da wir gerade von Frauen sprechen, wie geht's denn unserem alten Kumpel Peter Templer? Erinnerst du dich, wie Frauen sein Dauerthema waren?«

»Peter soll jetzt einen Regierungsjob haben, irgendwas mit Finanzen.«

»Nicht in der Armee?«

»Soweit ich weiß, nicht.«

»Das sieht doch Peter wieder ähnlich. Auf seine Art immer mit beiden Beinen fest auf dem Boden, obwohl viele Leute das zuerst nicht vermuteten. Verheiratet?«

»Die erste Frau ist ihm weggelaufen – die zweite scheint er in den Wahnsinn getrieben zu haben.«

»Wirklich?«, sagte Stringham. »Also, ich muss sagen, ich hätte Peggy vielleicht auch in den Wahnsinn getrieben, wenn wir nicht getrennte Wege gegangen wären. Da wir über getrennte Wege sprechen, ich muss jetzt zurück in mein gemütliches Kasernenzimmer, oder ich krieg 'ne Strafe aufgebrummt. Es ist spät.«

»Willst du wirklich nicht mal mit mir zu Abend essen?«

»Nein, Nick, nein, besser nicht, alles in allem. Ich werde nicht vor dir salutieren, wenn du mir diese Verletzung der

Form vergibst, da ja niemand in der Nähe zu sein scheint. Es war schön, mit dir zu sprechen.«

Er ging weg, ehe ich noch Zeit hatte, auch nur gute Nacht zu sagen. Er lief schnell den Weg entlang, der zur Hauptstraße führte. Ich folgte ihm in einem langsameren Tempo. Als ich am Ende des Weges die Straße erreichte, war er bereits in der Dunkelheit verschwunden. Ich ging wieder in Richtung F-Messe. Diese Begegnung mit einem alten Freund war das Gegenteil von erfreulich gewesen, ja, eher traurig und in einem gewissen Maße auch schmerzlich. Ich versuchte mir vorzustellen, wie Stringhams gegenwärtiges Leben aussehen mochte, konnte mir aber nur ein Bild von den oberflächlichen Aspekten machen, von solchen, die ihm am wenigsten zusetzten, ihn möglicherweise sogar stimulierten. Ich war mehr als je froh, dass jetzt eine Woche Urlaub vor mir lag, eine jener seltsamen Perioden des Entkommens, die in Kriegszeiten das Armeeleben unterbrechen, weit mehr sind als ›Ferien‹, vergleichbar eher mit einem kurzen, magischen Eintauchen in eine andere Inkarnation.

Widmerpool mochte es nicht, wenn jemand auf Urlaub ging, und am wenigsten, wenn es sich dabei um seinen Untergebenen handelte. In Übereinstimmung mit dieser Haltung schien er seine eigenen Urlaube hauptsächlich als Gelegenheiten zu benutzen, in größerer Freiheit Kontakte mit Personen zu pflegen, die seine militärische Karriere vielleicht zu fördern vermochten, und er arbeitete dann kaum weniger als zu der Zeit, wenn er im Dienst war. Ich würde wohl kaum in einer Position sein, ihn in dieser Hinsicht zu kritisieren, falls General Liddament sein Versprechen in Bezug auf diesen besonderen Urlaub hielt, in dessen Verlauf auch ich, wie ich hoffte, meine eigene Lage verbessern würde. Doch wahrscheinlich hatte der General seine Bemerkungen während des Manövers vergessen. Die taktischen Aufregungen, die unserem Gespräch unmittelbar gefolgt waren, würden das gewiss rechtfertigen. Ich hatte mich schon gefragt, ob und in welcher Form ich ihn an sein Versprechen erinnern sollte. Doch bis zu dem Morgen nach der Begegnung mit Stringham hatte ich noch keinen Schritt in diese Richtung unternommen, und ich hatte auch mein Treffen mit unserem alten Schulfreund gegenüber Widmerpool, der zufälligerweise in einer mürrischen Stimmung war, nicht erwähnt.

»Wann trittst du deinen Urlaub an?«, fragte er.

»Morgen.«

»Ich dachte, einen Tag später.«

»Morgen.«

»Für den Fall, dass du deine Verwandten, die Jeavons, triffst, solltest du wissen, dass es kein Erfolg war, dass deren Schwägerin als zahlender Gast in dem Häuschen meiner Mutter lebte. Meine Mutter entschloss sich, lieber Evakuierte aufzunehmen.«

»Und hat sie Evakuierte bekommen?«

»Sie hatte einige für eine kurze Zeit«, sagte Widmerpool. »Die sind dann aber nach London zurückgegangen. Sie waren absolut undankbar.«

Er sprach jetzt weniger oft als früher von seiner Mutter, erweckte sogar von Zeit zu Zeit den Eindruck, dass Mrs. Widmerpools Probleme ihn zu irritieren begannen, dass er das Gefühl habe, sie entwickle sich zu einem Mühlstein um seinen Hals. Widmerpool war schon seit mehreren Tagen wegen der Diplock-Affäre, die sich als weit komplizierter erwies, als es nach den ersten Untersuchungen den Anschein hatte, in gereizter Stimmung gewesen. Diplock hatte alle seine beträchtlichen Fähigkeiten, Konfusion zu erzeugen, aufgeboten und die Gewässer um sich herum wie ein Tintenfisch verdunkelt, so dass an Beweise nur schwer heranzukommen war. Oberst Hogbourne-Johnson machte seinerseits kein Hehl daraus, dass er Widmerpools Versuch, seinen Büroleiter des Amtes zu entheben, als nichts anderes als einen persönlichen Angriff auf sich selbst betrachte. In der Tat, Widmerpool hätte für den Fall, dass sich seine Verdachtsmomente gegen Diplock im Laufe der Zeit erhärten sollten, keine verletzendere Methode wählen können, sich an dem Oberst zu rächen. Andererseits würde es wahrscheinlich für ihn Ärger geben, wenn nichts anderes bewiesen werden konnte, als dass es Diplocks Gewohnheit war, die Bücher unordentlich zu führen. Greening, der Adjutant des Generals, kam in diesem Augenblick in das Zimmer des SAGA. Er übergab mir ein kleines Stück Papier.

»Seine Hoheit sagt, Sie wüssten Bescheid«, sagte er.

Greening war, obwohl er immer sehr schnell errötete, im Grunde völlig unbefangen. Er neigte dazu, sich in einem seltsamen, altmodischen Schuljungen-Slang auszudrücken, der so klang, als habe er ihn in seiner Kindheit aus irgendeinem Lieblingsbuch übernommen. Wahrscheinlich fand der General, der eine Vorliebe für eine Spur des Exotischen in seiner Entourage hatte, diese Gewohnheit anziehend. Er mag sogar, als Zusatz zu seinem eigenen Altenglisch, Greening in seiner kapriziösen Sprechweise ermuntert haben. Das Stück Papier trug die mit Schreibmaschine geschriebene Aufschrift ›Major L. Finn, Träger des Victoria-Kreuzes‹, gefolgt von dem Namen eines Landwehrregiments und einer Telefonnummer. Ich sah, dass ich General Liddaments Fähigkeit, Details zu beachten, unterschätzt hatte.

»Es gibt nicht viel, das er vergisst«, sagte Greening mit unverhohlener Neugier. »Was ist es?«

Adjutanten sind eine Kategorie von Offizieren, die in populären Untersuchungen über das Militärwesen gewöhnlich verunglimpft werden. Insgesamt gesehen sind sie nicht schlechter als die meisten und besser als viele, während der Job, den sie verrichten, das bestmögliche Training ist, wenn sie das Zeug haben, in der Welt aufzusteigen. Greening gehörte natürlich nicht zu der Sorte, die sehr hoch aufsteigen würde.

»Nur eine Botschaft, die ich in London überbringen soll.«

Widmerpool schaute von der Akte auf, in der er geschäftig schrieb.

»Was ist das?«

»Etwas für den General.«

»Was sollst du tun?«

»Diesen Offizier anrufen.«
»Welchen Offizier?«
»Einen Major Finn.«
»Um ihm was zu sagen?«
»Um ihm Grüße vom General auszurichten.«
»Sonst nichts?«
»Und hören, was er sagt.«
»Klingt seltsam.«
»Das hat mir der General gesagt.«
»Lass mich mal sehen.«
Ich gab ihm das Papier.
»Finn?«, sagte er. »Es ist eine Nummer im Regierungsviertel.«
»Das hab ich gesehen.«
»Ein Victoria-Kreuz-Träger.«
»Ja.«
»Ich glaube, ich kenne den Namen – Finn. Ich bin mir sicher, ich kenne ihn. Wann hat dir der General gesagt, dass du das tun sollst?«
»Beim letzten Manöver des Kommandos.«
»Zu welchem Zeitpunkt?«
»Nach dem Essen am letzten Abend.«
»Hat er sonst noch was gesagt?«
»Er sprach über Trollope – und Balzac.«
»Die Schriftsteller?«
Ich war versucht zu antworten: »Nein – die Generäle«, aber die Klugheit obsiegte.
»Du scheinst auf sehr intimem Fuß mit dem Divisionskommandeur zu stehen«, sagte Widmerpool in einem sauren Ton. »Also, ich sage dir, wenn du vom Urlaub zurückkommst, wirst du einen Haufen Arbeit vorfinden. Warten Sie auf etwas, Greening?«
»Der General hieß mich, in höflich' Worten mit Ihnen zu diskurrieren, Sir, betreffs Verkehrskoordinierung.«
»Was zum Teufel meinen Sie damit?«

»Ich weiß es nicht, Sir«, sagte Greening, »genau so hat es der General formuliert.«

Widmerpool gab keine Antwort. Greening verließ das Zimmer. Er war einer der angenehmsten Offiziere in diesem Hauptquartier. Außer bei Manövern begegnete ich ihm nur selten. Gegen Ende des Krieges hörte ich über drei Ecken, dass er, nachdem er zu seinem Regiment zurückgekehrt war, als Kompanieführer bei Anzio schwer verwundet wurde und – so vermutete mein Informant – vielleicht im Lazarett gestorben sei.

2

BEDRÜCKENDE Erschütterungen der einen oder anderen Art – die Luftangriffe auf England, der Rückzug aus Griechenland – hatten die neuesten Hintergrundgeräusche zu den Proben geliefert, die nie ein Ende zu nehmen schienen und den Wunsch weckten, der Vorhang solle endlich hochgehen zur angekündigten Vorstellung, welche Form sie auch immer annehmen möge. Doch das Datum der Premiere lag in anderen, lag nicht in unseren Händen; und bis dahin, daran konnte niemand zweifeln, würden weitere Proben, viel, viel mehr Proben, auf lange Zeit notwendig sein. Obwohl dies vielleicht entmutigende Gedanken waren, überkam mich ein überwältigendes Gefühl der Zufriedenheit, als der Zug die Londoner Außenbezirke erreichte. Die Frühlingssee war in der vorhergehenden Nacht rau gewesen, die Eisenbahnwagons wie üblich überfüllt, als wir uns in träger Fahrt durch die Dunkelheit gen Süden schlängelten, von Zeit zu Zeit in Gebiete einfahrend – in ihnen haltend – sie dann verlassend –, in denen Fliegeralarm herrschte. Vom Zugfenster aus gesehen vermittelten die verlassenen Straßen und ausgebrannten Gebäude der Vororte dem Auge das Bild einer verlassenen Stadt. Dennoch, ich fühlte mich voller Hoffnung.

Meine Londoner Kontakte mussten in die Reihe gebracht werden. Ein Brief von Chips Lovell, der erst am Tag zuvor angekommen war, machte eine Vereinbarung mit Moreland, an diesem Tag mit ihm zu Abend zu essen, kompliziert. Lovell hatte gehört, dass ich auf Urlaub kommen werde, und wünschte, mit mir über ›Familienangelegenheiten‹ zu sprechen. Das war im Prinzip ein ganz vernünftiges Motiv, in der Praxis allerdings, wenn man es im Zusammenhang mit den angeblichen ›Schwierigkeiten‹ mit Priscilla betrachtete, ein beunruhigendes Wort. Lovell war in der Marine. Er war während der Zeit ihrer großen Expansion zu Anfang des Krieges zum Offizier ernannt und bald danach an der Ostküste stationiert worden. Er musste allerdings inzwischen versetzt worden sein, denn er gab die Nummer einer Londoner Telefonvermittlung (mit Nebenapparat) an, wo ich ihn erreichen könne, erwähnte jedoch nicht, was sein neuer Job beinhalte.

Zuerst wählte ich die Nummer, die mir Greening von General Liddament gegeben hatte. Major Finns Stimme am Telefon klang ruhig und tief, fest und überzeugend. Ich begann, ihm meine Geschichte zu erzählen. Er unterbrach mich sofort, offenbar bereits darüber informiert, was kommen würde – ein weiterer Beweis für die Fähigkeit des Generals, Gedanken in die Tat umzusetzen. Ich erhielt die Instruktion, mich später im Verlauf des Tages bei einer Adresse in Westminster zu melden. Das erlaubte mir eine Atempause. Hundert verschiedene Dinge mussten erledigt werden, ehe ich aufs Land fahren konnte. Nach meinem Telefonat mit Major Finn rief ich Lovell an.

»Also, Nick, ich hätte nie gedacht, du würdest dich so bald melden«, sagte er, ehe ich noch Zeit hatte, einen Vorschlag zu machen. »Es haben sich neue Entwicklungen ergeben, und deshalb bin ich heute Abend schon zum Dinner verabredet – die erste Verabredung seit Monaten –, aber das macht es nur noch dringlicher, mit dir zu reden. Über Mittag bin ich mit Arbeit zugedeckt – kann höchstens zwanzig Minuten Pause machen –, aber wir könnten später etwas zusammen trinken. Wie wär's, wenn wir uns in der Nähe des Restaurants träfen, wo du zu Abend essen wirst, denn ich kann hier frühestens um sieben wegkommen.«

»Das Café Royal – mit Hugh Moreland.«

»Ich komme, so früh ich kann.«

»Hugh sagte, er käme so gegen acht.«

Mir schien es notwendig zu betonen, dass Lovell, wenn er sich zu lange bei mir in dem Restaurant aufhalte, Moreland begegnen würde. Dieser Hinweis war eher in Morelands Interesse gegeben als in Lovells. Lovell hatte die frühere Nähe zwischen Priscilla und Moreland nie etwas ausgemacht. Vielleicht hatte Priscilla ihrem Mann gesagt, dass die ganze Affäre mit Moreland völlig fruchtlos gewesen sei, nie körperliche Formen angenommen habe. Vielleicht aber auch nicht. Wenn sie das getan hatte, mochte Lovell ihr geglaubt haben – oder auch nicht. Man konnte mit ziemlicher Sicherheit annehmen, dass ihn weder die eine noch die andere Möglichkeit besonders kümmerte. Ich selbst akzeptierte, dass die beiden nie zusammen im Bett waren, denn das hatte mir Moreland in einem seiner wenigen sehr emotionalen Ausbrüche erklärt. Weil Moreland in solchen Dingen empfindlich, vielleicht sogar verletzlich war, würde er es wohl vorziehen, Lovell nicht zu begegnen. Außerdem, wenn Priscilla sich jetzt in einer Weise betrug, die Lovells Besorgnis erregte, mochte auch dieser lieber nicht an einen früheren Galan seiner Frau erinnert werden, an einen Mann, mit dem er ohnehin nicht viel gemeinsam hatte – von Priscilla einmal abgesehen. Das erwies sich dann jedoch als eine falsche Vermutung meinerseits. Es gab bei Lovell nicht das geringste Anzeichen dafür, dass er Moreland auszuweichen wünschte. Im Gegenteil, er war enttäuscht, dass wir drei an diesem Abend nicht zusammen dinieren konnten.

»Was für eine Erholung es ist, mal wieder jemanden wie Hugh Moreland zu treffen«, sagte er. »Schade nur, dass ich mich euch nicht anschließen kann. Ich versichere dir, das würde mir mehr Spaß machen als das, was mich heute erwartet. Aber *davon,* wenn wir uns nachher treffen.«

Lovell war eine seltsame Mischung aus Realismus und Romantizismus; genauer gesagt, er hatte, wie ziemlich viele Menschen, romantische Ansichten davon, ein Realist zu sein. Wenn ihm zum Beispiel je der Verdacht gekommen war, dass Priscilla ihn nur als Reaktion auf eine gescheiterte Beziehung geheiratet habe, hatte er, gemäß seiner Philosophie, den möglichen Schmerz darüber gewiss durch den Gedanken verdrängt, dass am Ende er es doch war, der die Frau bekommen habe, die er wollte. Er mochte natürlich vielleicht auch argumentiert haben, dass die Formen solcher Reaktionen unvorhersehbar sind, dass einige Menschen nach einer gescheiterten Liebesbeziehung das ganze Gewicht ihrer früheren starken Emotionen körperlich und total auf eine andere Person verlegen. Lovell war ein Romantiker besonders in dem Sinne, dass er die Dinge nach ihrem Augenschein beurteilte – eine der Fähigkeiten, die ihn zu einem guten Journalisten machten. Ihm kam nie der Gedanke, jemand könne irgendetwas außer dem völlig Offensichtlichen denken oder tun. Diese Haltung fand ihre praktische Form in seiner Weigerung, an die Realität irgendeiner Sache zu glauben, die nicht von einer Art war, die man in der Presse ventilieren konnte. Andererseits war er, obwohl unfähig, das Leben unter einem Blickwinkel zu sehen, unter dem es nicht als offensichtlich erschien, wenn nötig durchaus bereit, diesen zu ändern – vorausgesetzt, die Offensichtlichkeit blieb unbeeinträchtigt und eine Offensichtlichkeit nahm einfach nur den Platz einer anderen ein. Diese relative Flexibilität war teilweise seiner eigenen Spezies des Realismus geschuldet – wenn sein Realismus sozusagen ›funktionierte‹ –, wurde ihm teilweise aber auch durch eine andere seiner festen moralischen Überzeugungen aufgezwungen, nämlich durch die, dass jeder Wandel, der im Leben stattfinde – sei er persönlicher, politischer oder gesellschaftlicher Art –, sowohl bedeutsam als auch für immer sei.

Im Rahmen dieser Ansicht von der Welt konnten Lovells Mittel und Wege durchaus subtil sein. Zusammen mit den zusätzlichen Vorteilen eines guten Aussehens und einer Menge Energie hatten ihm diese Methoden vor Ausbruch des Krieges ziemliche Erfolge in der von ihm gewählten Karriere gebracht. Es ist wahr, dadurch, dass er Priscilla geheiratet hatte, wurde nichts aus seinem zuvor geäußerten Plan, »eine reiche Frau zu finden«; aber andererseits hatte dieses Projekt in Wirklichkeit bei ihm nie auch nur die geringste praktische Form angenommen. Dass er es nur in Worte gefasst hatte, zeigte noch eine weitere Facette der romantischen Seite von Lovells Natur – nämlich seine romantische Haltung zum Geld. Zudem hatte er bereits in jenen weit zurückliegenden Tagen, als er und ich noch zusammen an Filmskripten arbeiteten (von denen keines je auf der Leinwand erschien), ein lebhaftes Interesse an Priscilla gezeigt, so dass es keine Überraschung gewesen war, als die beiden heirateten. Anfangs hatte er seine Jobs verloren, und sie waren knapp bei Kasse gewesen. Priscilla, die eine Neigung dazu hatte, gefährlich zu leben, schienen diese mageren Zeiten nicht viel ausgemacht zu haben. Lovell selbst hatte, im Hinblick auf seine Knappheit an Geld, der Welt ein ebenso gelassenes äußeres Bild geboten, sich im Inneren jedoch wegen seiner Mittellosigkeit zweifellos schuldig gefühlt. Er betrachtete den Mangel an Geld bei sich selbst, ja, auch bei jedem anderen Menschen, als ein Zeichen des Versagens. Von Zeit zu Zeit, jedoch ohne dass ein besonderer Nachdruck dahinterstand, pflegte sein Romantizismus auch eine moralische oder intellektuelle Wendung zu nehmen. Dann gab er sich zum Beispiel gerne Anfällen der Verurteilung materieller Dinge und aller, die nach diesen strebten, hin. Solche Stimmungen wurden manchmal von der Lektüre gekürzter Ausgaben philosophischer Werke begleitet: »Die Weisheit des Ostens in einem Band«; »Marx ohne Tränen«; »Die Schatztruhe großer Gedanken«. Wie jeder andere seiner Art schrieb auch er an einem Theaterstück, ein Unternehmen, das nie über die ersten Seiten des ersten Aktes hinauskam.

»Ich finde nie die Zeit, mich hinzusetzen und ernsthaft zu schreiben«, pflegte er zu sagen und gab damit fast so etwas wie eine rechtsgültige Erklärung ab, die seine eigene Zugehörigkeit zu der leicht erkennbaren Kategorie eines in den Startlöchern steckenbleibenden literarischen Anfängertums definierte.

Dies waren einige der Gedanken, die mir über Lovell durch den Kopf gingen, während ich auf der Bank in dem Korridor saß, in dem ich darauf wartete, zu Major Finn vorgelassen zu werden. Die Adresse in Westminster, zu der ich beordert worden war, erwies sich als ein großes, in ein militärisches Hauptquartier umgewandeltes Haus. Nach einiger Zeit gesellten sich ein Unteroffizier, der einen Arm in einer Schlinge hatte, und kurz darauf zwei weibliche Mitglieder des France Libre zu mir. Die drei begannen bald einen Streit in ihrer Muttersprache. Ich las noch einmal Morelands Postkarte – ein Porträt Wagners mit einer Art Baskenmütze –, mit der er unser Dinner an diesem Abend bestätigte. Rätselhaft im Ton, fehlte es seinen Worten auf undefinierbare Weise an jener Lebhaftigkeit, die diese für Moreland habituelle Kommunikationsform gewöhnlich vermittelte.

Wir hatten uns seit der ersten Kriegswoche, kurz nachdem Matilda ihn verlassen hatte, nicht mehr gesehen. Matildas bald darauf folgende Eheschließung mit Sir Magnus Donners war mit einem so geringen Maß an Publicity vollzogen worden, das, selbst für eine Zeit, in der alle Arten von privaten und öffentlichen Veränderungen, viele davon durchaus revolutionären Charakters, ohne Aufsehen über die Bühne gingen, beachtlich gewesen war. Die Unterdrückung von Berichten über die Zeremonie konnte man sicher zu einem gewissen Grad den Kontrollen zuschreiben, die auf bestimmten Gebieten auszuüben sich Sir Magnus nun in der Lage befand. Die Hochzeit der geschiedenen Frau eines bekannten, wenn auch nicht besonders erfolgreichen Musikers mit einem Mitglied der Regierung hätte, selbst wenn man die Papierknappheit berücksichtigte, im Allgemeinen mehr Aufmerksamkeit hervorgerufen, als es die wenigen verstreuten Zeitungsabschnitte, die damals erschienen, anzeigten. Die Leute sagten, das Scheitern von Morelands Ehe habe ihm anfangs so stark zugesetzt, dass er daran zu zerbrechen drohte, dass er zunehmend dem Alkohol verfiele, während er, so gut er könne, nur von einem Tag auf den anderen lebe. Ein Paradox während dieses Kriegsabschnittes war jedoch, dass es eher einen Überfluss als einen Mangel an Beschäftigung für Musiker gab, so dass sich Moreland in Wirklichkeit völlig zugedeckt sah von Arbeit der einen oder anderen Sorte, die ihn, selbst wenn sie künstlerisch nicht besonders inspirierend sein mochte, am Leben und beschäftigt hielt. Das jedenfalls war es, was ich gehört hatte. Es war unvermeidlich gewesen, dass wir den Kontakt zueinander verloren hatten, seit ich in der Armee war. Die Freundschaft, die, im Gegensatz zur Liebe, allgemein als etwas Einfaches, Unkompliziertes dargestellt wird, ist vielleicht nicht weniger komplex als diese und bedarf gleichermaßen mysteriöser Nahrung; und sie trägt ebenso wie die Liebe schon in ihrem Anfangsstadium die Saat der Auflösung in sich, eine Saat, die in fundamentaler Weise vielleicht destruktiver ist als das bloße Vergehen der Zeit, als der alles auslöschende Marsch der Ereignisse, der zum Beispiel auch mich und Stringham getrennt hatte.

Diese eher düsteren Spekulationen wurden unterbrochen, als sich in meiner Nähe eine Tür öffnete. Ein Offizier des France Libre erschien. Er trug einen *képi* und eine Brille und war mittleren Alters und ziemlich rot im Gesicht. Ihm folgte aus dem Zimmer ein jüngerer Hauptmann ohne Mütze, der die Abzeichen des Nachrichtencorps trug.

«*Et maintenant, une dernière chose, mon Capitaine*», sagte der Franzose, «*maintenant que nous avons terminé avec l'affaire Szymanski. Le Colonel s'est arrangé avec certains membres du Commandement pour que quelques jeunes officiers soient placés dans le Génie. Il espère que vous n'y verrez pas d'inconvénient.*»

«*Vous n'avez pas utilisé la procédure habituelle, Lieutenant?*»

«*Mon Capitaine, le Colonel Michelet a pensé que pour une pareille broutille on pouvait se dispenser des voies hiérarchiques.*»

«*Nous aurons des ennuis.*»

«*Les Colonel Michelet est convaincu qu'ils seront négligeables.*»

«*Ça m'étonnerait.*»

«*Vous croyez vraiment?*»

«*J'en suis sûr. Il nous faut immédiatement une liste de ces noms.*»

«*Très bien, mon Capitaine, vous les aurez.*»

Der englische Offizier schüttelte den Kopf über das, was gerade erwogen worden war. Die beiden Männer lachten sehr.

«*Au revoir, Lieutenant.*»

«*Au revoir, mon Capitaine.*»

Der Franzose ging weg. Der Hauptmann wandte sich an mich.

»Jenkins?«

»Ja.«

»Finn hat mir von Ihnen erzählt. Kommen Sie hier herein, bitte.«

Ich folgte ihm in das Zimmer und setzte mich ihm gegenüber, während er in einer Akte blätterte.

»Was haben Sie getan, nachdem Sie in die Armee eintraten?«

Auf eine narrative Form reduziert klang meine militärische Karriere bis zu diesem Zeitpunkt nicht besonders eindrucksvoll. Doch der Hauptmann schien zufrieden zu sein. Er nickte von Zeit zu Zeit. Er war freundlich und hatte eher die gutgelaunte Art, die ich von meinem alten Bataillon her gewohnt war, als das reservierte Verhalten der meisten Offiziere beim Divisionshauptquartier. Ich beendete meine Geschichte.

»Gut – wie alt sind Sie?«

Ich eröffnete ihm mein Alter. Er schien überrascht, dass jemand so alt sein konnte.

»Und was machen Sie im Zivilleben?«

Ich deutete eine literarische Tätigkeit an.

»Ach ja«, sagte er, »ich glaube, ich habe einen davon gelesen.«

Er ließ jedoch nichts von General Liddaments lebhaftem Interesse an der Romankunst erkennen und unternahm auch keine Anstrengung, diesen Aspekt meines Lebens weiter zu untersuchen.

»Wie steht's mit ihrem Französisch?«

Es schien mir am einfachsten zu sein, ihm die gleiche Beschreibung anzubieten, die ich schon dem General gegeben hatte.

»In der Regel kann ich ein Buch lesen, habe aber Schwierigkeiten mit dem Slang oder so etwas wie den technischen Begriffen bei Balzac.«

Der Hauptmann lachte.

»Gut«, sagte er, »ich vermute, wir kommen später noch darauf zurück. Sind Sie verheiratet?«

»Ja.«

»Kinder?«

»Eins.«

»Sind Sie bereit, ins Ausland zu gehen?«

»Natürlich.«

»Sicher?«

»Ja.«

Er schien über diese eher knapp gehaltene Akzeptanz militärischer Verpflichtung fast erstaunt zu sein.

»Wir suchen nach Liaison-Offizieren für France Libre«, sagte er. »Auf Bataillonsebene. Die sind gar nicht so leicht zu finden. Eine andere Sprache einigermaßen annehmbar zu sprechen scheint sehr oft mit unbefriedigenden Gewohnheiten einherzugehen.«

Der Hauptmann lächelte traurig, aber auch leicht schalkhaft über den Schreibtisch zu mir herüber.

»Während unsere Alliierten nichts Geringeres als hundertprozentigen Service erwarten«, sagte er. »Und das ist auch richtig so.«

Er sah mich scharf an.

»Haben Sie Lust, den Job zu machen?«

»Ja – aber wie ich schon erklärte, ich bin kein großer Meister in dieser Sprache.«

Er antwortete nicht. Stattdessen öffnete er eine Schublade seines Schreibtischs und nahm ein Dokument heraus. Er übergab es mir. Dann stand er auf und ging zu einer Tür auf der anderen Seite des Zimmers. Sie führte zu einem kleineren Raum, fast einer Abstellkammer, in dem ringsherum dunkelgrüne Stahlschränke standen. In einer Ecke war ein kleiner Tisch. Darauf stand eine Schreibmaschine mit einer Schutzhaube aus Gummi. Daneben stand ein Stuhl.

»Übersetzen Sie diese Instruktion ins Französische«, sagte er. »Unterhaltszuschuss ist *frais d'alimentation*. Hier ist Papier –

und eine Schreibmaschine, falls Sie eine benutzen wollen. Andernfalls, hier ist auch *la plume de ma tante.*«

Er lächelte ziemlich freundlich und schloss die Tür. Ich setzte mich hin und las das bedruckte Papier durch, das er mir ausgehändigt hatte. Es erwies sich als ein Armeeformular, das die geltenden Vorschriften hinsichtlich der Ausgabe oder Nicht-Ausgabe von Rationen an Truppen im Feld erläuterte. Auf den ersten Blick schien mir die Prosa schon auf Englisch nicht viel Sinn zu machen, und ich erkannte sofort, dass kaum eine Chance bestand, dass mein eigenes Französisch hier eine Verbesserung bewirken würde. Balzac über die Schriftsetzerei in der Provinz war nichts dagegen. Ich setzte mich jedoch hin und begann mit der Arbeit, denn ich war sehr erpicht auf den Job.

Draußen schwätzten und stritten sich tausende von Staren auf den Kranzgesimsen und Brüstungen der Regierungsgebäude. Mich überkam ein Gefühl der Benommenheit, das so sehr Teil der Wirkung des Heimaturlaubs ist. Ich las mir das Dokument noch einmal durch und versuchte, mir seine Aussagen zurechtzulegen. Dies war wie Nachsitzen in der Schule. »… die Artikel unter (i) sind auf Antrag (A. B. 55) erhältlich, welches das gewöhnliche Antragsverfahren für Lebensmittellieferungen ist … die Artikel unter (iii) und andere Artikel, die zur Ergänzung der Ration erforderlich sind, um Abwechslungen zu erreichen und um den Erwerb saisonaler Produkte zu ermöglichen, und für welche mit dem Geld bezahlt wird, das der individuelle Essenszuschuss und der Bargeldzuschuss zur Verfügung stellen (iii oben) … der verantwortliche Versorgungsoffizier legt ein Berichtsformular vor (A. F. B. 179), das den jeweiligen Umfang und die Preise der Rationen, die in Sachleistungen tatsächlich während des Monats an die Einheit ausgegeben worden sind, darlegt, von welchem deren totaler Wert berechnet wird …«

Die Instruktionen umfassten zwei Schreibmaschinenseiten. Ich erinnerte mich, dass man mir mal gesagt hatte, niemals »und für welche« zu schreiben, aber die Grammatik war ganz gewiss nicht die eindrucksvollste Seite des Verfassers. Es waren nicht die Wörter, die mir Schwierigkeiten bereiteten. Die waren mir, im Großen und Ganzen, ziemlich vertraut. Ihnen in der Übersetzung eine gewisse Überzeugungskraft zu geben, den besonderen Ton offizieller Bekundungen zu vermitteln, war das Problem. Durch das Unterholz dieses oder eines ähnlichen bürokratischen Dschungels brachte Widmerpool in unerbittlicher Safari gerade Mr. Diplock zur Strecke. Von solchen Gedanken durfte ich mich nun nicht ablenken lassen. Ich wählte *la plume de ma tante* statt der Schreibmaschine, denn das mit der Maschine Geschriebene verleiht jeder Art von Sprache, auch der eigenen, eine schreckliche Nacktheit. Eine Zeitlang mühte ich mich ab. Schließlich kam auch ein zusammenhängender Text heraus. Ich las ihn mehrere Male durch und nahm dabei Verbesserungen vor. Er klang nicht gerade wie ideales idiomatisches Französisch, aber andererseits klang ja auch das Original nicht eigentlich wie idiomatisches Englisch. Nachdem ich noch ein paar letzte Korrekturen angebracht hatte, öffnete ich die Tür einen Spalt weit.

»Kommen Sie herein, kommen Sie herein«, sagte der Hauptmann. »Sind Sie fertig? Ich dachte schon, Sie seien vielleicht in Ohnmacht gefallen. Es ist fürchterlich stickig da drin.«

Bei ihm saß ein weiterer Offizier, ebenfalls Hauptmann, hochgewachsen, blond, ziemlich elegant. Eine blaue Schirmmütze mit dem Löwe-und-Einhorn-Abzeichen des Allgemeinen Dienstes lag neben ihm. Ich übereichte dem hinter dem Schreibtisch sitzenden Hauptmann des Nachrichtendienstes die Übersetzung. Er nahm sie, stand auf und wandte sich an den anderen Mann.

»Ich bin gleich wieder zurück, David«, sagte er – und an mich gerichtet: »Nehmen Sie Platz, während ich das hier Finn zeige.«

Er verließ das Zimmer. Der andere Offizier nickte mir zu und lachte. Es war Pennistone. Wir hatten uns während eines früheren Urlaubs von mir in einem Zug getroffen und uns über Vigny unterhalten. Wir hatten auch über alle möglichen anderen Dinge gesprochen, an die ich aber schon seit langem nicht mehr gedacht hatte. Jetzt erinnerte ich mich, dass Pennistone behauptet hatte, seine eigenen militärischen Aufgaben seien unüblich. Zweifellos stellte das Hauptquartier, in dem ich mich gegenwärtig befand, die Art von Welt dar, in der er sich gewöhnlich bewegte.

»Wunderbar«, sagte er. »Natürlich, wir hatten ja beschlossen, uns durch die Ausübung des Willens wieder zu begegnen. Ich schäme mich zu sagen, dass ich das inzwischen vergessen hatte. Ihre eigene moralische Entschlossenheit gereicht Ihnen zur Ehre. Ich gratuliere Ihnen. Oder handelt es sich hier um einen Fall von Nietzsches ›Ewiger Wiederkunft‹ an die man sich so sehr gewöhnt hat? Werden Sie jetzt hier arbeiten?«

Ich erklärte ihm den Grund für meine Anwesenheit in dem Gebäude.

»Also werden Sie vielleicht bald zu den Freien Franzmännern gehören.«

»Und Sie?«

»Ich kümmere mich um die Polen.«

»Haben die auch so ein Gebäude wie dieses?«

»Aber nein. Die Polen werden wie eine Staatsmacht behandelt. Die haben einen Botschafter, einen Militärattaché, so was alles. Das Problem mit Frankreich ist, dass wir immer noch die Vichy-Regierung anerkennen. Die anderen alliierten Regierungen sind Exilregierungen hier in London. Deshalb hat France Libre seine eigene besondere Mission.«

»Und Sie sind nur gekommen, um sie zu besuchen?«

»Um einige polnische Angelegenheiten zu besprechen, die mit France-Libre-Problemen überlappen.«

Wir sprachen noch eine Weile miteinander. Der andere Hauptmann kehrte zurück.

»Finn möchte Sie sprechen«, sagte er.

Ich folgte ihm über den Flur zu einem Zimmer, in dem ein Offizier hinter einem mit Papieren bedeckten Schreibtisch saß. Der Hauptmann des Nachrichtencorps nannte meinen Namen und ging wieder. Ich hatte meine Mütze in dem anderen Büro gelassen, deshalb konnte ich, als ich eintrat, nicht salutieren, sondern nahm nur, der Formalität entsprechend, die in dem Gebiet, wo ich diente, üblich war, Haltung an. Den Major hinter dem Schreibtisch schien das zu erstaunen. Er stand langsam auf und kam, die Augen die ganze Zeit auf mich gerichtet, um den Schreibtisch herum und schüttelte mir die Hand. Er war klein und bartlos, hatte eine fast quadratische Figur, enorm breite Schultern, einen großen Kopf, ein elfenbeinfarbenes Gesicht und eine große Nase. Seine grauen Augen lagen tief in ihren Höhlen. Er sah aus wie ein gewaltiger Vogel, ein ornithologisches Exemplar, das sich sehr von Oberst Hogbourne-Johnson unterschied, freundlich, aber gleichzeitig auch unendlich kraftvoller. Ich schätzte ihn auf Mitte fünfzig. Er trug eine alte Uniformjacke mit Lederknöpfen, daran das Victoria-Kreuz, das der Légion d'Honneur, das Croix de la Guerre avec palmes und zwei andere ausländische Orden, die ich nicht zu identifizieren vermochte.

»Nehmen Sie Platz, Jenkins«, sagte er.

Er sprach leise, flüsterte fast. Ich setzte mich. Er begann, in seinen Papieren herumzusuchen.

»Ich hab eine Notiz von Ihrem Divisionskommandeur erhalten«, sagte er. »Wo ist sie nur? Ziehen Sie Ihren Stuhl ein wenig näher heran. Ich bin ziemlich taub auf diesem Ohr. Wie geht es General Liddament?«

»Sehr gut, Sir.«

»Bringt die Division auf Vordermann?«

»So ist es, Sir.«

»Landwehrdivision, nicht wahr?«

»Ja, Sir.«

»Er wird bald ein Corps kriegen.«

»Glauben Sie, Sir?«

Major Finn nickte. Er schien aus irgendeinem Grund ein wenig verlegen. Obwohl ein außerordentliches Fluidum physischer Kraft und Ausdauer von ihm ausging, hatte er etwas Mildes, Sanftes, fast Unentschiedenes an sich.

»Sie wissen, warum Sie hierhergeschickt worden sind?«

»Es wurde mir erklärt, Sir.«

Er senkte seine Augen auf etwas, das ich jetzt als meine Übersetzung erkannte. Er begann, sie still für sich zu lesen, wobei seine Lippen sich leicht bewegten. Nach ein oder zwei Zeilen wurde mir klar, was die Antwort sein würde. Jetzt blieb nur noch die Frage, wie lange die Agonie sich hinauszögern würde. Major Finn las meinen ganzen Text für sich durch; dann las er ihn, was ich ziemlich nobel fand, noch einmal durch. Er tat das entweder, um einen dramatischen Effekt zu erzielen, oder aber um sich selbst in einen Spannungszustand zu versetzen, der nötig war, um eine unwillkommene Ankündigung zu machen. Das zumindest waren die Gründe, die mir damals in den Sinn kamen, denn er musste das Papier fast sicher bereits durchgegangen sein, als der Hauptmann es ihm gebracht hatte. Ich war dankbar für diese Geste, denn sie zeigte mir, dass er, ohne sich selbst zu schonen, alles für mich tat, was er konnte. Als er zum zweiten Mal zu Ende gelesen hatte, sah er mich über den Schreibtisch hinweg an, schüttelte den Kopf, seufzte und lächelte.

»Also …«, sagte er.

Ich schwieg.

»Tut mir leid, aber es geht nicht.«

»Nein, Sir?«

»Nicht, was Ihr schriftliches Französisch betrifft.«

Er nahm einen Bleistift auf und klopfte damit auf den Schreibtisch.

»Wir hätten Sie gerne genommen …«

»Ja, Sir.«

»Masham war auch der Meinung.«

›Masham‹, so nahm ich an, war der Hauptmann des Nachrichtencorps.

»Aber diese Übersetzung …«

Eine Sekunde lang klang er so, als hätte ich ihm und seiner Uniform mit dem Pfuschwerk, das ich zustande gebracht hatte, eine absichtliche Beleidigung zugefügt, dass er aber bereit sei, großmütig darüber hinwegzusehen. Dann aber, als ob er trotz meines Betragens das, was als momentane Unfreundlichkeit erscheinen mochte, bedauere, stand er auf und schüttelte mir, dabei in die mittlere Distanz des Zimmers blickend, die Hand. Der Anblick, der sich ihm dort bot, war gewiss einer des totalen Versagens.

»... nicht ausreichend genau.«

»Nein, Sir.«

»Sie verstehen mich?«

»Natürlich, Sir.«

»Schade drum.«

Wir starrten einander an.

»Sonst, glaube ich, hätten Sie gut zu uns gepasst.«

Major Finn machte eine Pause. Er schien lange über diese Hypothese nachzudenken. Es gab wohl nicht mehr viel zu sagen. Ich hoffte, dass das Interview so schnell wie möglich zu einem Ende käme.

»Völlig geeignet ...«, wiederholte er.

Seine Stimme war jetzt weit weg. Es entstand erneut eine lange Pause. Dann kam ihm ein Gedanke. Sein Gesicht hellte sich auf.

»Vielleicht ist es ja nur Ihr schriftliches Französisch, das so holprig ist.«

Er kräuselte seine breite elfenbeinfarbene Stirn.

»Also, lassen Sie uns annehmen, das 9. Regiment der Kolonialen Infanterie ist im Begriff zu meutern«, sagte er. »Es ist vielleicht bereit, Vichy aufzugeben und zu den Alliierten überzulaufen. Wie würden Sie es zu überzeugen versuchen?«

»Auf Französisch, Sir?«

»Ja, auf Französisch.«

Er sprach mit Nachdruck, so als ob er etwas dramatisch Erfreuliches erwarte.

»Es tut mir leid, ich müsste auf mein Englisch zurückgreifen, Sir.«

Sein Gesicht wurde wieder lang.

»Das habe ich befürchtet«, sagte er.

Mein Versagen war ohne Zweifel total. Ich hatte eine zweite Chance bekommen und diese ebenfalls versiebt. Major Finn streichelte die enorme Hügellandschaft seiner Nase.

»Also hören Sie«, sagte er, »ich sag Ihnen, was ich tun werde. Ich werde mir Ihren Namen notieren.«

»Ja, Sir?«

»Es werden sich vielleicht in der nahen Zukunft gewisse Veränderungen ergeben. Nicht hier, irgendwo anders. Aber verlassen Sie sich nicht darauf. Das ist alles, was ich sagen kann. Ich stelle nie etwas in Frage, was General Liddament vorschlägt. Es ist allein die Sprache.«

»Danke, Sir.«

Er lächelte.

»Sie sind auf Urlaub, nicht wahr?«

»Ja, Sir.«

»Hätte nichts dagegen, selbst ein wenig Urlaub zu machen.«

»Nein, Sir?«

»Und richten Sie General Liddament meine Grüße aus.«

»Ich werde sie übermitteln, Sir.«

»Ein großer Mann.«

Ich machte ein angemessenes Gesicht und verließ das Zimmer, enttäuscht und wütend über mich selbst. Die Tatsache, dass ich mit einer solchen Eventualität bis zu einem gewissen Grade hätte rechnen müssen, machte die Dinge nicht besser. Jemanden in der Armee zu haben – und noch dazu einen General –, der Anteilnahme an deiner individuellen Karriere zeigt, ist eine nur sehr selten gemachte Erfahrung. Und an der Sprachhürde zu stürzen – also auf einem Gebiet, auf dem von jemandem wie mir, zumindest in der Augen General Liddaments, angemessene Kenntnisse erwartet werden durften – bedeutete, auch den General enttäuscht zu haben. Es bestand wenig Hoffnung, dass er eine weitere Kandidatur in meinem Interesse befürworten würde. Warum sollte er auch? Ich fragte mich, warum ich mir in der Vergangenheit nie die Mühe gemacht hatte, richtig Französisch zu lernen; als Junge zum Beispiel, während ich bei den Leroys im La Grenadière wohnte, oder im Laufe unzähliger anderer Gelegenheiten. Zudem sah ich ein, dass man als Liaison-Offizier auf Bataillonsebene die Fremdsprache schon ziemlich gut beherrschen musste. Vielleicht war es ja nur Schicksal. Und was die Tatsache, dass man meinen Namen notiert hatte, anging, so war das als bloße Höflichkeitsformel seitens Major Finns – eines ungewöhnlich angenehmen Menschen – anzusehen; ein Echo ziviler Courtoisie von jemandem, der stolz darauf war, sowohl gute Manieren als auch das Victoria-Kreuz zu haben; eine Geste, die man letztlich ignorieren konnte.

Ich kehrte zu dem Zimmer des Hauptmanns zurück. Pennistone war noch da. Er stand, hatte seine Mütze auf und war im Begriff zu gehen.

»Also dann«, sagte er gerade. »Vom Ersten des nächsten Monats an fällt Szymanski nicht mehr unter die Amtsgewalt von France Libre, sondern kommt unter den Befehl der Polnischen Streitkräfte in Großbritannien. Das ist endlich geregelt.«

Masham, der Hauptmann des Nachrichtencorps, wandte sich mir zu. Ich erklärte ihm, dass die Sache nicht geklappt habe. Natürlich wusste er das bereits.

»Schade«, sagte er. »Danke, dass Sie uns besucht haben. Ich höre, Sie und David kennen einander.«

Nachdem wir uns von ihm verabschieden hatten, gingen Pennistone und ich zusammen hinaus auf die Straße. Er fragte mich, was passiert sei. Ich beschrieb ihm das Interview mit Major Finn. Pennistone hörte aufmerksam zu.

»Sie scheinen Finn für sich eingenommen zu haben«, sagte er.

»Ich mochte ihn – was ist seine Geschichte?«

»Irgendeine fantastische Episode im Ersten Weltkrieg, als er sein Victoria-Kreuz erhielt. Nach seiner Zeit in der Armee entschied er sich, in die Kosmetikindustrie einzusteigen – Parfüm, Gesichtspuder, solche Dinge, die letzte Branche, die man mit ihm in Verbindung bringen würde. Er spricht sehr korrektes Französisch, mit dem absonderlichsten Akzent, den Sie sich vorstellen können. Er kommt glänzend mit France Libre aus – de Gaulle mag ihn, ein Glück, das nicht jeder hat.«

»Erstaunlich, dass er keinen höheren Rang innehat.«

»Finn hätte ein halbes Dutzend Mal Oberst werden können, seit er wieder in die Armee eingetreten ist«, sagte Pennistone. »Er sagt stets, er ziehe es vor, nicht zu viel Verantwortung zu haben. Er hat sein Victoria-Kreuz, was ihm stets Respekt einbringt – und über das er auch sehr gerne spricht. Ich glaube aber, dass er vielleicht endlich doch versucht ist, einen höheren Rang zu akzeptieren.«

»Als was?«

»Es hängt im Moment noch sehr in der Luft. Das Einzige, was ich sagen kann, ist, dass es vielleicht wahrscheinlicher ist, dass Sie von ihm hören, als Sie denken.«

»Macht er viel Geld mit seiner Kosmetik?«

»Genug, um seine Frau und seine Tochter irgendwo versteckt zu halten.«

»Warum werden sie versteckt gehalten?«

»Ich weiß es nicht«, sagte Pennistone und lachte. »So ist es einfach. Da ist vieles an Finn, für das es keine Erklärung gibt. Dass er sie versteckt hält, ist Teil des Finn-Systems. Als ich in Paris mit ihm bekannt war, fand ich bald heraus, dass er eine geheimnisvolle Seite hat.«

»Sie kannten ihn schon vor dem Krieg?«

»Seltsamerweise lernte ich ihn kennen, als ich in der Textilwirtschaft tätig war und da drüben arbeitete.«

»Textilien ist Ihr Job?«

»Ich bin schließlich ausgestiegen.«

»Und haben was gemacht?«

Pennistone lachte wieder, so als ob dies eine absurde Frage sei.

»Ach, nicht viel, eigentlich«, sagte er. »Ich reise 'ne Menge herum – oder tat es vor dem Krieg. Ich glaube, ich sagte Ihnen schon, als wir uns das letzte Mal trafen, dass ich versuche, etwas über Descartes zu schreiben.«

All dies ließ vermuten – und wie sich herausstellte, zu Recht –, dass auch Pennistone, wie Finn, eine geheimnisvolle Seite hatte. Als ich ihn besser kennenlernte, erkannte ich, dass für Pennistone nur das wichtig war, was sich in seinem Kopf abspielte. Er konnte einem über die Angabe nackter Fakten hinsichtlich der Orte, die er besucht hatte oder zu besuchen wünschte, und der Bücher, die er gelesen hatte oder zu lesen wünschte, hinaus nur selten sagen, was er in der Vergangenheit getan hatte oder in der Zukunft zu tun beabsichtigte. Andererseits war er durchaus in der Lage, sehr luzide zu beschreiben, was er zu irgendeinem beliebigen Zeitpunkt seines Lebens, philosophisch gesprochen, gedacht hatte. Während andere Menschen für das Geld lebten, für die Macht, Frauen, die Künste, Häuslichkeit, zog Pennistone es vor, bloß über die Dinge nachzudenken, die Dinge in seinem Kopf zu ordnen. Nichts anderes schien ihm wichtig. Es war dies ein Ziel, das auch Stringham jetzt als das seinige angegeben hatte, obwohl Pennistone eine ganz andere Art von Persönlichkeit war als Stringham, viel besser ausgerüstet, diesen Prozess zu einem erfolgreichen Ende zu führen. Ich fand diese Dinge über ihn erst zu einem späteren Zeitpunkt heraus.

»Geben Sie mir die wichtigsten Details zu Ihrer Person«, sagte Pennistone. »Einheit, Armeenummer, so was – nur für den Fall, dass sich vielleicht dort etwas ergibt, wo ich von Nutzen sein könnte.«

Ich schrieb sie ihm auf. Wir verabschiedeten uns – beide überzeugt, dass Nietzsches »Ewige Wiederkunft« uns erneut zusammenbringen würde.

Selbst als ich an diesem Abend in das Café Royal kam, fühlte ich noch die Peinlichkeit meines Versagens in dem Interview mit Finn. Der Nachmittag war mit verschiedenen, im Großen und Ganzen lästigen Besorgungen ausgefüllt gewesen. Die Tische und gepolsterten Sitzbänke des großen, geschmacklosen Raums wirkten, so wie sie jetzt von Gestalten in Uniform besetzt waren, unvertraut. Ich setzte mich und wartete. Es war niemand anwesend, den ich je zuvor gesehen hatte. Lovell kam erst um kurz vor halb acht. Er trug die Sterne eines Hauptmanns. Ich konnte mich des Gefühls nicht erwehren, im militärischen Wettlauf zurückgeblieben zu sein. Ich gratulierte ihm.

»Du machst das richtig große Geld nicht, bevor du Major bist«, sagte er. »Das sollte man anstreben.«

»Wilder Ehrgeiz.«

»Unersättlich.«

»Wo ist dein Arbeitsplatz?«

»Im Hauptquartier der Vereinigten Streitkräfte«, sagte er, »in diesem seltsamen Spielzeugfort auf dem halben Weg die Whitehall hinunter. Es ist ein toller Ort für die Royal Marines. Ist so etwas wie ein Glücksfall, dass du auf Urlaub bist, Nick. Ich möchte gerne ein paar Dinge mit dir besprechen. Zuallererst, würdest du wohl mein Testamentsvollstrecker werden?«

»Natürlich.«

»Eine völlig einfache Sache. Was ich auch besitze – und das ist nicht viel, kann ich dir versichern –, geht an Priscilla, danach an Caroline.«

»Das klingt nicht allzu kompliziert.«

»Man kann nie wissen, was einem passieren wird.«

»Nein, in der Tat nicht.«

Seine Bemerkung erinnerte mich an Feldwebel Harmers Ansichten. Es entstand eine Pause. Ich hatte plötzlich das Gefühl, dass Lovell ein mir unangenehmes Thema anschneiden werde. Diese Befürchtung erwies sich als korrekt.

»Da ist noch eine andere kleine Sache«, sagte er.

»Ja?«

»Es würde mich interessieren, mehr über diesen Stevens zu hören. Du scheinst hauptsächlich dafür verantwortlich zu sein, ihn in unser Leben eingeführt zu haben, Nick.«

»Wenn du jemanden namens Odo Stevens meinst, er und ich waren vor etwa einem Jahr zusammen auf einem Kurs in Aldershot. Ich wusste nicht, dass er in unserem Leben ist. In meinem ist er nicht. Ich habe ihn seit damals nicht mehr gesehen.«

Ich hatte kaum noch an Stevens gedacht, seit er von dem Kurs verwiesen worden war. Jetzt kam sein Bild mit aller Macht zurück. Lovells Ton war beunruhigend. Ich begann zu ahnen, dass etwas Bestimmtes im Gange war.

»Du hast ihn in die Familie eingeführt«, sagte Lovell.

Er sagte das in einem ruhigen Ton, keineswegs anklagend, aber ich erkannte in seinen Augen, dass er eine dramatische Mitteilung zu machen beabsichtigte.

»Während eines Wochenendurlaubs in Aldershot nahm mich Stevens in seinem sehr klapprigen Auto bis zu Fredericas Haus mit. Dann holte er mich am Sonntagabend wieder dort ab. Isobel wohnte damals da. Es war, kurz bevor sie ihr Baby kriegte. Genauer gesagt, an diesem Abend setzten ihre Wehen ein. Bald nachdem wir in Aldershot zurück waren, musste Stevens den Kurs verlassen und zu seiner Einheit zurückgehen. Seitdem habe ich ihn weder gesehen noch von ihm gehört.«

»Wirklich?«

»Kein einziges Wort.«

»Priscilla war damals auch bei Frederica.«

»Ich erinnere mich.«

»Sie lernte Stevens kennen.«

»Ja, das stimmt.«

»Sie ist kürzlich oben in Schottland zusammen mit ihm in einem Hotel gewesen«, sagte Lovell. »Sie lebten da mehr oder weniger offen zusammen, so dass es keinen Zweck hat, das zu verschweigen.«

Ich wusste darauf nichts zu sagen. Es stimmte, Stevens hatte bei jener Gelegenheit in Federicas Haus eine Art Bekanntschaft mit Priscilla geschlossen. Es fiel mir jetzt noch mehr ein. Es war noch darum gegangen, dass ein Schmuckstück von ihr repariert werden sollte. Solche zusätzlichen Konsequenzen, wie Lovell sie beschrieben hatte, waren kaum vorauszusehen gewesen, als ich Stevens mit in das Haus nahm. Dennoch, es war eine unglückselige Einführung. Allerdings bestätigte Lovells Bericht nur die Geschichten, die sich bereits im Umlauf befanden. Zweifellos war Stevens inzwischen ein Mann, der eine gewisse Kriegskarriere hinter sich hatte. So etwas konnte innerhalb weniger Wochen geschehen. Dass aber Stevens dieser ›Kommando‹, oder wie auch immer man Priscillas angeblichen Liebhaber bezeichnen mochte, sein könnte, wäre mir nie in den Sinn gekommen. Lovell zündete sich eine Zigarette an. Er stieß eine Rauchwolke aus. Sein offensichtlicher Wunsch, die Sache in einer stilisierten Form anzugehen – das heißt, die Geschichte so zu erzählen, wie wir es vielleicht vor Jahren zusammen in einem Filmskript versucht hätten –, nahm der Situation etwas von der unmittelbaren Peinlichkeit, die seine Enthüllung verursacht hatte. Der dramatische Ton, den er annahm, entsprach seiner Auffassung davon, wie das Leben gelebt werden sollte. Ich war ihm dafür dankbar. Die Sache wurde leichter dadurch.

»Wann hat das alles angefangen?«

»Bald nachdem sie sich kennengelernt hatten.«

»Wirklich?«

»Ich war in diesem gottverlassenen Ort unten an der Ostküste. Es gab nichts in der Nähe, wo sie hätte wohnen können. Es war nicht meine Schuld, dass wir nicht zusammen sein konnten.«

»Ist Stevens in Schottland stationiert?«

»Soweit ich weiß, ja. Er hat sich irgendwo ziemlich hervorgetan – war es bei dem Angriff auf die Lofoten? Etwas dieser Art. Zusätzlich zu allem anderen ist er also auch noch ein Held. Ich nehme an, wenn ich, statt Listen für Funkausrüstungen zusammenzustellen und solche Dinge, etwas täte, bei dem ich getötet werden könnte, gäbe ich vielleicht auch einen interessanteren Ehemann ab.«

»Das glaube ich nicht eine Sekunde lang.«

Diese Antwort drückte meine feste Überzeugung aus. Etwas Derartiges zu vermuten war ein typisches Beispiel für Lovells schon früher erwähnte Vorliebe für das Offensichtliche. Es war eine Mutmaßung, die zwangsläufig, so jedenfalls beurteilte ich seine Spekulation, zu einer ganzen Schar von irrtümlichen Schlüssen über sein eigenes, aber auch jedes anderen Menschen Eheleben führen musste.

»Du magst Recht haben«, sagte er.

Seine Stimme klang eher erleichtert.

»Betrachte es mal von einer anderen Seite. Denk mal an all die Helden, die Schwierigkeiten mit ihren Frauen hatten.«

»Wer?«

»Agamemnon, zum Beispiel.«

»Na ja, das führte zu genug unordentlichen Zuständen«, sagte Lovell. »Wie ist Stevens so, abgesehen von seinem Heldentum?«

»Sein Äußeres?«

»Alles über ihn.«

»Ziemlich jung, kommt aus Birmingham, Reisender in Kostümschmuck, schreibt ein bisschen für Zeitungen, sprachbegabt, klein, untersetzt, sehr blondes Haar, weiß mit Frauen umzugehen, ist scharf auf sie.«

»Klingt mir nicht unähnlich«, sagte Lovell, »außer dass ich bisher noch nie in Kostümschmuck gereist bin – und ich bilde mir immer noch was auf meine Figur ein.«

»Er hat eine gewisse Ähnlichkeit mit dir, Chips. Das ist mir in Aldershot aufgefallen.«

»Du schmeichelst mir. Jedenfalls scheint er bei meiner Frau erfolgreicher zu sein als ich. Wenn er auf Frauen scharf ist, dann, vermute ich, wäre, dass er sich an Priscilla herangemacht hat, Routinesache?«

»Das kann ich mir vorstellen.«

»Mochtest du ihn?«

»Wir kamen sehr gut miteinander aus.«

»Warum ist er zu seiner Einheit zurückgeschickt worden?«

»Weil er eine Vorlesung schwänzte.«

Lovell schien ganz plötzlich das Interesse an Stevens und seiner Persönlichkeit verloren zu haben. Sein Verhalten änderte sich. Zweifellos war er tief betroffen.

»Soweit ich sehen kann, lief es nicht besonders schief in unserer Ehe«, sagte er. »Hätte man mich nicht zu diesem gottverdammten Ort geschickt, wäre alles gut weitergelaufen. Zumindest sehe ich das so. Selbst jetzt möchte ich eigentlich keine Scheidung.«

»Steht denn eine Scheidung zur Debatte?«

»Es ist nicht gerade ein großer Spaß, mit einer Frau verheiratet zu sein, die in einen anderen verliebt ist.«

»Vielen Leuten geht es so, und vice versa.«

»Bestenfalls wird es nie mehr das Gleiche sein.«

»Nichts bleibt je das Gleiche. Weder die Ehe noch sonst irgendetwas.«

»Ich dachte, deine Theorie sei, alles bliebe stets das Gleiche?«

»Alles ändert sich und bleibt doch das Gleiche. Das könnte die Sache sogar verbessern.«

»Glaubst du das wirklich?«

»Nicht wirklich.«

»Ich auch nicht«, sagte Lovell, »aber ich sehe, was du meinst. Das heißt, wenn sie bereit ist, zurückzukommen und wieder mit mir zu leben. Selbst da bin ich mir nicht sicher. Ich glaube, sie möchte Stevens heiraten.«

»Sie muss verrückt sein.«

»Sie mag verrückt sein, aber das ist die Art, wie sie redet.«

»Wo ist Caroline?«

»Meine Eltern sorgen für sie.«

»Und Priscilla selbst?«

»Wohnt bei Molly Jeavons – doch das habe ich gestern nur zufällig herausgefunden. Sie zieht jetzt herum und wohnt bei verschiedenen Verwandten und ist natürlich manchmal sehr vage, was ihren Aufenthaltsort betrifft, wenn es darum geht, mich auf dem Laufenden zu halten.«

»Du hast das alles mit ihr besprochen?«

»Bei meinem letzten Urlaub – der so natürlich ganz bezaubernd war.«

»Und in letzter Zeit?«

»Seit damals hatte ich mehr als einmal den Kontakt mit ihr verloren; so auch jetzt, bis ich rein zufällig herausfand, dass sie bei den Jeavons wohnt. Ich hoffe, sie heute Abend zu treffen. Deshalb kann ich nicht mit euch dinieren.«

»Du wirst mit Priscilla zu Abend essen?«

»Nicht ganz. Erinnerst du dich an Bijou Ardglass, dieses zauberhafte Mannequin, die zeitweilige Freundin von Prinz Theodoric? Ich bin ihr gestern auf dem Weg zu meiner Dienststelle zufällig begegnet. Sie ist Fahrerin für die Belgier oder Polen, eine von diesen alliierten Truppenkontingenten – eine seltsame weibliche Organisation, die von Lady McReith geleitet wird, über die Bijou gar nicht genug erzählen konnte. Bijou hat mich zu einer kleinen Party eingeladen, die sie anlässlich ihres vierzigsten Geburtstags geben wird, etwa ein halbes Dutzend alter Freunde im Madrid.«

»Bijou Ardglass' vierzigster Geburtstag.«

»Stimmt einen nachdenklich.«

»Ich kannte sie nur vom Sehen her, aber dennoch – und Priscilla wird auch da sein?«

»Bijou hat sie bei Lady Molly getroffen. Natürlich hat Priscilla Bijou erzählt, ich sei an der Ostküste. Das war ich ja auch, als wir uns das letzte Mal geschrieben haben. Ich erklärte Bijou, ich sei gerade kurzfristig nach London versetzt worden – was ja stimmte –, und es sei mir noch nicht gelungen, Kontakt mit Priscilla aufzunehmen.«

»Du hast Priscilla nicht bei den Jeavons angerufen?«

»Ich dachte, es sei das Beste, wenn ich sie auf Bijous Party träfe – ohne dass Priscilla weiß, dass ich auch komme. Ich hab dafür einen guten Grund. Das Madrid war der Ort, wo wir unsere Verlobung gefeiert haben. Das Madrid wird vielleicht auch der Ort sein, wo wir alles wieder in Ordnung bringen könnten.«

Das sah Lovell wieder ähnlich. Alles musste inszeniert werden. Vielleicht hatte er Recht. Vielleicht muss alles inszeniert werden. Zumindest ist dies ein System, das einige Argumente für sich hat. Wie auch immer, die Menschen müssen ihr Leben nach ihren eigenen Vorstellungen führen.

»Ich glaube, es lohnt sich, Anstrengungen zu unternehmen, um die Sache wieder zu kitten«, sagte er, »meinst du nicht, Nick?«

Er stellte die Frage in einem Ton, als habe er keine Ahnung, wie die Antwort ausfallen werde, als ob er vielleicht eher eine negative als eine positive Reaktion erwarte.

»Ja, natürlich – jede mögliche Anstrengung.«

»Du kannst dir vorstellen, wie das ist, wenn einem all das immer wieder und immer wieder im Kopf herumgeht, während man versucht, mit diesem ganzen verdammten Zeug über Funkgeräte und Landungsboote klarzukommen. Zum Beispiel, wenn sie mit Stevens abhaut, denk mal an all die Verhandlungen wegen Caroline und so was alles.«

»Chips – Hugh Moreland ist an der Tür auf der anderen Seite des Raums aufgetaucht. Gibt es noch etwas anderes zu sagen, das dringend ist?«

»Nichts. Ich hab mir das alles jetzt von der Seele geredet. Das war's, was ich brauchte. Verstehst du das?«

»Natürlich.«

»Das Wichtige ist, dass du mir zustimmst, es lohnt sich, jede Mühe zu unternehmen, damit alles wieder ins rechte Lot kommt?«

»Ich könnte dir nicht stärker zustimmen.«

Lovell nickte mehrere Male.

»Und du wirst mein Testamentsvollstrecker sein?«

»Ich fühle mich geehrt.«

»Ich werde dann an meinen Rechtsanwalt schreiben. Wunderbar, dass das geregelt ist. Hallo Hugh, wie geht es dir? Eine Ewigkeit, seit wir uns zuletzt gesehen haben.«

In seinem bekannten alten blauen Anzug, der mehr denn je aussah, als habe er es sich zur Gewohnheit gemacht, darin zu schlafen, dem dunkelgrauen Hemd mit purpurrotem Binder, ohne Hut, schien Moreland ein kurioses Überbleibsel aus der Vorkriegszeit zu sein. Sein Gesicht war gerötet, und er atmete ziemlich schwer. Dies ließ auf eine angegriffene Gesundheit schließen. Sein Gesicht, seine ganze Person, war jetzt dünner. Er errötete noch stärker, als er Lovell erkannte, der sofort Gedanken an Priscilla in ihm wachgerufen haben musste. Auch als die Röte abgeklungen war, behielt sein Gesicht eine gewisse Verfärbung der Haut, die die Vermutung bestärkte, dass es ihm nicht gutgehe.

Trotz Lovells sofortiger Zurschaustellung seiner Befriedigung darüber, Moreland wiederzusehen, entstand einen Moment lang eine Atmosphäre der Verlegenheit. Das hatte hauptsächlich seinen Grund darin, dass Moreland nicht willens schien, sich sofort zu uns an den Tisch zu setzen und sich dadurch festzulegen – eine seiner alten Angewohnheiten; einer jener charakteristischen Fälle des Zögerns, bevor er etwas tat (wie zum Beispiel auch seine grundsätzliche Unfähigkeit, je auf der Speisekarte auszusuchen, was er essen wollte), über die er selbst immer lachen musste.

»Man wird mich für einen Spion halten, wenn ich mich zu euch setze«, sagte er. »Irgendwie habe ich nie erwartet, dass du wirklich eine Uniform tragen würdest, Nick, obwohl ich wusste, dass du in der Armee bist. Ich muss euch eine ziemlich bedrohliche Geschichte erzählen, die mir neulich passiert ist. Norman Chandler erschien auf meiner Türschwelle, um den neusten Klatsch aus der Welt der Musik zu hören. Er ist jetzt auch Offizier geworden, und wir sind losgezogen, um bei Foppa, wo keiner von uns beiden seit Anfang des Krieges gewesen war, etwas zu Mittag zu essen. Das Lokal im Erdgeschoss war geschlossen, denn die Fenster waren durch eine Bombe zerstört worden. Also gingen wir eine Treppe hoch, wo früher der Club war. Dort stießen wir auf zwei zwielichtige Gestalten, die uns erklärten, dass das Restaurant geschlossen sei. Wir fragten sie, wo wir Foppa finden könnten. Sie sagten, sie wüssten es nicht. Sie waren ziemlich unfreundlich. Ausgesprochen unangenehm. Dann begriff ich plötzlich, dass sie dachten, wir suchten nach Foppa, weil er Italiener ist – dass wir ihn internieren wollten oder so was. Ein Typ von der Armee und ein Mitglied der Sicherheitspolizei. Es war ganz offensichtlich, wenn man darüber nachdachte.«

»Die Sicherheitspolizei muss sich aber stark verändert haben, wenn sie sich jetzt so anzieht wie du, Hugh.«

»Nicht mehr als Armeeoffiziere, wenn sie jetzt so aussehen wie Norman.«

»Wie auch immer, nimm doch Platz«, sagte Lovell. »Was möchtest du trinken? Wie ist es dir so ergangen im Krieg, Hugh? Ich bin mir sicher, nicht trostloser als mir, wenn du mir mein Selbstmitleid verzeihst.«

Moreland lachte. Jetzt, nachdem er die Geschichte über Chandler und sich erzählt hatte, war er entspannter; Foppas Restaurant bot, selbst wenn es geschlossen war, einen Rahmen, der uns drei vereinte.

»Für den Augenblick scheine ich den Todeswunsch neutralisiert zu haben«, sagte er. »Luftangriffe sind dabei eine große Hilfe. Es hat mich auch gerade vorübergehend aufgeheitert zu entdecken, dass der Mann mit dem Holzbein und der Klappe über einem Auge immer noch aktiv ist. Er war heute Abend hinter dem London Pavillon und spielte ›Sieh, mein Herz erschließet sich‹. War eine sehr eigenwillige Interpretation. Eine der schlimmsten Seiten des Krieges ist der Mangel an Straßenmusikanten, ja an Nichtsesshaften allgemein. Die *cantatrice* auf Krücken, zum Beispiel, die hab ich schon seit Jahren nicht mehr gesehen. Da ich ebenso ungeeignet für kriegerische Dienste zu sein scheine, dachte ich, ich sollte diese

Lücke ausfüllen und selbst Straßenmusikant werden. Leider hapert's bei mir mit der Vorführung.«

»Es gibt einen früheren Musikkritiker in unserer Public-Relation-Abteilung«, sagte Lovell. »Der meint, die große Sache für Musiker ist jetzt die Band der Royal Air Force.«

»Ich bezweifle, dass die mich nehmen würden«, sagte Moreland, »obschon die Vorstellung der zum Himmel steigenden Musik eines Massenorchesters aus Trommeln und Querpfeifen sehr attraktiv ist. Für welche Zeitung hat dein PR-Mann geschrieben?«

Lovell nannte den Namen des Kritikers, der sich als ein Bewunderer von Morelands Werk erwies. Die beiden begannen, sich über musikalische Dinge zu unterhalten, von denen Lovell, aus der Zeit, als er für eine Zeitungskolumne mitverantwortlich war, zumindest was die betreffenden Persönlichkeiten anging, einige oberflächliche Kenntnisse besaß. Niemand hätte aus Lovells Verhalten schließen können, dass sich sein Inneres in einem Zustand großer Aufgewühltheit befand. Im Gegenteil, es war Moreland, der nach einem anfänglichen Ausbruch von Redseligkeit wieder von seiner früheren gespannten Unruhe eingeholt wurde. Da war etwas, was ihn bedrückte. Er rutschte auf seinem Stuhl hin und her und sah immer wieder zur Tür des Restaurants, so als erwarte er die Ankunft von jemandem, der vielleicht nicht wirklich willkommen sein würde. Diese offensichtliche Nervosität erinnerte mich an den ungewohnten Ton seiner Postkarte. Es sah so aus, als ob etwas passiert sei, das zu erklären ihm der Wille fehlte.

»Wirst du mit uns zu Abend essen?«, fragte er Lovell plötzlich.

Es gab keinen Grund, warum er diese Frage nicht hätte stellen sollen. Sie war in einem völlig freundlichen Ton gehalten. Dennoch, ein Hauch von Schroffheit erhöhte den Eindruck, er sei irgendwie besorgt.

»Chips geht gleich zum Madrid – ich wusste gar nicht, dass solche Lokale noch in Betrieb sind.«

»Es gibt nicht mehr viele von ihnen«, sagte Lovell. »Jedenfalls werde ich nie dahin eingeladen. Ich bin mir sicher, es wird eine sehr nüchterne Angelegenheit werden, verglichen mit den alten Zeiten. Das einzig Gute ist, dass Max Pilgrim dort sein und ein Revival seiner alten Songs darbieten wird – ›Ich bin die Tess von Le Touquet‹ und ›Ach die Heather, die Heather, sie leidet so unter dem Wetter‹ und andere.«

»Max wohnt jetzt bei uns zur Untermiete«, sagte Moreland ganz unerwartet. »Er schaut vielleicht nach seiner Vorstellung noch hier herein. Er ist jetzt beim Truppenunterhaltungscorps – wo er, seinem eigenen Bericht zufolge, selbst gut unterhalten wird – und ist, als eine Art Ruhepause, für eine kurze Saison im Madrid freigestellt.«

Ich war neugierig zu erfahren, wer noch gemeint war, als Moreland »bei uns« gesagt hatte. Es war vielleicht taktvoller, eine Frage zu diesem Thema erst zu stellen, nachdem Lovell uns verlassen hatte. Es hörte sich so an, als ob jemand Matildas Platz eingenommen habe. Lovell erzählte noch einiges von der Party, die ihn erwartete. Er schien nur ungern gehen zu wollen.

»Ich bin nie als Gast im Madrid gewesen«, sagte Moreland. »Ich bin vor Jahren einmal dahin gegangen, zum Bühneneingang sozusagen, um Max nach seinem Auftritt abzuholen, weil wir zusammen soupieren wollten. Ich erinnere mich, dass er damals über deine Freundin Bijou Ardglass sprach. War sie nicht die Geliebte von irgendeinem Prinzen vom Balkan?«

»Theodoric«, sagte Lovell, »aber sie können sich seit Jahren nicht mehr getroffen haben. Diese skandinavische Prinzessin, die er geheiratet hat, hält ihn sehr im Zaum. Sie hatten beide Glück, dass sie flüchten konnten. Er ist immer schon probritisch gewesen, und es wäre ihm schlecht ergangen, wenn die Deutschen ihn gekriegt hätten, als sie das Land überrannten. Es gibt ein kleines Kontingent seiner eigenen Leute hier bei uns. Sie wurden gerade in Frankreich ausgebildet, als der Krieg begann, und sie kamen zu der Zeit von Dünkirchen herüber. Also, ich hoffe, es gibt etwas zu trinken heute Abend.

Die Weinperspektive ist zunehmend verzweifelt geworden, seit Frankreich gefallen ist. Wer hätte gedacht, dass wir mit nur einem gelegentlichen kleinen Bier im Bauch Krieg führen müssen und noch froh sein können, wenn wir es überhaupt kriegen. Also, es war schön, euch beide wiederzusehen. Wir bleiben in Kontakt, Nick, wegen dieser verschiedenen Punkte.«

Lovell verabschiedete sich von uns und machte sich auf zum Madrid. Moreland schien erleichtert zu sein, dass er nicht länger bei uns war. Zuerst dachte ich, das habe seinen Grund in Priscilla; oder dass er Lovells Gesellschaft, wie manche anderen Leute, mehrere von dessen eigenen Verwandten eingeschlossen, einfach nur öde finde. Wie sich jedoch herausstellte, traf keine der beiden Möglichkeiten zu. Eine ganz andere Sache beschäftigte Morelands Aufmerksamkeit. Das zeigte sich erst, als ich darauf hinwies, dass es Zeit sei, das Abendessen zu bestellen. Moreland zögerte.

»Hast du was dagegen, dass wir noch ein paar Minuten länger warten?«, sagte er. »Audrey meinte, sie könne vielleicht rechtzeitig wegkommen, um mit uns etwas zu essen.«

»Audrey wer?«

»Audrey Maclintick – du kennst sie doch.«

Er sagte das in einem scharfen Ton, so als ob das eine törichte Frage gewesen sei.

»Maclintícks Frau – die mit dem Geiger durchgebrannt ist?«

»Ja – Maclintícks Witwe, genauer gesagt. Ich gehe immer davon aus, dass jeder Mensch mit den groben Umrissen meines Lebens, so wie sie nun mal sind, vertraut ist. Ich vermute, als ein tapferer Soldat stehst du nun jenseits des Lebens und Treibens der modischen Welt. Audrey und ich gehen jetzt fest miteinander.«

»Unter demselben Dach?«

»In meiner alten Wohnung. Ich fand, dass ich, wegen der Luftangriffe und weil sie leerstand, dahin zurückkonnte, also ergriff ich die Gelegenheit und zog wieder ein.«

»Und Max Pilgrim ist euer Untermieter?«

»Schon seit einigen Monaten.«

Es war Moreland peinlich gewesen, so genau erklären zu müssen, dass er mit Mrs. Maclintick zusammenlebte, aber er schien auch froh zu sein, dieses Faktum klargestellt zu haben. Ich hatte eine unumwundene Frage genauso wenig vermeiden können, wie es mir möglich war, meine Überraschung zu verbergen. Er muss sich zweifellos bewusst gewesen sein, dass einem Freund, dem noch nicht bekannt war, dass er und Mrs. Maclintick begonnen hatten, sich häufig zu treffen, diese Neuigkeit wie eine unvorstellbare Umkehrung seiner früheren Lebensumstände und Gefühle vorkommen musste.

»Das Leben wurde ziemlich unerträglich, nachdem Matilda mich verlassen hatte«, sagte er.

Er sagte das in einem fast apologetischen Ton; gleichzeitig aber schien ihm seine Beschreibung, wie es zu der gegenwärtigen Situation gekommen war, Erleichterung zu verschaffen. Die Feststellung, dass das Leben nach Matildas Weggang für ihn »unerträglich« geworden sei, war leicht nachzuvollziehen. Man konnte sich kaum vorstellen, wie Moreland ohne Matilda seinen Tag organisierte. Sie hatte früher fast alle Routineangelegenheiten, die nicht unmittelbar mit seinem Beruf zusammenhingen, für ihn geregelt. In dieser Hinsicht konnte sich Mrs. Maclintick, es sei denn, sie hatte sich stark verändert, kaum als ein angemessener Ersatz erwiesen haben. Bei den wenigen Gelegenheiten in der Vergangenheit, bei denen ich Mrs. Maclintick persönlich begegnet war, war sie mir ohne Einschränkung als eine der am wenigsten sympathischen Frauen erschienen. Ja, sie hatte es sich damals zur Gewohnheit gemacht, Moreland selbst gegenüber Gefühle an den Tag zu legen, die nicht weit von ausdrücklicher Abneigung entfernt waren. Er seinerseits war ihr gegenüber nicht besser gesonnen, obwohl er, als ein alter Freund Maclintícks, stets sein Bestes versuchte, um den Frieden zwischen diesen Eheleuten zu erhalten. Als sie Maclintick für Carolo verlassen hatte, waren Morelands Sympathien zweifellos auf Seiten Maclintícks gewesen. Kurz gesagt, es handelte sich hier um eine jener heftigen Neuorientierungen, die der Krieg mit sich brachte; und es war durchaus möglich, dass sie sich bei näherer Untersuchung als logischer erwies, als sie auf den ersten Blick erscheinen mochte. Ja, als Moreland die Geschichte auszuweiten begann, nahm das Undenkbare, wie das so häufig der Fall ist, den autoritativen Ton des Unausweichlichen an.

»Nachdem Audrey mit Carolo durchgebrannt war, blieben sie bis zum Anfang des Krieges zusammen – erstaunlich eigentlich, wenn man die beiden kennt, dass es so lange gehalten hat. Dann verließ er sie für eine Frau in einem Repertoiretheater. Audrey blieb allein. Sie arbeitete in einer Kantine, als wir uns zufällig trafen – da ist sie immer noch. Sie kommt heute Abend von dort hierher.«

»Ich hatte bisher kein einziges Wort über dich und sie gehört.«

»Wir kommen ganz leidlich miteinander aus«, sagte Moreland. »Mir ist es in der letzten Zeit nicht besonders gut gegangen. Diese verdammte Lunge. Audrey hat sehr gut für mich gesorgt.«

Er schien das Gefühl zu haben, dass weitere Erklärungen, oder Entschuldigungen, notwendig seien; gleichzeitig kam es ihm aber genauso sehr darauf an, nicht den Eindruck zu erwecken, er sei mit der neuen Gruppierung unzufrieden.

»Dass Maclintick sich umgebracht hat, hatte mich schrecklich erschüttert«, sagte er. »Es kann natürlich kein Zweifel daran bestehen, dass Audrey teilweise schuld daran war. Ihn in einem solchen Zustand einfach so zu verlassen. Dennoch, auf ihre Art mochte sie Maclintick. Sie spricht oft von ihm. Weißt du, man erreicht ein Stadium, besonders in Kriegszeiten, in dem es eine Erleichterung ist zu hören, dass über vertraute Dinge geredet wird, was auch immer es ist und wer auch immer spricht. Abgesehen davon kümmert es einen gar nicht, welchen Verlauf das Gespräch nimmt. Nimm zum Beispiel das unlesbare Buch über Musiktheorie, an dem Maclintick schrieb. Er hat es nie beendet, vom Veröffentlichen ganz zu schweigen. Am letzten Abend vor seinem Tod zerriss er, als endgültige Geste gegenüber der Welt, das Manuskript in kleine Stücke und verstopfte damit die Toilette. Danach drehte er den Gashahn auf. Du wärest erstaunt, wie viel Audrey darüber weiß, was Maclintick in diesem Buch sagt – über die technische Seite, meine ich, in der sie nicht geschult ist und an der sie auch keinen Geschmack findet. Seltsamerweise möchte ich das alles gerne wissen. Es ist fast so, als sei Maclintick noch am Leben – obwohl, wenn es so wäre, ich natürlich nicht mit Audrey zusammenleben würde. Aber da kommt sie ja.«

Mrs. Macklintick schlängelte sich zwischen den Tischen hindurch auf uns zu. Sie trug einen dreiviertellangen Mantel über Hosen – eine ausgesprochen unelegante Form weiblicher Bekleidung, die damals für Gelegenheiten, die keine besondere Förmlichkeit voraussetzten, der Tagesgeschmack war. Ich erinnerte mich, dass Gypsy Jones – La Pasionaria von Hendon Central, wie Moreland selbst sie einmal bezeichnet hatte – durch ihre Aufmachung einen solchen Modetrend eingeläutet hatte, als Widmerpool und ich sie einmal dabei beobachteten, wie sie an einer Straßenecke von einem Rednertreppchen herab eine Ansprache an eine Gruppe von kommunistischen Kriegsgegnern hielt. Die Kleidung erhöhte noch Mrs. Maclintícks eigene Ähnlichkeit mit einer ›Gypsy‹, einer Zigeunerin, einer wirklichen, und nicht einer, die nur so genannt wurde. Ihr Äußeres erinnerte mich zudem an Morelands nostalgische Gefühle für die Nichtsesshaftigkeit und ließ an Wahrsagerei denken, bei der vor der Auskunft erst das Geld verlangt wird, oder an den Verkauf von Wäscheklammern und ähnliche traditionelle Aktivitäten der Roma. Im Kontrast zu dieser äußeren Erscheinung fehlte es ihrem Wesen jedoch völlig an jenem Einschmeichelnden, das gemeinhin mit der Rolle einer Zigeunerin assoziiert wird. Klein, drahtig und aggressiv vermittelte sie wie eh und je den Eindruck, durchaus für einen Streit bereit zu sein; ihre blitzenden schwarzen Augen und ihre strengen Gesichtszüge sahen sich einer Welt gegenüber, deren immerwährende Feindseligkeit nicht nur eine Möglichkeit war, sondern als sicher vorausgesetzt werden konnte. Angriff, das machte sie deutlich, würde mit einem Gegenangriff beantwortet werden. Trotz dieses Eindrucks der Kampfbereitschaft, der abschreckend für jeden sein musste, der je einen Streit zwischen ihr und Maclintick erlebt hatte, schien sie jedoch in diesem besonderen Augenblick willens zu sein, sympathisch zu wirken – sympathischer zumindest als bei früheren Gelegenheiten, bei denen wir einander begegnet waren.

»Moreland sagte mir, Sie würden hier sein«, meinte sie. »Wir gehen jetzt nur selten in solche Lokale. Können es uns nicht leisten. Aber wenn wir es tun, freuen wir uns, Freunde zu treffen.«

Sie sagte das, als hätte ich mich ein wenig zu offensichtlich ihrer Gesellschaft aufgedrängt und als sei nicht sie selbst zu einem Treffen gestoßen, das eigens zwischen mir und Moreland arrangiert worden war. Sie sagte das allerdings nicht in einem feindseligen Ton; ja, verglichen mit ihren Vorkriegsstandards, soweit ich diese kannte, war er ausgesprochen liebenswürdig. Mir kam der Gedanke, dass sie ihre Verbindung mit Moreland vielleicht als eine Art Rache an Maclintick betrachtete, der jenem eine so große Wertschätzung als Freund entgegengebracht hatte. Maclintick war jetzt unter der Erde, und Moreland gehörte ihr. Moreland selbst, dessen Nervenzustand zweifellos unter der Aussicht gelitten hatte, sich und Mrs. Maclintick als eine *ménage* darstellen zu müssen, machte nun, wo das Manöver ohne Desaster verlaufen war, einen erleichterten Eindruck. Charakteristischerweise setzte er jetzt zu einer jener Ausführungen über das Leben an, denen er sich gerne, wenn Peinlichkeiten entstanden waren, hinzugeben pflegte. Es war genauso in seinem Verhältnis mit Matilda gewesen. Wenn er das Gefühl hatte, das Eis würde zu dünn für die Schlittschuhläufe des Gesprächs, pflegte er bewusst vom Besonderen ins Allgemeine zu wechseln.

»Da der Krieg jegliche ernsthafte Arbeit verhindert«, sagte er, »habe ich versucht, mir ein paar Dinge auszudenken, mein lymphatisches Gehirn ein wenig auf Trab zu bringen. Das ist alles Teil meines Rückzugs vom Perfektionismus. Nebenbei bemerkt, man sollte sich wirklich einige feste Ansichten über die Welt gebildet haben, ehe man vierzig wird – ein Schicksal, das sich auf jeden von uns herabzusenken beginnt, bevor wir noch wissen, wo wir sind. Ich finde, in gewisser Hinsicht klärt der Krieg die Gedanken. Wenigstens das ist etwas, was für ihn spricht.«

Das erinnerte mich jetzt daran, wie auch Stringham bemerkt hatte, er denke nun viel über alles nach, obwohl man nur schwer sagen konnte, ob ›Perfektionismus‹ eine große Rolle in Stringhams Problemen spielte. Vielleicht doch. Das wäre eine Erklärung. Im Falle Morelands konnte kein Zweifel daran bestehen, dass Mrs. Maclintick selbst Teil seines Rückzugs war. In ihrem Fall aber war, was Moreland anging, der Rückzug vom Perfektionismus so ungeordnet gewesen, dass er einer Operation gleichkam, die mit gutem Grund als eine chaotische Flucht bezeichnet werden konnte. Vielleicht spürte Mrs. Maclintick, selbst wenn es ihr nicht völlig bewusst war, dass sie als indirekt für diese von Moreland verkündete neue Haltung verantwortlich betrachtet werden müsse und dass deshalb ihrerseits so etwas wie ein Protest notwendig sei, denn ihre nächsten Worte waren, obwohl ohne Schärfe gesprochen, eindeutig ein Ruf zur Ordnung.

»Der Krieg scheint allerdings deine Gedanken nicht genug zu klären, Moreland«, sagte sie. »Ich wünschte nur, er beendete deine Träumereien ein wenig. Rate mal, wo ich deine vermissten Lebensmittelkarten wiedergefunden habe, nachdem ich sie in allen Ecken und Winkeln gesucht hatte. *Auf der Toilette.* Besser als überhaupt nicht, nehme ich an. Hat mir zwei Stunden Anstehen im Rathaus erspart, um dir neue zu besorgen – und wie hätte ich wohl die Zeit dafür aufbringen sollen, frage ich mich.«

Sie sprach wie zu einem Kind. Da sie selbst keine Kinder hatte, ja, sich, wie ich mich erinnerte, ausdrücklich gegen eine Belastung durch Nachkommen ausgesprochen hatte, mochte Moreland in ihren Augen in gewisser Weise die Rolle eines Kindes einnehmen und so möglicherweise entsprechende Bedürfnisse erfüllen – etwas, das sie bei Maclintick gesucht, aber nie gefunden hatte. Soweit man erkennen konnte, schien Moreland diesen Status zu akzeptieren, denn er nahm ihre Beschwerde lachend hin, ohne ihre Berechtigung zu bestreiten.

»Ich muss sie da fallen gelassen haben, ehe ich zur Feuerwache ging«, sagte er. »Wie man sich doch langweilt in solchen Nächten. Es ist fast noch schlimmer, wenn es keine Luftangriffe gibt. Beim letzten Mal hab ich mit dem Plan für ein neues Werk begonnen. Es heißt ›Der Marsch der Feuerwächter‹, mit Trommeln, weißt du, vielleicht Triangel und Oboe. Ich fühlte mich besonders niedergeschlagen in jener Nacht, nicht nur unzufrieden mit dem Krieg oder bestimmten gesellschaftlichen oder politischen Zuständen, unter denen man leidet, sondern hatte das ganze Leben richtiggehend satt. Das ist eine der Vorstellungen, die für dumme Menschen am schwersten zu begreifen sind. Sie nehmen stets an, irgendwelche gewichtigen Veränderungen führten dazu, das menschliche Schicksal erträglicher zu machen. Die einzige Hoffnung zu überleben besteht in der Erkenntnis, dass so etwas unmöglich geschehen kann.«

»Es tut jetzt nichts zur Sache, was dir so durch den Kopf geht, wenn du auf der Feuerwache bist, Moreland«, sagte Mrs. Maclintick. »Du bestellst jetzt das Abendessen. Wir wollen nicht verhungern, während du so daherredest. Es wird sowieso nicht viel sein, wenn ich das richtig voraussehe.«

Diese Worte erinnerten wieder daran, wie es war, wenn ich mit Moreland und Matilda ausging, obwohl Matildas Vorhaltungen weniger direkt gewesen wären. Der Wunsch, jetzt endlich zu essen, war nur zu verständlich. Wir winkten einen Kellner herbei. Es gab das übliche Getue Morelands, der sich selbst bei der geringen Auswahl, die zur Verfügung stand, nicht entscheiden konnte, was er essen wollte. Nach einiger Zeit erhielten wir unsere Speisen. Moreland hatte jetzt wieder seine gewohnte Form erreicht und redete über seine Arbeit und über Leute, die wir kannten. Mrs. Maclintick, die nur ein wenig über häusliche Schwierigkeiten meckerte, war im Allgemeinen ziemlich zugänglich. Der Abend entwickelte sich zu einem Erfolg. Eine Veränderung war allerdings in der Art, wie er redete, zu beobachten. Wenn er über die unmittelbare Vergangenheit sprach, hatte es den Anschein, als ob für ihn all das in ganz weiter Ferne liege und nicht länger eine Sache von ein oder zwei Jahren zuvor sei. Für ihn, so wurde deutlich, war ein Schleier, ein dichter Vorhang, zwischen dem ›Jetzt‹ und dem ›Vor dem Krieg‹ gefallen. Er sprach plötzlich ganz erregt von Leuten, die wir gekannt hatten, von Partys, auf denen wir gewesen waren, von amüsanten Dingen, die wir zusammen erlebt hatten, und er lachte dabei manchmal so heftig, dass ihm die Tränen die Wangen hinunterliefen. Man hatte den Eindruck, dass er anderen, tieferen Emotionen sehr nahe sei und dass die Stärke seiner Gefühle auf mehr zurückzuführen sei als seine Vorliebe, über Momente nachzudenken, die ihm im Rückblick erfreulich oder grotesk erschienen.

»Du musst zugeben, es hat wirklich lustige Dinge gegeben in den alten Zeiten«, sagte er. »Maclinticks Geschichte über Dr. Trelawney und den rothaarigen Sukkubus, der nur Hebräisch sprechen konnte.«

»Ach hör doch damit auf, von den alten Zeiten zu reden«, sagte Mrs. Maclintick. »Du gibst mir das Gefühl, ich sei hundert Jahre alt. Versuch zur Abwechslung mal, in der Gegenwart zu leben. Es würde dich dann zum Beispiel vielleicht interessieren, dass eine frühere Freundin von dir gerade dabei ist, an dem Tisch da drüben Platz zu nehmen.«

Wir schauten in die Richtung, die sie mit einem Zucken ihres Kopfes angezeigt hatte. Es stimmte. Priscilla Lovell und ein Offizier im Kampfanzug wurden gerade zu einem Tisch in unserer Nähe geführt. Der Offizier war Odo Stevens. Für den Augenblick war die Aufmerksamkeit der beiden auf einen Kellner gerichtet, so dass eine kurze Zeitspanne blieb, um zu überlegen, wie diese äußerst peinliche und gewiss bald unvermeidliche Begegnung am besten anzugehen sei. Zuerst erschien es mir als ganz unverdientes, fast unglaubliches Pech, dass sie hier so auftauchten; aber nach einigem Nachdenken, besonders im Licht dessen, was Lovell selbst mir gesagt hatte, schien mir das gar nicht mehr besonders abwegig. Wahrscheinlich war Stevens auf Urlaub. Dies war ein Lokal, das sich durchaus anbot, wenn man zu Abend essen wollte, allerdings gewiss nicht eins, das man wählen würde, wenn man diskret zu sein beabsichtigte.

»Ehebrecher bitten die Gerichte stets um Diskretion«, pflegte Peter Templer zu sagen, »dabei ist Diskretion in der Regel das Letzte, um das sie selbst sich kümmern.«

Falls Priscilla dachte, ihr Mann sei noch an der Ostküste stationiert, erwartete sie natürlich nicht, ihn hier zu treffen. Oberflächlich betrachtet gab es keinen Grund, warum sie nicht mit Stevens zu Abend essen sollte, wenn er zufällig durch London kam. Näheres Nachdenken zeigte mir, dass das, was mir als ein Beispiel absurden Exhibitionismus erschien, diese Bedeutung nur aufgrund der besonderen Kenntnis erhielt, die mir Lovell anvertraut hatte. Gleichviel, wenn Priscilla hier zu Abend aß, hieß das, dass sie nicht zu Bijou Ardglass' Party gehen würde. Allerdings mochte sie, so unberechenbar ist das menschliche Verhalten, sehr wohl die Absicht haben, später Stevens dorthin mitzunehmen.

»Ist das ihr Mann da bei ihr?«, fragte Mrs. Maclintick. »Ich hatte noch nicht das Vergnügen, ihn kennenzulernen. Ich nehme an, du betrachtest ihn als den Mann, der dich bei ihr ausgestochen hat, Moreland?«

Ich war erstaunt, dass sie von Morelands früherer Liaison mit Priscilla wusste. Zweifellos hatte Maclintick in der Vergangenheit mit ihr darüber gesprochen. Wie Moreland selbst einmal angemerkt hatte, müssen sie und Maclintick zumindest manchmal enger und einvernehmlicher zusammengelebt haben, als ihre Bekannten anzunehmen geneigt waren. Es war sogar möglich, dass die Maclinticks Moreland und Priscilla anlässlich einer Musikveranstaltung begegnet waren. Wie auch immer, es zeigte sich, dass Mrs. Maclintick sie vom Sehen her kannte und einige Brocken ihrer Geschichte, zumindest soweit sie Moreland betrafen, aufgepickt hatte. Das war alles. Sie konnte keinerlei Kenntnis von den anderen Implikationen haben, die mich beunruhigten. Im Rahmen dessen, was Mrs. Maclintick wusste, konnte ihr deshalb Priscillas Anwesenheit nur im Hinblick auf deren frühere Eigenschaft als Morelands Geliebte persönlich unangenehm sein. Mrs. Maclinticks Neigung zur Boshaftigkeit war jedoch, wie bei jedem Mitglied ihres Geschlechts, so sehr entwickelt, dass sie instinktiv zu spüren schien, es liege auch etwas in der Luft, das ich selbst für untragbar hielt. Moreland dagegen, der erst kurze Zeit zuvor mit Lovell gesprochen hatte, musste zwangsläufig vermuten, dass Schwierigkeiten der einen oder anderen Art bevorstünden. Er war nie gut darin, seine Gefühle zu verbergen, und errötete wieder. Dieser Wechsel in seiner Gesichtsfarbe hatte zweifellos hauptsächlich seinen Grund in Mrs. Maclinticks nicht allzu diskreten Bezug auf ihn, aber wahrscheinlich erahnte auch er etwas von meinen eigenen Gefühlen.

»Die Frau ist Nicks Schwägerin«, sagte er. »Das scheinst du vergessen zu haben. Wer der Armeetyp ist, weiß ich nicht.«

»Ach ja, sie ist Ihre Schwägerin, nicht wahr?«, sagte Mrs. Maclintick. »Jetzt erinnere ich mich. Sie sieht nicht schlecht aus. Hat sich toll rausgeputzt für die Gelegenheit, was?«

Mrs. Maclintick führte nicht weiter aus, warum sie glaubte, dass Priscillas Kleidung diesen Kommentar verdiente, obwohl diese zweifellos weniger informell war als ihre eigene Aufmachung. In ihrer bemerkenswertesten Form machte Priscillas Erscheinung sie zu fast so etwas wie einer ›Schönheit‹. Jetzt sah sie wieder sehr bemerkenswert aus, obwohl sie nicht in bester Stimmung schien. Ihr blondes Haar war länger als damals bei Frederica, ihr Gesicht dünner. Sie hatte etwas von jenem angespannten und zugleich geschmeidigen Fluidum an sich, von jener hingebenden Körperlichkeit, die Frauen manchmal ausstrahlen, wenn sie sich in einer Liebesbeziehung befinden, ähnlich der physischen Pose, die man bei Athleten zwischen den Wettkämpfen beobachten kann. Ihr Gesicht war gerötet. Stevens, offensichtlich in bester Laute, redete laut. Es gab kein Entkommen, obwohl sie die Letzten waren, denen ich in diesem Augenblick begegnen wollte. Mir schien es weise, mir eine Erklärung auszudenken, warum diese beiden miteinander ausgingen. Dies tat ich vielleicht eher instinktiv als aus logischen Gründen, denn Lovell selbst hatte ja so gesprochen, als wisse die ganze Welt von dieser Affäre.

»Der Mann heißt Odo Stevens. Ich war zusammen mit ihm auf einem Kurs.«

»Ach, Sie kennen ihn, ja?«, sagte Mrs. Maclintick. »Er sieht ein wenig aus ...«

Sie beendete den Satz nicht. Obwohl ihr Kommentar für immer ungesagt blieb, hatte man den Eindruck, sie habe sehr wohl die entscheidenden Aspekte Odo Stevens' begriffen, wenn vielleicht auch nur die oberflächlichen. Es waren keine großen psychologischen Fähigkeiten notwendig, um diese mit hinreichender Genauigkeit erraten zu können, zumindest für die unmittelbaren praktischen Zwecke, was immer an tieferen Seiten noch zu entdecken sein mochte. In diesem Moment erblickte uns Stevens. Er winkte. Dann sprach er sofort mit Priscilla, die ebenfalls in unsere Richtung blickte. Auch sie winkte und sagte dabei etwas zu Stevens. Was immer es war, er beachtete es nicht. Er sprang auf und kam auf unseren Tisch zu. Meine einzige Hoffnung war jetzt, dass Mrs. Maclinticks kompromisslose Art die Situation dadurch retten würde, dass sie Stevens das Gefühl gab, er sei nicht willkommen; dass sie, wenn sie ihn auch nicht völlig vertreiben könne, zumindest ein längeres Gespräch verhindere. Es konnte durchaus sein, dass die Situation durch sie eher bizarr als peinlich werden würde.

Ich war plötzlich dafür dankbar, dass sie da war. Doch wie sich die Dinge dann entwickelten, kam Mrs. Maclintick gar nicht dazu, eine aktive Rolle zu spielen. Das lag an Stevens selbst. Ich hatte völlig die Veränderungen unterschätzt, die sich in ihm vollzogen hatten. Es hatte ihm nie an Selbstbewusstsein gefehlt, aber in Aldershot war er noch unentschieden gewesen, wie er sich am besten darstellen solle; wie er sozusagen das meiste aus seiner eigenen Persönlichkeit herausholen könne. Er hielt, wie ich Lovell zu erklären versucht hatte, verschiedene Karten in der Hand, und die meisten davon waren gute Karten. Und es hing von der Situation ab, welche er jeweils einsetzte: die des ungeschliffenen Diamanten; des ehrgeizigen jungen Verkäufers aus der Provinz; des aufstrebenden Journalisten; des kühnen Soldaten; des professionellen Frauenhelden. Dies waren nur einige wenige von ihnen, aber er spielte alle diese Rollen ohne besondere Anstrengung. Zudem kannte er durchaus die Möglichkeiten des Charmes, der von einem nicht allzu genauen Festgelegtsein der Persönlichkeit und ihres gesellschaftlichen Hintergrundes ausgeht. Vielleicht hatte in dieser Vagheit einiges von der Faszination gelegen, die er auf Priscilla ausübte. Inzwischen hatte er jedoch die Effektivität seines eigenen gesellschaftlichen Auftretens enorm vergrößert, und während er sich unserem Tisch näherte, vermittelte er sofort den Eindruck, er sei bereit, es eigenhändig mit dieser oder irgendeiner anderen Gruppe von Menschen aufzunehmen. Er selbst würde die Unterhaltung bestreiten. Dazu bedürfe er nicht der besonderen Kooperation eines anderen. Er hatte seit unserem letzten Zusammentreffen einen zusätzlichen Stern bekommen, trug aber, obwohl immer noch nur ein Leutnant, das malvenfarbene und weiße Band des Militärkreuzes, eines Ordens, der in diesem verhältnismäßig frühen Stadium des Krieges nur selten verliehen wurde.

»Also, alter Junge«, sagte er. »Dass ich dich hier treffe. Welch schöner Zufall. Was machst du hier? Auf Urlaub, oder bist du in London stationiert?«

Ehe ich antworten konnte, kam auch Priscilla an unseren Tisch. Sie war Stevens fast sofort gefolgt. Was hätte sie anderes tun sollen? Selbst wenn sie es vorgezogen hätte, unsere Begegnung, die ja schließlich doch unvermeidlich sein würde, auf später zu verschieben, oder, wie ich gehofft hatte, unseren Kontakt auf ein bloßes Nicken oder ein kurzes Wort am Ende des Abends zu reduzieren, hatte ihr Stevens keine Chance gelassen, seine Erneuerung unserer Bekanntschaft zu erschweren. Es war sein Prinzip, impulsiv zu handeln. Nichts hätte ihn daran hindern können, das zu tun, was er nun tat. Wie die Dinge jetzt lagen, hielt sie es zweifellos für das taktisch Beste, sich an dieser überschwänglichen Begrüßung zu beteiligen – eine Methode, sich der Situation zu stellen, die, wenn man sich ihr denn schon stellen musste, genauso gut wie jede andere war. Außerdem dachte Priscilla vielleicht, sie könne dadurch, dass sie sich zu uns gesellte, ein Auge auf Stevens halten und, wenn nötig, das, was er sagte, modifizieren.

»Ja, was machst du hier, Nick?«, fragte sie. Sie sagte das in einem herausfordernden Ton, so als ob nicht sie, sondern ich mich in zweifelhafter Gesellschaft befände. »Ich dachte, du seist meilenweit weg, auf der anderen Seite des Meers. Und Hugh – wie wundervoll, dich nach so langer Zeit wiederzusehen. Ich hab letzte Woche ein Stück von dir in einem Programm der BBC gehört.«

Sie hatte sich völlig unter Kontrolle. Wenn sie wusste, dass Gerüchte über sie und Stevens im Umlauf waren – was ihr kaum unbekannt sein konnte, wenn sie sich nur einen Moment die Mühe machte, über die Sache nachzudenken –, war sie absolut bereit, zu der Affäre zu stehen. Die beiden konnten natürlich nicht wissen, wie knapp sie Lovell verpasst hatten. Vielleicht wäre es beiden aber auch egal gewesen. Lovells Vorliebe für das Dramatische wäre sicher mehr als befriedigt worden, wenn sie etwa eine Stunde früher eingetroffen wären. In der Gruppe, die wir jetzt bildeten, war Moreland derjenige, der am peinlichsten berührt zu sein schien. Um es konventionell zu sagen, er war der Herausforderung nicht besonders gewachsen. Mit seinen hochentwickelten intuitiven Fähigkeiten hatte er sogleich registriert, dass etwas nicht stimmte; während die bloße Tatsache, dass er selbst einst in Priscilla verliebt war, in jedem Fall ausreichte, ihn in einen Zustand der Erregung zu versetzen, als er so unerwartet mit ihr konfrontiert wurde. Außerdem war er auch darüber pikiert, dass sie ihn in Umständen antraf, die früher oder später verraten mussten, dass er und Mrs. Maclintick zusammenlebten. Er murmelte irgendetwas über die Komposition, die Priscilla im Radio gehört hatte, schien aber sonst nicht in der Lage, eine zusammenhängende Konversation zu führen. Mrs. Maclintick starrte Stevens ohne Freundlichkeit, aber mit großer Neugier an, ein Empfang, der ihn völlig zufriedenzustellen schien.

»Sieh mal«, sagte er. »Habt ihr jetzt gerade eine sehr spezielle, ganz private Party? Wenn nicht, könnten wir vielleicht zu euch kommen und an eurem Tisch sitzen. Das ist doch eine einmalige Chance, was Tolles aus meinem letzten Abend in London zu machen, meinem letzten Abend für eine lange Zeit, und, wer weiß, vielleicht für immer. Ich bin auf Sonderurlaub vor der Einschiffung, weißt du, und muss heute Nacht den Zug zurück zu meiner Einheit nehmen.«

Anfangs hatte er seine Rede an mich gerichtet, aber nach der Hälfte wandte er sich an Mrs. Maclintick, so als appelliere er an ihr gutes Herz. Sie offerierte ihm nicht viel Ermunterung, äußerte allerdings auch keine unmittelbare Ablehnung.

»Was immer Sie wollen«, sagte sie. »Ich bin so müde, mir ist es egal. Ich bin den ganzen Tag auf den Beinen gewesen und hab eine Auflaufmischung aus Wurstfüllung und zerbröselter Biskuitrolle ausgeteilt. Aber erwarten Sie nicht, dass Moreland bezahlt. Ich hab ihm aus der Haushaltskasse genug für unseren Anteil an dem Abendessen gegeben – und für eine Extrarunde an Getränken, falls wir die kriegen können.«

Moreland erhob, halb amüsiert und halb beschämt, so etwas wie Protest, als sie das sagte. Stevens, der offensichtlich Mrs.

Maclintick nach einen Blick richtig eingeschätzt hatte (genauso wie Stringham Jahre zuvor auf dem Empfang nach Morelands Symphonie), lachte laut. Sie starrte ihn wütend an, weil er ihr Selbstmitleid so leichtnahm, aber obwohl es ein scharfer Blick war, verriet er nicht völlige Abneigung.

»Wir können ganz bestimmt für uns selbst bezahlen, das versichere ich Ihnen«, sagte Stevens. »Ich selbst besitze zwar nur noch ein paar Pfund, aber Priscilla hat im Laufe des Tages einen Scheck eingelöst, so dass wir es schon aus ihr herausbekommen, wenn das nötig wird.«

»Das wird dir vielleicht gar nicht so leichtfallen«, sagte Priscilla und lachte, obwohl sie vielleicht ein wenig verärgert über diese Andeutung war, dass sie längere Zeit in Stevens' Gesellschaft verbracht hatte. »Am Ende wird wahrscheinlich Nick zahlen müssen, als Verwandter. Ist es denn wirklich in Ordnung, wenn wir uns zu euch setzen, Nick?«

Obwohl sie das leicht, in Stevens' Stil, dahinsagte, sprach sie jetzt mit weniger Selbstsicherheit als dieser. Zweifellos hätte sie es in jedem Falle vorgezogen, dass ein solcher Vorschlag nicht gemacht worden wäre. Aber da er nun einmal gemacht war, wollte sie ihm nicht zuwiderhandeln. Sie war entschlossen, ihren Liebhaber zu unterstützen, zu zeigen, dass nichts sie einschüchtern würde. Ohne Zweifel hatte sie gehofft, den Abend tête-à-tête mit ihm zu verbringen, besonders wenn dies sein letzter Tag in England war. Davon abgesehen sprach, von ihrem Standpunkt aus betrachtet, nicht das Geringste dafür, sich freiwillig einer Gruppe von Leuten zuzugesellen, die ihren Schwager einschloss. Andererseits hatte sie vielleicht bereits gelernt, dass es unmöglich war, Stevens davon abzubringen, die Dinge auf eine Weise zu tun, wie er sie für richtig hielt. Vielleicht war das wiederum eine Seite an ihm, die sie anzog, weil sie einen Gegensatz zu Lovell bildete, der in den meisten gesellschaftlichen Dingen lenkbar war. Stevens besaß eindeutig eine jener Persönlichkeiten, die der konstanten Auffrischung ihres Egotismus und ihrer Energie durch die Gegenwart und

Aufmerksamkeit anderer Leute um sie herum bedürfen, eines Publikums, dem gegenüber sie sich ›beweisen‹ können. Solche Männer wirken attraktiv auf Frauen, sind aber andererseits von Frauen schwer unter Kontrolle zu halten. Ich meinerseits hätte viel lieber verhindert, dass die beiden sich zu uns setzten, aber außer etwas zu tun, das fast auf eine ›Szene‹ hinauslaufen würde, schien es keinen Weg zu geben, das aufzuhalten. Aber selbst angenommen, ich machte eine mehr oder weniger ablehnende Geste, würde sich das wahrscheinlich nicht nur als ziemlich absurd, sondern von Lovells Standpunkt aus auch als nutzlos erweisen, vielleicht sogar als unerwünscht im Hinblick auf Lovells Interessen.

»Ich meine, du siehst ein bisschen unsicher aus, Nick?«, sagte Priscilla und lachte wieder.

Offensichtlich waren ihr die Gedanken, die mir durch den Kopf gingen, so klar wie der helle Tag.

»Red keinen Unsinn.«

»Eine halbe Minute«, sagte Stevens. »Ich suche einen Kellner und lasse uns einen weiteren Stuhl bringen. Wir können uns nicht alle auf der Sitzbank zusammendrängen.«

Er ging fort. Mrs. Maclintick und Moreland begannen irgendeine komplizierte finanzielle Rechnerei. Die würde die Aufmerksamkeit der beiden für ein paar Minuten in Anspruch nehmen. Priscilla hatte sich gesetzt und, vielleicht weil sie sich ohne Stevens verwundbarer fühlte, den Kopf gesenkt. Sie kramte in ihrer Handtasche herum, so als wolle sie meinem Blick ausweichen. Ich hatte das Gefühl, ich sollte jetzt eine ›Aussage‹ machen, die zumindest in etwa meine eigene Position darlegte. Entweder jetzt oder nie. Es sollte eine ›Aussage‹ in dem Sinne sein, wie die Polizei diesen Begriff benutzt, nämlich als Beschreibung eines Unfalls oder Verbrechens, eine kurze Zusammenfassung dessen, was geschah, wie und warum es passierte oder begangen wurde.

»Ich habe heute Abend Chips getroffen.«

Sie sah auf.

»Chips?«

»Hier – kurz vor dem Abendessen. Er dachte, er würde dich vielleicht auf Bijou Ardglass' Party im Madrid treffen.«

Diese Information würde sie zumindest daran hindern, Stevens mit zu dem Restaurant zu nehmen, falls sie so etwas beabsichtigt hatte, obwohl sie gleichzeitig aber auch die geringe Chance zunichtemachen mochte, dass sie selbst, nachdem Stevens seinen Zug genommen hatte, noch bei der Ardglass-Party vorbeischaute. Solch eine Möglichkeit musste ich ins Auge fassen. Dieses Risiko musste ich eingehen. Es war allerdings unwahrscheinlich, dass sie später noch zum Madrid gehen würde. Spätestens um Mitternacht würde alles geschlossen sein, wahrscheinlich schon früher.

»Ach, Chips ist in London?«

Sie war eindeutig überrascht.

»Bei den Vereinigten Streitkräften.«

»Im Stab der Vereinigten Streitkräfte?«

»Ja.«

»Das war nur eine Möglichkeit, als ich das letzte Mal davon hörte.«

»Sie ist eingetreten.«

»Chips glaubte, die Versetzung sei erst in ein oder zwei Wochen, wenn sie überhaupt zustande käme. Ich hab seinen letzten Brief erst heute Morgen erhalten. Er ist mir durch das ganze Land nachgeschickt worden. Ich wohne jetzt bei Tante Molly.«

»Ich geb dir die Nummer der Vereinigten Streitkräfte und des Nebenapparats.«

»Ich musste Bijou absagen«, sagte sie sehr ruhig. »Ich werde Chips morgen anrufen.«

»Er vermutete, dass du bei den Jeavons wohnst.«

»Warum hat er dann nicht angerufen?«

»Er hoffte, dich im Madrid zu treffen – wollte dich überraschen.«

Sie ignorierte diese Mitteilung.

»Das Haus der Jeavons ist jetzt mehr denn je ein einziges Durcheinander«, sagte sie. »Eleanor Walpole-Wilson wohnt da. Früher mochte Tante Molly sie nicht, aber jetzt sind sie dicke Kumpel – und dann leben zwei polnische Offiziere dort. Ihre Wohnung wurde ausgebombt, und sie wussten nicht, wo sie hin sollten; und eine Frau, die von einem norwegischen Seemann ein Kind erwartet.«

»Wer erwartet ein Kind von einem norwegischen Seemann?«, fragte Stevens, »niemand, den wir kennen, hoffe ich.«

Er war in diesem Augenblick an unseren Tisch zurückgekommen. Das Wenige, das ich demonstrativ hatte tun können, war nun, notwendigerweise, vorüber. Mehr war nicht zu sagen. Ich musste die Situation einfach akzeptieren, bis auf dem einen oder anderen Gebiet vielleicht ein weiteres Handeln erforderlich wurde. Das galt zumindest insoweit, als ich selbst betroffen war. Das als ein Faktum anzuerkennen schien unvermeidlich. Stevens' Rückkehr hatte eine Veränderung unserer Sitzordnung zur Folge, die dazu führte, dass Stevens auf der einen Seite von Mrs. Maclintick und ich auf ihrer anderen auf der Sitzbank unsere Plätze fanden. Priscilla und Moreland saßen uns gegenüber. Dies war hauptsächlich von Stevens so eingerichtet worden, möglicherweise aus keinem anderen Grund, als seine Macht zur Schau zu stellen. Ich gratulierte ihm zu seinem Militärkreuz.

»Ach das«, sagte er. »Ganz schön toll, so eins zu haben, oder? Ich hab's wirklich verdient – wir beide eigentlich, schon allein weil wir diesen Kurs in Aldershot ertragen mussten, auf dem wir uns kennengelernt haben. Das war weit strapaziöser als alles, was dann nachher von mir erwartet wurde – diese Vorträge über die deutsche Armee. Jesus, ich träume von denen. Bist du im Kriegsministerium, oder wo bist du?«

»Auf Urlaub – morgen fahr ich aufs Land.«

»Ich hoffe, du hast so viel Spaß auf deinem, wie ich auf meinem hatte«, sagte er.

Er schien sich überhaupt nicht bewusst zu sein, dass bei

Mitgliedern von Priscillas Familie – bei mir, zum Beispiel – Vorbehalte hinsichtlich der Rolle, die er in diesem Augenblick spielte, existieren mochten; dass sie zumindest nicht zu hören wünschten, welche vergnügliche Zeit er doch als ihr Liebhaber erlebt habe. Wie auch immer, Schamlosigkeit jeder Art verlangt einem, vielleicht zu Recht, stets einen gewissen Respekt ab. Auch Lovell war ja ziemlich geschickt darin, von der Dreistigkeit Gebrauch zu machen. Wie gewöhnlich zeigte sich in dem, was hier geschah, eine Art poetischer Gerechtigkeit.

»Ich vermute, dein Bestimmungsort ist geheim?«

»Zitier mich nicht, aber wir haben Sachen für die Tropen gekriegt.«

»Der Mittlere Osten?«

»Das ist meine Annahme.«

»Vielleicht auch der Ferne Osten.«

»Man weiß nie. Ich selbst glaub, eher das Erstere.«

Bis zu diesem Zeitpunkt hatte Moreland still dagesessen, offensichtlich unfähig oder nicht willens, mit der veränderten Zusammensetzung der Gesellschaft an dem Tisch zurechtzukommen. Eine solche Verlegenheit, wenn jemand Neues auftauchte, war immer schon einer seiner Charakterzüge gewesen und hatte wahrscheinlich nur wenig oder nichts mit dem für ihn unvertrauten Ton zu tun, der durch Stevens' Persönlichkeit und Art der Konversation angeschlagen wurde. Zum Beispiel konnten zwei Musikkritiker mittleren Alters, die er schon sein ganzes Leben lang kannte, genau die gleiche Unterbrechung seines Gesprächsflusses hervorrufen. Später pflegte er dann sein Gleichgewicht zurückzugewinnen und sie beide unter den Tisch zu reden. Ein solcher Wandel fand auch jetzt statt. Er ergriff mit plötzlicher Lebhaftigkeit das Wort.

»Mein Gott, ich wünschte, ich könnte ohne weitere Verzögerung in den Fernen Osten verpflanzt werden«, sagte er. »Ich wäre bereit, wie Brahms Klavier in einem Bordell zu spielen – sogar Brahms' eigene Kompositionen in einem Bordell zu spielen; ein Teil des ›Requiems‹ wäre sehr passend –, wenn ich nur in einem Ort wie Saigon oder Bangkok sein und London und die Verdunklung hinter mir lassen könnte.«

»Ein Marineoffizier, mit dem ich neulich im Bus sprach und der gerade von Hongkong zurückgekommen war, erzählte, das Leben da sei unheimlich amüsant«, sagte Stevens. »Aber sehen sie mal, Mr. Moreland, es gibt etwas, das ich Ihnen sagen muss, bevor wir damit weitermachen. Natürlich wollte ich Nicholas wiedersehen, deshalb bin ich herübergekommen, aber ein weiterer beträchtlicher Grund war, dass ich Sie erkannt hatte. Ich sah eine Chance, Ihnen persönlich zu sagen, dass ich ein großer Fan von Ihnen bin. Dass ich Ihr Tongedicht ›Vieux Port‹ in einer Aufführung in Birmingham gehört habe, war einer der Höhepunkte meiner frühen Jahre. Ich war etwa sechzehn, glaube ich. Sie haben wahrscheinlich vergessen, dass Birmingham je die Chance hatte, es zu hören, oder dass Sie selbst je da waren. Ich nicht. Ich habe immer den Wunsch gehabt, Ihnen zu begegnen und Ihnen zu sagen, wie sehr es mich fasziniert hat.«

Das war eine unerwartete Trumpfkarte, die Stevens da ausspielte. Moreland, immer bescheiden, wenn es um sein eigenes Werk ging, ließ verständliche Zeichen der Freude erkennen über dieses plötzliche herzliche Lob aus einer so unverhofften Quelle. Musik war, soweit ich ihn kannte, eine bis zu diesem Augenblick völlig neue Seite an Stevens. Sie stellte offensichtlich eine vielleicht formidable Waffe in seiner Ausrüstung dar. Seit unseren gemeinsamen Wochen in Aldershot hatte er zweifellos Operationen an einer erweiterten Front eröffnet. An diesem Punkt mischte sich Mrs. Maclintick ein.

»›Vieux Port‹ ist ein Werk, das Maclintick immer sehr mochte«, sagte sie. »Er redete dauernd von diesem Musikstück, bis ich ihm sagte, er solle es mir gegenüber nie wieder erwähnen.«

»Als es in Birmingham aufgeführt wurde, war Maclintick so ziemlich der einzige Kritiker, der es lobte«, sagte Moreland. »Selbst Gossage, die alte Miezekatze, konnte sich höchstens ein paar höfliche Worte abringen. Der Rest der Kritiker hat meine

Musik völlig begraben, und mich dazu. Ich fühl mich jetzt wie Nero, der im Hades dem unbekannten Trauernden begegnet, der Blumen auf sein Grab gestreut hat.«

»Noch liegst du nicht im Grab, Moreland«, sagte Mrs. Maclintick, »und im Hades bist du auch nicht, obwohl du dauernd so daherredest, als ob du es wärst. Ich hab noch nie einen so morbiden Mann gesehen.«

»Ich meinte mehr das Grab meiner Werke als mein eigenes«, sagte Moreland. »So schien es in dem Jahr in Birmingham. Wie auch immer, dass ich nicht tot bin, ist kein Argument dagegen, mich nicht wie Nero zu fühlen. Ganz im Gegenteil.«

»Es besteht wohl kaum Hoffnung auf eine römische Orgie hier«, sagte Stevens. »Selbst das Essen ist nichts, in dem man schwelgen könnte, meinen Sie nicht auch, Mrs. Maclintick?«

Er wandte ihr seine Aufmerksamkeit mit der ihm eigenen Form des Narzissmus zu, entschlossen, wirklich jeden der am Tisch Sitzenden, einzeln und individuell, zu erobern.

»Nach der Art, wie Sie sprechen, zu urteilen«, sagte er, »klingen Sie aber nicht wie der große Moreland-Fan, der Sie sein sollten. Wie können Sie nur sagen, Sie sind es leid zu hören, dass ›Vieux Port‹ gelobt wird. Sie setzen mich in Erstaunen.«

»Ich bin ganz sicher ein Fan«, sagte Mrs. Maclintick, »ein großer sogar. Sie sollten ihn morgens im Bett sehen, bevor er rasiert ist. Sie könnten dann gar nicht anders, als ein Fan sein.«

Das löste einiges Gelächter aus, in das Moreland laut einstimmte, obwohl er es wahrscheinlich vorgezogen hätte, wenn seine Beziehung zu Mrs. Maclintick in der Gegenwart Priscillas weniger explizit zur Sprache gekommen wäre. Es schwang allerdings in Mrs. Maclinticks Ton so etwas wie Zuneigung mit. Ob es ihre Absicht gewesen war oder nicht, ihre Antwort verhinderte, dass Stevens, wie er es wohl geplant hatte, weiterhin mehr oder weniger ernsthaft über Morelands Musik sprechen konnte. Das hielt ihn jedoch nicht davon ab, zunehmend, wenn auch nur routinemäßig, das Gefühl zu erzeugen, er finde Mrs. Maclintick attraktiv, ein Verhalten, das einen guten Eindruck auf sie zu machen begann. Dieses Benehmen, so unernst es auch gemeint schien, missfiel vielleicht Priscilla, die sich zweifellos nur ungern eingestand, dass für Stevens, wenigstens bis zu einem gewissen Grade, eine Frau so gut war wie eine andere – zumindest wenn man in einem Restaurant zusammensaß. Sie mochte durchaus, und mit gutem Grund, das Gefühl haben, dass es hier nicht um einen Wettbewerb ging, ihn für sich zu behalten. Es bestand natürlich keine Frage, dass Stevens kein wirkliches Interesse an Mrs. Maclintick erkennen ließ, aber unter den gegebenen Umständen hielt es Priscilla wahrscheinlich für richtig, dass all seine Aufmerksamkeit allein ihr gelten solle. Ob dies nun der Grund war oder nicht, sie war jedenfalls sehr schweigsam geworden. Jetzt aber unterbrach sie das Gespräch.

»Hört mal …«

»Was?«

»Ich glaube, es gibt einen Luftangriff.«

Wir alle hörten einen Moment lang auf zu reden. Die schwache Andeutung eines entfernten Geschützfeuers mischte sich mit dem Verkehrslärm der Straße, dem Aufheulen eines Lastwagenmotors draußen genau an der Rückseite des Gebäudes. Niemand an den anderen Tischen rings um uns herum schien Anzeichens eines Luftangriffs bemerkt zu haben.

»Ich glaube nicht«, sagte Moreland. »Wenn man die ganze Zeit in London lebt, entwickelt man ein ziemlich gutes Ohr für wirkliche Angriffe.«

»Wenn ich auf Urlaub bin, machen mich Luftangriffe verdammt nervös«, sagte Stevens. »Bei Kampfeinsätzen denkt man nicht an die Gefahr, weil man eine ganze Menge kleinerer Dinge zu verantworten hat. Außerdem hat man ein Gewehr. Bei Luftangriffen fühle ich mich, als ob sie hinter mir her sind und ich nichts dagegen tun kann.«

Ich fragte ihn, wie sehr er in Nahkämpfe verwickelt gewesen sei.

»Nur sehr wenig.«

»Und wie war das?«

»Nicht so schlecht.«

»Sehr nervenaufreibend?«

»Schwer zu beschreiben«, sagte er. »Man ist natürlich vorher innerlich aufgewühlt, etwa so wie am ersten Schultag oder an dem Morgen, an dem man einen neuen Job antritt; dieses Gefühl der Gereiztheit; aber auch aufregend.«

»Wieder zur Schule gehen?«, sagte Moreland. »So wie Sie sprechen, klingt Kriegsführung äußerst beunruhigend. Das mag ich überhaupt nicht. In London ist es der bloße Mangel an Schlaf, der einen fertigmacht. Es ist allerdings in den letzten paar Tagen besser geworden. Gibt es da, wo du bist, auch Luftangriffe, Nick?«

»Ja.«

»Ich dachte, es sei alles friedlich dort.«

»Nicht immer.«

»Ich hab stets das Gefühl äußerster Peinlichkeit, wenn wir bombardiert werden«, sagte Moreland. »Eher das als grobe physische Angst – zumindest im Augenblick. Es ist so, wie wenn man unwillkürlich Zeuge wird, wenn jemand sich schrecklich schlecht benimmt. Der völlige Reinfall einer Party, die du gibst; die totale Fühllosigkeit eines Freundes in einer delikaten Angelegenheit; dein plötzliches Gewahrwerden, dass du deine Brieftasche verloren hast, deinen Reisepass, deinen Job, deine Frau. Alles das zusammengenommen und stark vervielfacht.«

»Du mochtest es gar nicht neulich nachts, als die Scheibe im Badezimmerfenster zersplitterte«, sagte Mrs. Maclintick. »Du hast gezittert wie Espenlaub, Moreland.«

»Ich geb gar nicht vor, besonders tapfer zu sein«, sagte Moreland, verärgert über diesen Kommentar. »Außerdem war ich gerade drei Treppen hochgerannt und hätte beinahe alles ins Gesicht gekriegt. Ich hab gerade versucht, das Gefühl zu beschreiben, das man hat – meinst du nicht auch, Nick, es ist so etwas wie Peinlichkeit?«

»Absolut.«

»Hängt von ’ner ganzen Menge verschiedener Dinge ab«,

sagte Stevens. »Von den Leuten, mit denen du zusammen bist, vom Schlaf, Essen, Trinken und so weiter. Diese Show, in der ich war …«

Er beendete den Satz nicht, denn er wurde von Priscilla unterbrochen. Sie war jetzt ganz weiß im Gesicht. Eine Sekunde lang sah man, wie sie sein würde, wenn sie alt war.

»Himmelherrgott noch mal, redet doch nicht die ganze Zeit über den Krieg«, sagte sie. »Können wir nicht ein paar Sekunden von ihm loskommen?«

Dies war gar nicht mehr der gelassene Ton, in dem sie vorher gesprochen hatte. Sie schien plötzlich völlig verzweifelt zu sein. Stevens, dem es überhaupt nicht passte, sich seine Geschichte ruinieren zu lassen, missdeutete die Ursache, was immer sie sein mochte, von Priscillas plötzlicher Erregtheit. Er dachte, sie fürchte sich – eine völlige Fehleinschätzung.

»Aber es ist doch kein Luftangriff, Süße«, sagte er. »Es gibt gar keinen Grund, aufgeregt zu sein.«

Zwar hätte er, angesichts der Art, wie er üblicherweise Leute anredete, sehr leicht auch Mrs. Maclintick »Süße« nennen können, doch war dies das erste Mal, dass er zu Priscilla mit jener Mischung aus Schärfe und Zuneigung sprach, die einem plötzlich verraten kann, dass eine intime Beziehung besteht.

»Ich weiß, es ist kein Luftangriff«, sagte sie. »Das haben wir doch schon vor langer Zeit geklärt. Ich fand nur das Gespräch so langweilig.«

»Gut, lass uns von was anderem reden«, sagte er.

Er sprach in einem nachsichtigen Ton, hatte aber nicht erfasst, dass etwas schlimm schiefgelaufen war.

»Ich hab ziemliche Kopfschmerzen.«

»Ach Verzeihung, Liebling, ich dachte, du hättest Muffe.«

»Nicht im Geringsten.«

»Warum hast du nicht gesagt, du hättest Kopfschmerzen?«

»Sie haben grad erst angefangen.«

Sie schien jetzt wütend zu sein, wütend und traurig. Ich kannte Priscilla gut genug, um mit ihren rasch wechselnden

Stimmungen ziemlich vertraut zu sein, aber ihr augenblickliches Verhalten war mir, wie offensichtlich auch Stevens, ganz unerklärlich. Ich konnte mir vorstellen, dass sie, zu der Meinung gekommen, es sei ein Fehler gewesen, ihm zu erlauben, zu unserem Tisch zu gehen, in einer Zurschaustellung schlechter Laune das beste Mittel sah, ihn von uns wegzukriegen.

»Also, was möchtest du gerne tun?«, fragte er. »Wir haben noch fast eine Stunde. Soll ich mit dir irgendwo hingehen, wo es ruhiger ist? Es ist ziemlich stickig und laut hier.«

Er schien begierig, ihr zuliebe alles zu tun, was in seiner Macht stand. Bis zu diesem Augenblick hätten sie irgendwelche zwei Menschen sein können, die, ohne dass ein besonders enges Band zwischen ihnen bestand, zusammen zu Abend aßen, wobei Stevens' leichte Art das, was wirklich vor sich ging, eher verbarg, als es besonders zu betonen. Jetzt jedoch klang in seiner Stimme eine Mischung aus Sorge und Verärgerung mit, die mehr über die beiden verriet. Diese Veränderung in seinem Ton war zweifellos eher einem Mangel an Verständnis seinerseits zuzuschreiben als irgendeinem exhibitionistischen Wunsch bekanntzumachen, dass Priscilla seine Geliebte sei; obwohl diese Tatsache zu verkünden er in anderer Gesellschaft durchaus fähig gewesen wäre.

»Wohin?«, fragte sie.

Dies war keine Frage. Es war eine Feststellung, die ausdrücken sollte, dass in der näheren Umgebung kein Lokal existiere, wohin sie gehen und wo sie wahrscheinlich Ruhe und Frieden finden könnten.

»Wir werden etwas finden.«

Sie sah ihn fest an. Sie schwiegen einen Moment lang.

»Ich glaube, ich gehe nach Hause.«

»Aber kommst du denn nicht mit zum Bahnhof? Du hast doch gesagt, du würdest das tun.«

»Ich hab rasende Kopfschmerzen«, sagte sie. »Irgendwie fühle ich mich plötzlich auch ganz schrecklich. Einfach fürchterlich.«

»Schaffst du es nicht, mit zum Bahnhof zu kommen?«

»Tut mir leid.«

Sie war den Tränen nahe. Stevens wusste offensichtlich nicht, was schiefgelaufen war. Auch ich fand keine Erklärung, außer dass sie seine verhältnismäßig indifferente Haltung ihr gegenüber – nach einem ohne Zweifel leidenschaftlichen Zwischenspiel von mehreren Tagen – verärgert hatte. Doch obwohl noch jung und bis vor kurzem wahrscheinlich nicht sehr vertraut mit Frauen vom Schlage Priscillas, hatte er doch ausreichende Erfahrungen mit Frauen im Allgemeinen und bestimmte feste Prinzipien gebildet, wie man mit Situationen dieser Art umgeht. Jedenfalls wirkte er jetzt entschlossen.

»Dann bring ich dich nach Hause.«

Angesichts der Aussicht, eine Gesellschaft zu verlassen, bei der er es genoss, der Mittelpunkt der Aufmerksamkeit zu sein, sagte Stevens das zwar ohne großen Enthusiasmus, aber mit vollkommener Aufrichtigkeit. Das Angebot war echt, nicht eine höfliche Floskel, die sie mit der Begründung, er habe einen Zug zu erreichen, beiseitewischen konnte. Er beabsichtigte, seinen Vorschlag in die Tat umzusetzen. Das war ohne Zweifel das Mindeste, was er tun konnte, aber auch dieses Minimum war, in Anbetracht von Priscillas Verhalten und dessen, was ich von seinem Charakter wusste, so etwas wie die Zurschaustellung einer gewissen Großmütigkeit. Er akzeptierte ihren plötzlichen Entschluss nahezu widerspruchslos. Priscilla schien dankbar dafür zu sein.

»Nein.«

Sie sagte das in einem festen Ton.

»Natürlich tue ich das.«

»Du hast dein ganzes Gepäck hier. Du kannst es nicht mit zurück nach Kensington schleppen.«

»Ich werde es hier wieder abholen, nachdem ich dich weggebracht habe.«

»Das kannst du nicht tun.«

»Natürlich kann ich das.«

»Nein …«, sagte sie. »Ich will das nicht … Ich weiß nicht recht … Ich fühl mich plötzlich ganz seltsam … Ich kann mir nicht denken, was es ist … Ich meine, ich wäre lieber allein … Muss allein sein …«

Es war jetzt eine entschieden qualvolle Situation entstanden. Selbst Mrs. Maclintick schwieg, eingeschüchtert von diesem Wortwechsel. Moreland zündete sich eine Zigarette nach der anderen an und drückte sie wieder aus. Das alles schien Stunden zu dauern.

»Ich werd dich nach Hause bringen.«

»Nein, wirklich nein.«

»Aber …«

»Ich kann dich nach Hause bringen, Priscilla«, sagte ich. »Nichts leichter als das.«

Das entschied die Sache endgültig.

»Ich will nicht, dass mich irgendjemand nach Hause bringt«, sagte sie. »Ich verabschiede mich jetzt.«

Sie winkte in Stevens' Richtung.

»Ich werde schreiben«, sagte sie.

Er murmelte, dass er ein Taxi für sie rufen wolle, und versuchte, von dort, wo er saß, wegzukommen. Leute, die am Tisch neben uns gingen oder ankamen, versperrten ihm den Weg. Priscilla drehte sich um und ging schnell auf die Glastüren zu. Dort wandte sie sich noch einmal um und blies uns einen Kuss zu. Dann verschwand sie aus unserem Blick. Als Stevens schließlich freie Bahn hatte, war sie schon gegangen. Dennoch folgte er ihr quer durch den Raum.

»Was für ein Theater so plötzlich«, sagte Mrs. Maclintick. »Hat die sich auch so benommen, als du sie kanntest, Moreland?«

Ich hielt es für möglich, obwohl nicht für sehr glaubhaft, dass Priscilla zum Madrid unterwegs war, um dort Lovell zu treffen. Dies war eine Vermutung, die sich auf eine eher dramatische als wahrscheinliche Lebensweise bezog, auf eine Art von Entwicklung, die Lovell selbst äußerst anziehend gefunden hätte – prinzipiell, meine ich, selbst wenn er in keiner Weise persönlich betroffen gewesen wäre. Doch sei es nun zum Guten oder zum Schlechten, solche Dinge passieren nicht häufig. Zwar mochte ein plötzlicher Wunsch von ihr, sich wieder mit ihrem Mann zu versöhnen, meinen Erwartungen zuwiderlaufen, ich war damit jedoch einer Erklärung, warum sie in einer solchen Weise weggegangen war, Stevens einfach so verlassen hatte, keineswegs nähergekommen. Dass sie in ihn verliebt sein mochte, bildete keinen Grund, sie an einer plötzlichen Zurschaustellung kapriziöser Laune, hervorgerufen vielleicht durch die vielen Belastungen der Situation, zu hindern. Stevens eigene Haltung in dieser Affäre konnte man gewiss als durchaus zynisch bezeichnen, obwohl auch das nicht sicher war, denn Lovell hatte vermutet, dass eine Heirat eine Möglichkeit sei. Lovell mochte Recht haben. Was Priscilla anging, schien Stevens in dem Moment den falschen Schritt getan zu haben, als er ihr Angst wegen eines vermeintlichen Fliegeralarms unterstellte. Das hatte sie zweifellos verärgert. Man musste in Kriegszeiten unerwartete nervöse Reaktionen konzedieren, und es war viel wahrscheinlicher, dass sie eher wegen ihres äußerst angespannten Zustandes als aus physischer Furcht einen nicht existierenden Fliegeralarm wirklich hörte. Stevens hatte einen Mangel an seinem üblichen Begriffsvermögen gezeigt, als er ihr so etwas unterstellte. Möglicherweise rührte ihr angespannter nervlicher Zustand von irgendeinem geringfügigen Streit her; vielleicht auch deutete Priscillas schwächliche Form zu Anfang des Abends darauf hin, dass sie begann, seiner müde zu werden, oder fürchtete, dass er ihrer müde würde. Andererseits konnten es genauso gut ihre Kopfschmerzen und der Gedanke, dass ihr Liebhaber bald wegmüsse, gewesen sein, die sie verstört hatten, während die Gegenwart der anderen am Tisch sowie die Nachricht, dass ihr Ehemann in London weilte, dazu beitrugen, dass sie aus der Fassung geriet. Die Gründe für ihr Verhalten waren ebenso schwer abzuschätzen wie die, warum sie sich überhaupt Stevens hingegeben hatte. Falls sie während Lovells physischer Abwesenheit, die durch Kräfte bewirkt war, über die er keine Kontrolle hatte, bloß ein Amüsement gewünscht hatte, warum dann das ganze Theater drum herum, warum hatte sie es nicht heimlich getan? Lovell schien zumindest ein Ehemann zu sein, der vielen anderen vorzuziehen war. Selbst wenn er nicht die unermüdliche Munterkeit von Stevens besaß, fehlte es ihm nicht an seiner eigenen Form von Energie. War ›Theater‹ vielleicht das, was Priscilla wirklich brauchte? War es ihr ein Bedürfnis – ein Bedürfnis so mancher Frau –, Männer unglücklich zu machen? Es lag etwas dieser Art in ihrem Gesicht. Vielleicht quälte sie Stevens zur Abwechslung nur einfach, ließ ihm eine veränderte Behandlung zukommen, sozusagen. Wenn das der Fall war, würde es ihr wohl schwerfallen, ihn in der gleichen Weise zu beunruhigen, wie sie es bei Lovell erreichte; wie sie zuvor Moreland beunruhigt hatte. Die Tatsache, dass Stevens auf diesem besonderen Gebiet sehr wohl in der Lage war, auf sich selbst aufzupassen, drückte sich in der Art aus, wie er durch den Raum zu uns zurückkam. Er sah auf eine höfliche Weise besorgt aus, aber keineswegs am Boden zerstört.

»Hat sie ein Taxi bekommen?«

»Das muss sie wohl. Sie war in der Dunkelheit verschwunden, als ich die Tür zur Straße erreichte. Mehrere Taxis fuhren in diesem Moment gerade weg.«

»Sie war ganz schön durcheinander«, sagte Mrs. Maclintick.

»Es ist eine schreckliche Sache«, sagte Stevens. »Das Problem ist, ich bin im Moment so unbeweglich. Ich hab 'ne Menge Zeugs hier in der Garderobe – eine Reisetasche, Gott weiß, was noch – verschiedene Kleinigkeiten, die ich für die Messe besorgen sollte –, und ich muss das alles bald zum Bahnhof schleppen.«

Er sah auf seine Uhr. Dann setzte er sich wieder an den Tisch.

»Lasst uns noch was trinken«, sagte er, »das heißt, wenn wir noch was kriegen.«

Für eine kurze Zeit schien er sich noch einige Sorgen um Priscilla zu machen und Angst um sie zu haben; er versicherte, sie habe am frühen Abend einen völlig ausgeglichenen Eindruck erweckt, und machte sich Vorwürfe, dass er nicht in der Lage gewesen war, ihr dabei zu helfen, nach Hause zu kommen, erheischte allerdings unsere Zustimmung, dass er so gut wie nichts habe tun können. Nachdem er alles das mehrere Male wiederholt hatte, zeigte er sich schließlich bereit, die Tatsache zu akzeptieren, dass das, was gerade geschehen war, etwas Alltägliches bei Frauen sei.

»Ich werde sie anrufen, wenn ich am Bahnhof bin«, sagte er.

Priscillas Verhalten hatte eindeutig stimulierend auf Mrs. Maclintick gewirkt, sie stark aufgeheitert.

»Was war denn nur los mit dieser Frau?«, fragte sie. »Warum ist sie plötzlich abgehauen? Ich glaube, sie hatte was gegen das schreckliche Zeug, das ich trage. Muss aber sein, bei dem Job, den ich hab. Wäre sinnlos, sich anzuziehen, als ob man auf eine Hochzeit geht. Du kennst sie, Moreland, worum ging's eigentlich?«

»Ich hab nicht die blasseste Ahnung«, entgegnete Moreland in einem scharfen Ton.

Er schien keine Lust zu haben, weiter über Priscillas Verhalten zu diskutieren. Hatte ich mich vorher an diesem Abend schon ein- oder zweimal daran erinnert gefühlt, wie er sich betragen hatte, wenn er mit Matilda aus war, so ließ mich der Ton, in dem er sprach, daran denken, wie es war, wenn Maclintick mit Mrs. Maclintick ausging. Sie selbst mochte ebenfalls eine Ähnlichkeit gesehen haben, denn sie schürzte ihre Lippen.

»Ich frag mich, was mit Max passiert ist«, sagte sie. »Er sollte schon lange hier sein. Sein Auftritt ist bestimmt schon vorbei. Es ist sowieso nur ein kurzer, und er kommt früh dran im Madrid.«

»Er ist wahrscheinlich ins Bett gegangen«, sagte Moreland.

Mrs. Maclintick war auch dieser Meinung.

»Ist vernünftiger, als in einem Lokal wie diesem herumzusitzen«, sagte sie, »besonders wenn man morgens so früh aufstehen muss wie ich.«

»Das ist nicht Max Pilgrim, über den Sie jetzt sprechen?«, fragte Stevens.

»Er ist unser Untermieter«, sagte Moreland.

Stevens zeigte sich interessiert. Moreland erklärte ihm, dass er Pilgrim schon seit Jahren kenne.

»Ich hatte immer gehofft, ihn seine Sachen aufführen zu sehen«, sagte Stevens. »Es bestand die Gelegenheit dazu anlässlich des Revivals seiner alten Songs im Madrid – ich vermute, er sollte von dort hierherkommen. Ich hab davon in der Zeitung gelesen und wäre gerne hingegangen, aber Priscilla wollte nichts davon hören. Jetzt ist mir klar, dass sie den ganzen Tag über nicht sie selbst war. Ich hätte merken müssen, dass sich da vielleicht eine Szene zusammenbraute. Man sollte wissen, wie Frauen sich betragen, nachdem man eine Zeitlang mit ihnen zusammen gewesen ist. Ich sehe ein, es war zum größten Teil meine Schuld. Sie sagte, sie habe Pilgrim schon früher mal gesehen, und er langweile sie zu Tode. Ich sagte ihr, ich fände seine Songs wunderbar. Ja, ich hab selbst mal versucht, etwas Ähnliches zu schreiben.«

Ich fragte ihn, ob er davon je etwas an eine Zeitschrift verkauft habe.

»Nur für den Privatgebrauch verfasst«, sagte er lachend. »Die einzigen Verse, die ich je irgendwo untergebracht habe, waren sentimentales Zeug in den Lokalzeitungen. Die hätten meine Max-Pilgrim-Masche nicht gemocht, wenn man die so nennen kann.«

»Lassen Sie uns doch mal einiges davon hören«, sagte Moreland.

Er hatte offensichtlich Gefallen an Stevens gefunden, der in seinem Auftreten etwas von jener Energie und Ungezwungenheit besaß, die ihren Besitzer zum Beherrscher der unmittelbaren gesellschaftlichen Situation machen; obwohl diese Herrschaft stets starke konsolidierende Kräfte voraussetzt, um den anfänglichen Erfolg aufrechtzuerhalten. Mr. Deacon pflegte zu sagen, nichts sei mehr geeignet, auf einer Party äußerste Niedergeschlagenheit zu verbreiten, als ein überschwänglicher Auftritt, der falsche Hoffnungen wecke. Das tat Stevens nicht. Er verfügte über mehr als ausreichende Kräfte der Konsolidierung seiner anfänglichen Wirkung. Wie die Dinge lagen, fand der gute Eindruck, den er auf Moreland machte, dadurch Unterstützung, dass Priscilla uns verlassen hatte. Moreland wollte nicht mehr an sie denken und ein neues Thema beginnen. Stevens war dazu genau der richtige Mann, und die Erwähnung seiner Verse bot den geeigneten Einstieg. Es gab kein Anzeichen dafür, dass wir ihn lange bitten müssten, uns einen Auszug aus seinen dichterischen Versuchen zu geben.

»Zum Beispiel habe ich etwas über die erste Einheit geschrieben, bei der ich war.«

»Rezitieren sie es uns.«

Stevens lachte; es war eine bloß formale Geste der Bescheidenheit. Er wandte sich an mich.

»Nicholas«, sagte er, »hast du in deinem Bataillon je die unterste Stufe eines Fähnrichs eingenommen?«

»Lange. Es kam mir wie eine Ewigkeit vor.«

»Und hast an Gästeabenden einen Toast auf die Gesundheit des Königs ausgebracht?«

»Gewiss doch.«

»›Mr. Vice, den Toast auf den König‹ – und dann standst du auf und sagtest: ›Gentlemen, auf den König.‹«

»Gefolgt von ›Auf die Vereinigten Regimenter von‹ – das und das Regiment von Kanada und das und das Regiment von Australien.«

»Willst du damit sagen, dass du das wirklich tun musstest, Nick?«, fragte Moreland. »Du bist aufgestanden und sagtest: ›Gentlemen, auf den König‹?«

Er schien unfähig zu sein, das zu glauben.

»Ich hab das immer geliebt«, sagte Stevens. »Hab alles, was ich hatte, in die Worte gelegt. Es war das Einzige, das ich an dem Sauladen mochte. Ich hab das alles nur gefragt, weil ich einige Zeilen mit dem Titel ›Gästeabend‹ verfasst habe.«

»Schießen Sie los damit«, sagte Moreland.

Stevens räusperte sich; dann begann er ohne die geringste Verlegenheit mit einer tiefen, dramatischen Stimme seine Rezitation:

»Am Donnerstag, da macht das Dinner Spaß.
Wir bringen einen Toast dann aus
Auf König und Vereinte Regimenter
Mit süßem Wein. Der Oberst geht schon bald.

Die Leutnants aber reden noch und scherzen
(Im Rauch der bill'gen Zigaretten, die aus
Sie drücken auf Orangenschalen, Käserinden)
Von Frauen, Unteroffizier'n und Sold.

Ob – beim letzten Nachtmanöver – B. Coy zerbrach
Den Ständer des gelieh'n Maschin'gewehrs;
Der Messe der Feldwebel fehlt der Koks;
Dass Gordon's fast geschafft hat bei der Frau von der Marine.

Auf allen Tischen in der Messe
Künstliche Tulpen welken still dahin.
(So müde wie der Hure Zärtlichkeit.)
Ihr Purpur spendet keine Freuden dir.

Warum bedrückt die phallisch' Form von ihren Blättern
So sehr dein Herz, bis in Spiral'n – wie Stacheldraht –
Konzentrisch ausdehnt sich Bedauern
Über verlor'ne wahre Liebe und gefundenes Verlangen?

Und unterdessen klingt die Stimme Haw-Haws
Aus dem Radio, gekränkt, so insistierend,
Das Treppenhaus hinab und mischt sich mit
Entfernten Hörnern, süß und tief, in kalter Winterluft.«

Stevens hörte auf zu deklamieren. Er lächelte und lehnte sich zurück in seinem Stuhl. Er war sich natürlich nicht der völlig neuen Vorstellung von ihm bewusst, die sich mir durch seine gesprochenen Verse aufgedrängt hatte. Ihre Melancholie eröffnete mir eine andere Seite seiner Natur, eine, die in der Regel durch seine aggressive Munterkeit verborgen blieb. Diese Melancholie war ohne Zweifel das logische Gegenstück, die andere Seite der Medaille, auf die man von der besonderen Art seiner sprudelnden Launigkeit, verbunden wie sie war mit dem ständigen Sich-zur-Geltung-Bringen seiner Persönlichkeit, schließen musste. Wie auch immer, man lernt nie, das Offensichtliche zu erwarten. Diese Widersprüchlichkeit seiner Gefühle war vielleicht auch ein Element gewesen, das Priscilla angezogen hatte – etwas, das sie erkannt hatte, als sie sich bei Frederica kennenlernten; etwas, das auf eine fundamentale Weise sogar melodramatischer war als das, was selbst Lovell zustande bringen konnte. Wir alle drückten ihm unsere Anerkennung aus. Moreland war, glaube ich, fast so überrascht wie ich.

»Ähnelt aber nicht sehr dem, was Max macht«, sagte er.

»Dennoch, Max Pilgrim war die Quelle.«

»Auch nicht sehr fröhlich«, sagte Mrs. Maclintick. »Ich bin sicher, Sie sind genauso morbide wie Moreland hier.«

Obwohl sie das in ihrem gewohnt abwertenden Ton sagte, muss Stevens sein Ziel erreicht und mehr oder weniger eine Eroberung gemacht haben, denn sie lächelte ihn nach diesen Worten sehr freundlich an. Als Folge dieser unterschwelligen Zustimmung oder, wahrscheinlicher, der Wiederholung seiner eigenen Zeilen erschien jetzt ein Ausdruck des Selbstmitleids auf seinem Gesicht.

»Ich fühlte mich damals überhaupt nicht fröhlich«, sagte er. »Diese Einheit, bei der ich als Fähnrich war, hat mich ganz schön fertiggemacht.«

Dann, ganz plötzlich, vollzog sich bei ihm einer jener unmittelbaren Stimmungswechsel, die so charakteristisch für ihn waren.

»Wollt ihr vielleicht noch eine meiner schlüpfrigen Sachen hören?«, fragte er.

Bevor jemand antworten konnte, ging ein weiterer Offizier, ein kräftig gebauter Hauptmann mit rotem Gesicht und kurz geschnittenem Haar, der wie Stevens einen Kampfanzug trug, an unserem Tisch vorüber. Als er Stevens erblickte, brach er in ein schallendes Gelächter aus und zeigte mit dem Finger auf ihn.

»Odo, mein Sohn«, brüllte er. »Dass ich deine hässliche Fresse hier sehen muss.«

»Großer Gott, Brian, du alte Sau.«

»Ich vermute, du hast toll einen draufgemacht und musst jetzt wie ich den Zug zurück zu der verdammten Plackerei kriegen. Ich hatte ein sehr feuchtes Wochenende, kann ich dir sagen.«

»Komm, setz dich und trink was mit uns, Brian. Wir haben noch viel Zeit.«

»Ich möchte lieber nicht riskieren, degradiert zu werden wegen U. F. v. d. T.«

»Was zum Teufel meint er denn damit?«, fragte Mrs. Maclintick.

»Unerlaubtes Fernbleiben von der Truppe«, sagte Stevens, der ihr, charakteristisch für ihn, nicht erlauben wollte, dadurch, dass er die Frage ignorierte, auch nur für eine Sekunde seiner Macht zu entkommen. »Ach komm schon, Brian, so eilig ist es doch nicht.«

Der Hauptmann mit dem roten Gesicht blieb fest.

»Ich muss als Erstes mal ein Taxi finden. Und außerdem muss ich noch mein Gepäck holen.«

Stevens schaute auf seine Uhr.

»Ich hab auch Gepäck«, sagte er, »eine Reisetasche, einen Kleidersack und noch anderen Krempel. Vielleicht hast du Recht, Brian. Am besten komme ich mit dir. Jedenfalls könnten wir uns dann das Taxi teilen.«

Er stand vom Tisch auf.

»Dann will ich mich also von euch allen verabschieden«, sagte er.

»Müssen Sie wirklich schon gehen?«, fragte Mrs. Maclintick. »Wir fangen doch gerade erst an, Sie kennenzulernen. Sind Sie über etwas verärgert, vielleicht über die Frau, mit der Sie hier waren?«

Im Laufe ihres Lebens konnte sie wohl kaum je größere Anstrengungen unternommen haben, sich von einer angenehmen Seite zu zeigen. Es war ein Triumph für Stevens. Er war sich dessen durchaus bewusst und lachte, erfreut über seinen Erfolg.

»Die Pflicht ruft«, sagte er. »Ich wünschte nur, ich könnte bis vier Uhr morgens hierbleiben, aber selbst wenn ich nicht einen Zug kriegen müsste – sie fangen hier sowieso schon an, den Laden dichtzumachen.«

Wir verabschiedeten uns von ihm.

»Es war wundervoll, Sie kennengelernt zu haben, Mr. Moreland«, sagte Stevens. »Ich trinke auf die nächste Aufführung von ›Vieux Port‹ im selben Programm mit Ihrem neuesten Werk – und hoffentlich bin ich da, um es zu hören. Auf Wiedersehen, Nicholas.«

Er streckte seine Hand aus. Seine große Selbstgewissheit hatte sich jetzt leicht zurückentwickelt hin zu jenem weniger absoluten Vertrauen in sich selbst, das ihn auszeichnete, als ich ihn zuerst kennengelernt hatte. Er konnte sich wahrscheinlich nicht entscheiden, welchen Ton er anschlagen solle, um sich möglichst effektiv von uns zu verabschieden. Vielleicht dämmerte es ihm endlich doch, dass die ganze Geschichte mit Priscilla eine Art von Peinlichkeit einschließen mochte, die ihm bisher kaum oder gar nicht bewusst war. Sein offensichtliches Zögern wies möglicherweise auf eine Unentschlossenheit hin, ob er noch einmal etwas über ihr plötzliches Weggehen sagen solle. Falls er, eine Sekunde lang, wirklich erwogen hatte, darüber zu sprechen, muss er seine Meinung sofort wieder geändert haben.

»Wir werden uns wiedersehen«, sagte er.

»Mach's gut.«

»Und Hals- und Beinbruch.«

»Also los, Odo, du Tölpel«, sagte der Hauptmann mit dem roten Gesicht. »Hör auf mit der Abschiedsfeier, sonst kriegen wir kein Taxi mehr. Wir müssen uns beeilen. Vergiss nicht, da ist noch dieses ganze Geschwafel mit dem Eisenbahntransportoffizier.«

Beim Weggehen klopften sie sich gegenseitig auf den Rücken.

»Er ist ein komischer Kerl«, sagte Mrs. Maclintick.

Stevens hatte Eindruck auf sie gemacht. Daran konnte kein Zweifel bestehen. Das bewies die Art, wie sie sprach. Obwohl mir seine Gegenwart an diesem Abend unwillkommen gewesen war – und auch die beiden anderen zunächst keinen großen Wunsch zu erkennen gegeben hatten, ihn an unserem Tisch haben zu wollen –, breitete sich jetzt, wo Stevens gegangen war, ein eindeutiges Gefühl der Fadheit aus. Selbst Moreland, der nervös herumzappelte, als Mrs. Maclintick ihr Bedauern über diesen Weggang ausdrückte, schien sich bewusst zu sein, dass die gesellige Stimmung unseres Beisammenseins dadurch gelitten hatte. Ich sagte, es sei Zeit für mich, ins Bett zu kommen.

»Ach Gott, lasst uns doch nicht alle jetzt so plötzlich aufbrechen«, sagte Moreland. »Wir haben uns doch gerade erst wiedergesehen. Die anderen haben uns nur daran gehindert, über Dinge zu sprechen, die wir wirklich diskutieren müssen – die Bedeutung der Kunst etwa, oder wo man Gebäck auf dem Schwarzmarkt bekommen kann.«

»Sie servieren hier nichts mehr zu trinken.«

»Komm für ein paar Minuten mit zu uns. Vielleicht haben wir noch etwas Bier da. Wir holen den alten Max aus dem Bett. Er liebt Klatsch.«

»Gut – aber nicht für lange.«

Wir bezahlten die Rechnung und gingen hinaus auf die Regent Street. In der völligen Dunkelheit ließen die Nutten, seltsame leuchtende Formen nächtlichen animalischen Lebens, ihre elektrischen Taschenlampen aufflackern. Hin und wieder richtete eine von ihnen den Lichtstrahl in Eigenwerbung auf ihr Gesicht, so dass es aussah, als illuminierten Kerzen ein heiliges Bild im Schatten einer Kirche.

»Genial«, sagte Moreland.

»Maclintick hätte das zweifellos auch gedacht«, sagte Mrs. Maclintick nicht ohne Bitterkeit.

Ein Taxi setzte seine Fahrgäste in der Nähe ab. Wir sicherten es uns. Moreland gab dem Fahrer die Adresse der Wohnung, in der er früher mit Matilda gelebt hatte.

»Ich bin zu der Auffassung gekommen, dass die Charaktereigenschaft, die Frauen bei Männern am meisten verabscheuen, die Selbstlosigkeit ist«, sagte er.

Diese Bemerkung hatte keinen besonderen Bezug auf irgendetwas, das zuvor zur Sprache gekommen wäre, sondern war nur Ausdruck einer seiner langen Gedankengänge.

»Na, davon brauchen sie ja nicht sehr viel zu ertragen«, sagte Mrs. Maclintick. »An mir ist sie in den letzten vierzig Jahren völlig vorübergegangen. Aber vielleicht habe ich ja nur Glück gehabt.«

»Wie ihre Frauen diese frommen Könige im Mittelalter gehasst haben müssen«, sagte Moreland. »Dennoch, wie du richtig bemerkt hast, Audrey, spreche ich eher im akademischen Sinn.«

Das Taxi war bereits wieder weggefahren, und Moreland war gerade dabei, den Schlüssel in das Schloss der Haustür zu stecken, als der Fliegeralarm ertönte.

»Das haben wir ja ganz genau abgepasst«, sagte Moreland. »Dies ist jetzt der echte, nicht wie das schwache Getöne, als wir beim Abendessen saßen. Den hier kann man zweifellos nicht überhören. Sind die Vorhänge in der Wohnung zugezogen? Ich bin als Letzter gegangen, und das ist so etwas, das ich immer vergesse.«

»Max wird es schon gemacht haben«, sagte Mrs. Maclintick.

Wir gingen die Stufen hinauf. Es waren viele, denn die Wohnung lag im obersten Stockwerk.

»Ich hoffe, Max geht es gut«, sagte sie. »Ich mag den Gedanken überhaupt nicht, dass er bei einem Luftangriff außer Haus ist. Es gibt unweigerlich Ärger, wenn er die Nacht in einer Luftschutzunterkunft verbringt. Er spricht immer davon, in der Untergrundbahn eine Probevorstellung zu geben. Aber ich sag ihm, dass ich nicht zulasse, dass er so was tut.«

Wenn Moreland eines von Mrs. Maclinticks Kindern war, dann war Max Pilgrim eindeutig ein weiteres. Wir betraten die Wohnung nach ihr. Moreland drehte den Lichtschalter nicht an, ehe feststand, dass alle Fenster verdunkelt waren. Im Licht dann erwies sich das Apartment als unordentlicher als zu Matildas Zeiten, sonst aber war es, was Einrichtung und Dekoration betraf, im Großen und Ganzen gleich geblieben.

»Max …«, rief Mrs. Maclintick.

Sie tat diesen Ausruf vom Schlafzimmer aus. Von einem Zimmer weiter oben in dem kurzen Korridor kam eine schwache Antwort. Ihre Botschaft war nicht auszumachen, ihr Ton, hoch und tremolierend, weckte Erinnerungen an eine Stimme, die eine Myriade von vergessenen Nachtclubbesuchen in den frühen Morgenstunden durchzwitschert hatte.

»Wir haben einen Besucher, Max«, rief Mrs. Maclintick erneut.

»Ich hoffe, es ist noch etwas Bier da«, sagte Moreland. »Ich bin mir da gar nicht so sicher.«

Er ging in die Küche. Ich blieb im Korridor. An seinem oberen Ende öffnete sich langsam eine Tür. Max Pilgrim erschien, eine hochgewachsene, gertenschlanke Gestalt mit Hornbrille und in einem Morgenmantel aus grünem Brokat. Es war Jahre her, seit ich ihn das letzte Mal gesehen hatte, wo genau – ob von Ferne auf einer Party oder, weniger wahrscheinlich, während seiner Darbietung bei einer Kabarettvorstellung –, daran konnte ich mich nicht einmal mehr erinnern. Eine Zeitlang hatte er sich eine Wohnung mit Isobels Bruder Hugo geteilt, aber wir unterhielten damals keine enge Verbindung zu Hugo und haben ihn irgendwie nie dort besucht. Es war auch die Rede davon gewesen, dass Pilgrim seine Vorstellungen aufgeben und sich an Hugos Geschäft für Inneneinrichtungen beteiligen würde. Schon damals waren Pilgrims Lieder – professionell gesprochen – langsam aus der Mode gekommen. Doch es wurde nichts aus diesem Projekt, und wie sehr auch immer die Leute sagen mochten, Pilgrim sei altmodisch, er erfreute sich bis zum Ausbruch des Krieges weiterhin großer Nachfrage. Jetzt drückte er natürlich alles das aus, was das Publikum in einen Zustand tiefster Nostalgie versetzte. Obwohl – oder vielleicht auch gerade weil – sein Haar zerzaust war, sah er in diesem Moment so aus, als sei er im Begriff, mit einem seiner Lieder zu beginnen. Er bewegte sich ein wenig den Korridor entlang, dann hielt er an.

»Da seid ihr ja endlich, meine Lieben«, sagte er. »Ihr wisst gar nicht, wie froh ich bin, euch zu sehen. Ihr müsst entschuldigen, wie ich aussehe. Es muss ein schrecklicher Anblick sein. Ich hab mich abgeschminkt, ehe ich ins Bett ging, und präsentiere euch nun den natürlichen, ungeschmückten Zustand meines Gesichts – etwas, das ich stets nur äußerst ungern tue.«

Ohne Zweifel, er war blass wie der Tod. Zuerst hatte ich gedacht, er sehe bloß älter aus, als ich ihn in Erinnerung hatte. Jetzt aber erschien mir seine Bemerkung, er habe kein Makeup aufgelegt, als eine akzeptable Erklärung. Ich nahm zudem wahr, dass seine rechte Hand in einem Verband steckte. Seine Stimme war schwächer als gewöhnlich. Er sah mich unsicher an, verkleidet in Uniform, wie ich war. Ich erklärte ihm, ich sei Hugos Schwager, und dass wir uns in der Vergangenheit einige Male begegnet seien. Er nahm meine rechte Hand in seine Linke.

»Mein Lieber …«

»Wie geht es Ihnen?«

»Ich hatte gerade einen äußerst unerfreulichen Abend«, sagte er.

Er ließ meine Hand nicht sofort los. Irgendwie überkam mich plötzlich ein unbehagliches Gefühl, ein Gefühl seltsamer Peinlichkeit, sogar der Besorgnis, obwohl ich durchaus vertraut war mit dem eher ungebührlich inbrünstigen Verhalten, das er an den Tag legte. Ich versuchte, meine Hand seinem Griff zu entziehen, aber er hielt sie hartnäckig fest, fast so, als ob er selbst jetzt physische Unterstützung benötige.

»Wir hatten gehofft, dass Sie nach dem Madrid zum Dinner zu uns stoßen würden«, sagte ich. »Hugh erzählte mir, dass Sie dort einige ihrer populärsten Stücke der Vergangenheit vortrügen.«

»Das stimmt.«

»Haben Sie das Madrid zu spät verlassen?«

Jetzt gab Max Pilgrim meine Hand frei. Er verschränkte seine Arme. Seine Augen waren starr auf mich gerichtet. Obwohl ich nicht länger durch seinen Griff mit ihm verbunden war, erfüllte mich auch weiterhin ein nicht zu definierendes unbehagliches Gefühl.

»Kannten Sie das Madrid?«, fragte er.

»Ich bin dort gewesen – nicht oft.«

»Aber es hat Ihnen dort gefallen?«

»Stets.«

»Das wird es nie wieder tun.«

»Warum nicht?«

»Das Madrid gibt es nicht mehr.«

»Zu Ende?«

»Zu Ende.«

»Die Saison, oder einfach nur Ihre Vorstellung?«

»Das Lokal – das Gebäude – die Tische und Stühle – die Tanzfläche – die Wände – die Decke – all die vergoldeten Säulen. Eine Bombe hat das Madrid heute Abend getroffen. Volltreffer.«

»Max …«

Mrs. Maclintick stieß einen Schrei aus. Es war ein passender Moment, einem Gefühl des Schreckens Ausdruck zu geben. Moreland war von der Küche in den Korridor gekommen. Er hatte eine Flasche Bier und drei Gläser in den Händen. Einen Augenblick stand er, ohne etwas zu sagen, da. Dann gingen wir alle in das Wohnzimmer. Pilgrim nahm sofort den Sessel in Beschlag. Er hielt seine verbundene Hand und wiegte sich hin und her.

»Mitten in meiner Vorstellung«, sagte er. »Ich wurde gerade ganz schlimm ausgebuht. So was war mir noch nie passiert. Nicht mal, wenn ich auf Tour war.«

»Es gab also *doch* einen Fliegerangriff am frühen Abend«, sagte Moreland.

»Sicher«, sagte Pilgrim. »Ganz sicher.«

Einige Sekunden lang sprach niemand. Pilgrim saß weiter in seinem Sessel und guckte starr vor sich hin, während er seine verwundete Hand in der anderen hielt. Ich wusste, dass es eine Frage gab, die ich jetzt stellen sollte, aber ich fühlte mich fast physisch daran gehindert, sie zu formulieren. Schließlich war es Mrs. Maclintick, nicht ich, die sie vorbrachte.

»Gab es Tote?«

Pilgrim nickte.

»Viele?«

Pilgrim nickte wieder.

»Ich hab geholfen, einige von ihnen rauszubringen«, sagte er.

»Waren es denn viele?«

»Natürlich herrscht immer ein scheußliches Durcheinander bei solchen Gelegenheiten«, sagte er. »Helle Aufregung. Wie Dantes Inferno. Und das alles in völliger Dunkelheit. Die Luftschutzwarte und ich haben wenigstens sechs oder sieben hinausgetragen. Bestimmt so viele. Waren alle tot. Ich kannte einige von ihnen persönlich. Schlimme Geschichte, kann ich euch versichern. Ich vermute, ein paar andere sind noch mal davongekommen – wie ich selbst. Sie haben versucht, mich zu überreden, mit ihnen zu kommen und mich behandeln zu lassen, aber nachdem meine Hand verbunden war, zog's mich nur noch zum Heim, zum Heim, Glück allein. Es ist nur ein Kratzer. Also kam ich her und legte mich sofort ins Bett. Aber ich bin froh, dass ihr alle hier seid. Sehr froh.«

Es gab jetzt kein Entrinnen mehr. Ich musste es soweit wie möglich genau wissen. Diese Anstrengung musste ich machen.

»Bijou Ardglass war mit einer Gesellschaft dort.«

Pilgrim sah mich erstaunt an.

»Das wussten Sie?«, sagte er.

»Ja.«

»Waren Sie auch eingeladen? Wenn ja, hatten Sie das Glück, eine andere Verabredung gehabt zu haben.«

»Sie waren ...«

»Bijous Tisch stand genau da, wo es durch die Decke kam.«

»Also ...«

»Es war leider Bijous letzte Party.«

Pilgrim sah zur Seite und führte schnell seine verbundene Hand über die Augen. Es war eine instinktive, in keiner Weise dramatische Geste.

»Aber die Übrigen?«

»Niemand in jener Ecke hat überlebt. Es war dort, wo der größte Schaden angerichtet wurde. Auf meiner Seite des Raums war es nicht so schlimm. Deshalb bin ich jetzt auch hier.«

»Sind Sie sicher, dass alle von der Ardglass-Gesellschaft ...«

»Die waren es, die ich mit rausgetragen habe«, sagte Pilgrim. Er sprach in einem ganz nüchternen Ton.

»Chips Lovell ...«

»Er war auch an dem Tisch.«

Moreland sah zu mir herüber. Mrs. Maclintick nahm Pilgrims Arm.

»Wie bist du denn selbst hierher zurückgekommen, Max?«, fragte sie.

»Eines der Feuerwehrautos hat mich mitgenommen. Stellt euch mal vor.«

»Hier«, sagte Moreland. »Trink mal etwas Bier.«

Pilgrim nahm das Glas.

»Ich kannte Bijou seit Jahren«, sagte er. »Ich kannte sie schon, als sie noch ein kleines Mädchen mit Zopf war, das versuchte einen Job in der Tanzgruppe zu kriegen. War irgendwie nicht gut genug. Ich kann mir nicht denken, warum, denn sie hatte das Theater von beiden Seiten in ihrem Blut. Wisst ihr, dass Bijous Vater den Abanazar in dem Weihnachtsmärchen ›Aladdin‹ gespielt hat, als meine Mutter der ›Erste Junge‹ in der gleichen Aufführung war? Wie auch immer, es hat sich für Bijou schließlich alles zum Besten gewendet. Hatte mehr Erfolge als Mannequin, als sie je im Theater gehabt hätte. Lernte reichere Männer kennen zum Beispiel.«

Es entstand eine Pause. Moreland räusperte sich umständlich. Mrs. Maclintick schniefte. In der Ferne ertönte, unerwartet früh, die Entwarnung. Ihr folgte, einen Augenblick später, eine näher gelegene Sirene.

»Diesmal hat's nicht lange gedauert«, sagte Moreland.

»Wieder einer dieser Abwurf-und-schnell-weg-Flieger«, sagte Pilgrim. »Ist wohl die augenblickliche Mode.«

»War es ein Einzelflugzeug, das das Madrid getroffen hat?«

»So ist es.«

»Ich koche Tee«, sagte Mrs. Maclintick. »Der wird dir guttun.«

»Genau das, was ich jetzt brauche, Audrey, meine Liebe«, sagte Pilgrim und seufzte. »Ich wusste nicht, was es war. Jetzt weiß ich es. Es ist Tee – und nicht Bier.«

Er trank das Bier dennoch. Mrs. Maclintick ging in die Küche. Es wurde mir klar, dass ich jetzt eine unangenehme Pflicht zu erfüllen hatte. Das war nicht zu vermeiden. Priscilla würde sobald wie möglich über das Madrid unterrichtet werden müssen. Wenn ich jetzt sofort bei den Jeavons anriefe, würde, mit etwas Glück, Molly Jeavons selbst am Apparat sein. Ich könnte ihr berichten, was geschehen war. Sie könnte dann die Nachricht weitergeben. So wie die Dinge lagen, würde es schon schlimm genug werden, auch nur Molly ins Bild zu setzen. Es war vielleicht unfair, von ihr zu verlangen, Priscilla zu informieren, aber wenigstens war Molly, nach allgemeiner Auffassung, von Natur aus für eine solche entsetzliche Aufgabe besonders geeignet – warmherzig; nicht allzu sensibel; die Bedürfnisse der

Hinterbliebenen unmittelbar erkennend; genau das sagend, was nötig war; emotional, aber durch Emotionen nie handlungsunfähig gemacht. Molly würde, wenn ich Glück hatte, diese Pflicht auf sich nehmen. Es bestand allerdings die Möglichkeit, dass Priscilla selbst am anderen Ende der Leitung sein würde. Das war ein Risiko, das ich in Betracht ziehen musste. Aus Feigheit schob ich den Anruf zunächst einmal auf, bis Mrs. Maclintick mit dem Tee zurückkehrte. Nachdem ich meine Tasse geleert hatte, fragte ich, ob ich das Telefon benutzen dürfe.

»Neben dem Bett«, sagte Moreland.

Pilgrim begann jetzt, laut vor sich hin zu sinnen.

»Seltsam, dass diese jungen Deutschen da oben versuchen, mich umzubringen«, murmelte er in sich hinein. »Ist auch undankbar. Ich hatte immer eine so schöne Zeit in Berlin.«

Das Schlafzimmer war in einem weit unordentlicheren Zustand, als Matilda das zu ihrer Zeit je erlaubt hätte. Ich setzte mich auf den Rand des Bettes und wählte die Nummer der Jeavons. Es ertönte kein Rufzeichen. Ich versuchte es erneut. Nach mehreren erfolglosen Versuchen, bei denen die Leitung stets tot blieb, rief ich die Vermittlung an. Es gab weitere Verzögerungen. Dann versuchte der Telefonist die Nummer der Jeavons. Auch das war erfolglos. Der Ruf drang nicht durch. Die Leitung war defekt. Ich gab auf und ging zurück zum Wohnzimmer.

»Ich komm nicht durch. Ich muss gehen.«

»Sie können die Nacht über hierbleiben, wenn Sie möchten«, sagte Mrs. Maclintick. »Sie könnten auf dem Sofa schlafen. Maclintick hat das in unserem Haus in Pimlico oft getan. Hat mehr Zeit da verbracht als im Bett.«

Das Angebot kam unerwartet und war, unter den Umständen, rührend. Ich erkannte, dass sie wahrscheinlich besser für Moreland zu sorgen in der Lage war, als ich angenommen hatte.

»Nein – aber haben Sie vielen Dank. Da es mit dem Telefon nicht geklappt hat, muss ich persönlich hingehen.«

»Priscilla?«, sagte Moreland.

»Ja.«

Er nickte.

»Welch eine Aufgabe«, sagte er.

Max Pilgrim schlug seinen Morgenmantel um sich. Er gähnte und streckte sich.

»Ich frag mich, wann der nächste kommen wird«, sagte er. »Ist schlimmer als das Warten, ehe der Vorhang hochgeht.«

Ich sagte ihnen gute Nacht. Moreland begleitete mich zur Tür.

»Ich nehme an, das musst du wohl tun?«, sagte er.

»Lässt sich kaum vermeiden.«

»Ich bin froh, dass ich es nicht tun muss.«

»Das kannst du wohl sagen.«

Es schien keine Taxis mehr in London zu geben. Ich ging eine Zeitlang zu Fuß. Dann hielt, völlig unerwartet zu dieser Stunde, ein Bus an der Haltestelle, an der ich gerade vorbeiging. Ohne mehr als die Vorstellung zu haben, dass er sich in südwestliche Richtung bewegte, stieg ich ein und fuhr mit bis zu einer Haltestelle in der Nachbarschaft der Gloucester Road. Von hier aus musste ich meinen Weg zu Fuß fortsetzen. Die Straßen zogen sich endlos dahin, und ich durchwanderte sie in dem Gefühl, mich auf einem jener nicht enden wollenden Märsche zu befinden, die wir in unseren Träumen absolvieren. Ich lief durch mehrere Seitenstraßen und erreichte schließlich eine Reihe von dunkelroten, im Renaissancestil erbauten Backsteinhäusern. In einem von diesen lebten die Jeavons seit zwanzig oder mehr Jahren – ein seltsames Zentrum der Gastlichkeit der verschiedensten Art, in das Chips Lovell selbst mich einst eingeführt hatte. An dem unteren Ende der Straße waren zwei Feuerwehrautos vorgefahren. Beim Licht elektrischer Taschenlampen huschten Feuerwehrleute und Luftschutzwarte hin und her durch eine der Haustüren. Dieses besondere Haus erwies sich als das der Jeavons. In der Dunkelheit konnte man nur wenig von dem sehen, was vor sich ging. Abgesehen von diesen undeutlichen Gestalten, die vor- und zurückliefen wie die Trolle in »Peer Gynt«, war nichts Ungewöhnliches an dem Haus zu bemerken. Es gab kein Anzeichen für einen Schaden an seiner Struktur. Einer der Luftschutzwarte mit Helm und Overall blieb bei den Stufen stehen und zündete sich eine Zigarette an.

»Ist das Haus getroffen worden?«

»Vor einer Stunde«, sagte er, »dieser letzte der Abwurf-und-schnell-weg-Flieger.«

»Ist jemand verletzt worden?«

Er nahm die Zigarette aus dem Mund und nickte.

»Ich kenne die Leute – sind sie zu Hause?«

»Sie kennen Mr. Jeavons und Lady Molly?«

»Ja.«

»Sie sind gerade erst hier angekommen?«

»So ist es.«

»Mr. Jeavons und ich gehören zur selben Luftschutzwartstation«, sagte er. »Sie haben ihn dort hingebracht. Sie geben ihm eine Tasse Tee.«

»Ist er verletzt worden?«

»Es war sie.«

»Schlimm?«

Der Luftschutzwart sah mich an, als ob ich die Frage nicht hätte stellen sollen.

»Sie haben es noch nicht gehört?«, fragte er.

»Nein.«

»Sie hat es nicht überlebt.«

Er sprach sofort weiter, so als ob es ihm irgendwie peinlich sei, so etwas verkünden zu müssen.

»Sie und die junge Lady«, sagte er. »Es passierte im hinteren Teil des Hauses. Man würde es nicht glauben, aber hier vorne ist auch nicht ein Fitzchen Schaden entstanden. Doch im Innern ist es 'ne ganze Menge, kann ich Ihnen sagen. Fürchterliche Sache. Hab sie oft gesehen. Waren immer sehr freundliche Leute. Haben ihre Zeitungen bei mir gekauft, genauer gesagt.

Wenn Sie sie kennen, da ist eine Dame im Haus, die kann Ihnen das alles erzählen.«

»Ich gehe dann rein.«

Er warf die Kippe seiner Zigarette weg und trat sie aus.

»Tschüs dann.«

»Tschüs.«

Er hatte Recht. Im Innern sah es schlimm aus. Eine Frau in irgendeiner Uniform gab den Leuten, die dabei waren aufzuräumen, Instruktionen. Sie erwies sich als Eleanor Walpole-Wilson.

»Eleanor.«

Sie sah sich um.

»Hallo, Nick«, sagte sie. »Gott sei Dank, dass du gekommen bist.«

Sie schien nicht im Geringsten erstaunt, mich zu sehen. Sie kam durch die Eingangshalle. Jetzt Mitte dreißig, sah Eleanor weniger ungewöhnlich aus als während ihrer Mädchenjahre. Ohne Zweifel, die Uniform stand ihr. Obwohl ihre ganze Erscheinung auch konventioneller geworden war, hatte sie sich das Fluidum eines Menschen bewahrt, der sich nie wirklich einem der beiden Geschlechter zugehörig fühlt. Sie war zwar groß und breitschultrig, aber nicht eigentlich eine ›männliche‹ Frau. Wäre sie es gewesen, hätte sie vielleicht stärker auf ihrer eigenen Lebensform bestanden.

»Du hast gehört, was passiert ist?«, fragte sie in einem schroffen Ton.

Auch die Art, wie sie sich gab, die im normalen gesellschaftlichen Zusammenleben immer so unpassend gewesen war, schien jetzt weit angemessener.

»Molly ist ...«

»Und Priscilla.«

»Großer Gott.«

»Auch einer der polnischen Offiziere – der nette. Dem anderen geht es ziemlich gut. Nur ein Schlag auf den Kopf. Das unglückliche Mädchen, das ein Norweger geschwängert hatte, ist ins Krankenhaus eingeliefert worden. Auch die wird wieder in Ordnung kommen, wenn sie den Schock überwunden hat. Ich weiß allerdings nicht, ob sie das Baby behalten kann.«

Es war offensichtlich, dass diese ganze Forschheit besonders darauf angelegt war, sie das alles besser überstehen zu lassen. Sie musste wirklich eine schlimme Zeit durchgemacht haben.

»Ein Mann unten an der Tür – einer der Luftschutzwarte – sagte, Ted sei zu ihrer Station gebracht worden.«

»Er war dort, als es passierte. Vielleicht haben sie ihn inzwischen auch ins Krankenhaus eingeliefert. Wie hast du von der Sache gehört. Ich wusste gar nicht, dass du in London bist.«

»Ich bin auf der Durchreise. Auf Urlaub.«

»Geht es Isobel gut?«

»Der geht es gut. Sie ist auf dem Land.«

Einen Augenblick lang fühlte ich mich nicht in der Lage, ihr etwas in angemessener Deutlichkeit zu erklären und die Barrikade aus unmittelbarem Handeln und schnellem Reden zu durchbrechen, mit der sie sich schützte. Es war wie in früheren Zeiten, wenn man versuchte, sie anzusprechen, während sie dabei war, einen ihrer Hunde mit einer Pfeife abzurichten, und nicht hörte, was andere Leute um sie herum sagten. Sie muss diese effektive Methode, sich gegen den Rest der Welt abzuschotten, früh in ihrem Leben entwickelt haben – zweifellos als eine Waffe gegen ihre Eltern und frühe Versuche, sie dazu zu bewegen, ein konventionelles Leben zu führen. Jetzt lief sie weiterhin in der Halle umher und räumte irgendwelchen Schutt weg. Sie trug grüne Gummihandschuhe, die mich an die weißen erinnerten, die sie immer auf den Bällen anhatte.

»Wir müssen darüber sprechen, wer über all das hier informiert werden muss – und in welcher Reihenfolge. Stehst du in Kontakt mit Chips Lovell?«

»Eleanor – Chips ist auch umgekommen.«

Sie hielt mit dem Aufräumen inne. Ich erzählte ihr, was im Madrid passiert war. Sie zog die grünen Handschuhe aus.

Irgendwelche Leute liefen ständig durch die Halle. Eleanor legte die Gummihandschuhe oben auf den Marketerieschrank, den Molly von ihrer Schwester nach deren Tod geerbt und den Ted Jeavons nie aus der Halle zu schaffen vermocht hatte.

»Lass uns nach oben gehen und uns ein wenig hinsetzen«, sagte sie. »Das genügt mir jetzt. Mehr kann ich im Augenblick nicht ertragen. Wir können im Salon sitzen. Das ist einer der Räume, die mit dem geringsten Schaden davongekommen sind.«

Wir gingen zum ersten Stock hoch. In dem Salon, der von Staub und herabgefallenem Verputz dick übersät war, verlief ein langer, gezackter Riss an einer Wand entlang. Zwei rechteckige, verfärbte Stellen zeigten an, wo der Wilson und der Greuze gehangen hatten. Diese Bilder waren vermutlich bei Ausbruch des Krieges an irgendeinen sichereren Ort geschafft worden – wie wohl auch eine große Anzahl von orientalischen Schalen und Krügen, die früher eine solche Rolle in der Einrichtung gespielt hatten. Sie mochten wertvoll oder absoluter Plunder gewesen sein; Lovell hatte immer darauf bestanden, das Letztere sei der Fall. Die Pastellbilder in marokkanischem Stil von unbekannter Hand waren verblieben. Sie hingen schief an den Wänden. Das Glas von einem, das den Titel »Ein Regentag in Marrakesch« trug, war zersplittert. Eleanor und ich setzten uns auf das Sofa. Sie begann zu weinen.

»Es ist alles so fürchterlich«, sagte sie. »Und ich hatte Molly so gern. Weißt du, sie mochte mich anfangs gar nicht. Als Norah und ich zusammenzogen, war Molly dagegen. Sie verbreitete die Geschichte, ich trüge einen grünen Porkpie-Hut und eine Fliege. Das stimmte nicht. Hab ich nie getan. Und außerdem, warum auch nicht, wenn mir danach war? Da war ich nun und lebte auf dem Land und züchtete Labradore und langweilte mich zu Tode, und das Einzige, das meine Eltern von mir erwarteten, war, dass ich heiratete, wozu ich nicht die geringste Lust hatte. Norah kam zu Besuch und schlug vor, wir sollten uns zusammen eine Wohnung nehmen. Das machten wir dann. Norah war immer ganz gut darin, Jobs in Geschäften zu kriegen und so was; und ich sah dann, dass alles das, was ich über Hunde wusste, auch irgendwie nutzbar zu machen war, wenn es darauf ankam. Außerdem, ich hatte immer für Norah geschwärmt.«

Ich hatte mich manchmal gefragt, wie Eleanors *ménage* mit Norah Tolland zustande gekommen war. Niemand schien es je zu wissen. Jetzt war das geklärt.

»Wo ist Norah jetzt?«

»In Schottland. Sie fährt für die Polen.«

Sie trocknete sich die Augen.

»Also los«, sagte sie. »Wir müssen so was wie einen Plan erstellen. Es hat keinen Zweck, hier einfach nur so herumzusitzen. Ich suche Papier und Bleistift.«

Sie begann, in einer der Schubladen zu wühlen.

»Hier haben wir ja was.«

Wir machten eine Liste mit Namen und notierten die Dinge, die zu tun sein würden. Einer der Luftschutzwarte kam nach oben, um uns zu sagen, dass für den Augenblick das Haus sicher bewohnt werden könne und dass sie jetzt nach Hause gingen.

»Wo wirst du die Nacht über bleiben, Nick?«

»In meinem Club.«

»Da ist vielleicht jemand, der dich ein Stück mitnehmen kann. Der Chef der Luftschutzwarte hat ein Auto.«

»Und was ist mit dir?«

»Ich komm schon zurecht. Es gibt ein Zimmer mit einem Bett hier im Souterrain. Ted hat es manchmal benutzt, wenn er sehr spät nach Hause kommen musste.«

»Ist wirklich alles in Ordnung mit dir?«

Sie wischte diese Frage ein wenig ärgerlich zur Seite. Wir fanden den Beamten der Luftschutzwacht.

»Gute Nacht, Eleanor.«

Ich küsste sie – etwas, das ich zuvor noch nie getan hatte.

»Gute Nacht, Nick. Grüße an Isobel. Es war wirklich ein

glücklicher Zufall, dass ich hier zu Besuch war, denn es wird noch 'ne Menge geben, das getan werden muss.«

Die Feuerwehrautos waren weggefahren. Die Straße war leer. Mir wurde bewusst, wie gut Eleanor in einer solchen Situation war. Auch Molly war gut gewesen, wenn es sich um Katastrophen handelte. Ich fragte mich, was mit Ted passieren würde. Das Erstaunliche war, dass das Haus von außen völlig normal aussah. Die Luftschutzwarte hatten eine Art Schild an der Haustür angebracht, das besagte, dass das Haus bombengeschädigt sei. Sonst deutete nichts darauf hin, dass es Ziel eines Luftangriffs gewesen war, bei dem mehrere Menschen den Tod gefunden hatten. Dieses Fehlen äußerer Anzeichen ließ sich mit dem Schicksal vergleichen, das das Madrid früher an diesem Abend ereilt hatte, als der Lärm der Gespräche in einem Restaurant ausgereicht hatte, den Alarm und das Getöse der Kanonen zu übertönen. Dies musste es sein, was Dr. Trelawney »den Schlächter des Osiris und seinen grässlichen, blutigen Tribut« genannt hatte. Ich fragte mich, ob Dr. Trelawney selbst noch lebte; wie Odo Stevens die Nachricht aufnehmen würde; ob Caroline, die Tochter der Lovells, von ihren Großeltern aufgezogen werden würde. Während ich über diese Dinge nachdachte, schien es mir, es sei noch gar nicht so lange her, dass Lovell, während unserer Fahrt zurück von den Filmstudios in seinem ungewöhnlichen Auto, vorgeschlagen hatte, wir sollten doch bei den Jeavons vorbeischauen, denn »der eigentliche Grund, warum ich Tante Molly besuchen will, ist, dass ich mir Priscilla Tolland noch mal ansehen will. Sie kommt ziemlich oft dorthin.«

3

Das erste Mahl, das man nach der Rückkehr von einem Urlaub in der Messe einnimmt, erweist sich immer als deprimierend. Der Raum, der Geruch, das Essen, die Anwesenden – zunächst schien sich nichts geändert zu haben, schien alles fade wie immer. Als ich meinen Platz am Tisch einnahm, erinnerte ich mich mit einem plötzlichen Gefühl erneuter Unbehaglichkeit, dass Stringham Dienst haben würde. Unter dem Druck anderer Geschehnisse hatte ich ihn ganz vergessen. Doch als man das Rindfleisch auftrug, wurde es von einem schlaksigen, rothaarigen, stotternden jungen Soldaten mit Hasenscharte herumgereicht. Von Stringham war nichts zu sehen. Der neue Kellner mochte auf Dauer angestellt oder nur als Ersatz für Stringham zur F-Messe abgeordnet sein, während dieser krank war, an einem Schießübungskurs teilnahm oder aus einem anderen Routinegrund abwesend war. Eine Gelegenheit, mich über seine Abwesenheit zu erkundigen und gleichzeitig kein besonderes persönliches Interesse an ihm zu verraten, ergab sich, als Soper sich über die Unfähigkeit des rothaarigen Jungen beschwerte, sich daran erinnern zu können, auf welcher Seite des Tellers allgemeiner Gepflogenheit zufolge Messer, Gabel und Löffel zu platzieren seien.

»Sind wie die Tiere, einige von denen«, sagte Soper. »Und wenn er dir eine Nachricht überbringen muss, bist du schon voller Spucke, ehe er noch halb damit fertig ist.«

»Was ist mit dem anderen passiert?«

Wenn man ihn mit einer Frage dieser Art konfrontierte, war Soper zunächst erst immer misstrauisch. Als er nach einigen Sekunden keine Gründe zu entdecken vermochte, warum mir mehr als nur oberflächliche Neugier unterstellt werden könnte, gab er mir eine sachliche, aber zögerliche Antwort.

»Er ist zur Feldwäsche gegangen.«

»Um dich zum zweiten Mal zu bitten, Soper«, sagte Macfie, »kannst du mir den Wasserkrug reichen?«

»Hier bitte, Doc. Sind diese Tabletten schon eingetroffen?«

Macfie sprach in einem schroffen Ton über die Tabletten, Soper antwortete verbindlich. Der Nachrichtenoffizier erwähnte die Anzahl von Grippefällen. Es kam zu einer allgemeinen Übereinstimmung, der sich eine Diskussion über die vorherrschenden Symptome anschloss. Das Thema Stringham musste erneut angegangen werden.

»Haben Sie ihn entlassen?«

»Entlassen, wen?«

»Den anderen Messekellner?«

»Was hat der mit Ihnen zu schaffen?«

»Ich wollte es nur mal wissen.«

»Er wurde von einem Tag auf den anderen zur Feldwäsche versetzt. Kam verdammt ungelegen für diese Messe. Er hätte seinen Job ganz ordentlich gemacht, wenn Biggy nicht dauernd auf ihm rumgehackt hätte. Ich hab mich beim SAGA darüber beschwert, dass uns so ein Kellner verlorengeht, aber er sagte, das muss so gemacht werden.«

Biggs war am Tisch zugegen, aber an diesem Tag wieder in einer griesgrämigen Stimmung. Er bestritt die Rolle, die er im Verlauf der Versetzung Stringhams gespielt hatte, nicht, bestätigte sie aber auch nicht. Er kaute auf einem besonders zähen Stück Fleisch herum und starrte gerade vor sich hin. Als ob Biggs gar nicht dort sitze, hing Soper weiter seinen Gedanken über die Aversion nach, die jener gegen Stringham empfand.

»Aus irgendeinem Grund brachte dieser Kerl Biggy zum Wahnsinn«, sagte er. »Irgendwas an ihm. Es war nicht nur die Art, wie er sprach. War zweifellos so ein bekiffter Typ. Ich weiß nicht, wie er da hingekommen ist, wo er war. Hatte 'ne gute Erziehung hinter sich. Das konnte ich wohl sehen. Man hätte gedacht, er hätte was Besseres finden können als Kellner in einer Messe. Hatte was auf dem Kerbholz, vermute ich. Ärger draußen im Zivilleben.«

Dass Stringham selbst einen Wechsel von der F-Messe in die Wege geleitet hatte, um der vergleichsweise harmlosen

Verfolgung durch Biggs zu entgehen, war, dachte ich, unwahrscheinlich. Man konnte sogar den Verdacht haben, dass er aus seinem Verhältnis zu Biggs eine bittere Art von Befriedigung zog und dass er dabei von einer jener wunderlichen Gefühlsverwirrungen geleitet war, die ihn überhaupt erst in die Armee gebracht hatten. Solche Empfindungen ließen sich nur schwer entwirren. Sie waren aber wohl auch nicht verwickelter als die übrigen Elemente, aus denen sich Stringhams Leben zusammensetzte – oder das Leben irgendeines anderen Menschen, wenn man es näher untersuchte. Nicht nur hatte er die Schlupflöcher missachtet, die zu einer Vermeidung des Kriegsdienstes einluden – sein Gesundheitszustand und, zu dieser Zeit noch, sein Alter –, sondern er hatte auch angesichts offensichtlich heftigen Abratens seitens der Rekrutierungsbehörden für ihn untypische Hartnäckigkeit gezeigt, um dorthin zu kommen, wo er war. Ein Aspekt dieser Entschlossenheit, unbedingt der Armee beizutreten, war zweifellos der Versuch, seine Selbstachtung zu retten, die während seiner Jahre mit Miss Weedon solchen Schaden erlitten hatte – wie groß ihre Verdienste auch immer sein mochten, ihn wieder auf die Füße gestellt zu haben. Eine angeborene Ruhelosigkeit spielte zweifellos auch eine Rolle; eine Vorliebe für Veränderungen, sogar für so etwas wie Abenteuer; und all das vermischte sich vielleicht zu einem vagen romantischen Patriotismus, dessen besonderer Reiz in seinen ironischen Konnotationen lag, in seinem absoluten Mangel an kontemporärem intellektuellen Prestige, sozusagen.

»Es ist schrecklich chic zu fallen«, hatte er gesagt.

Der Tod war ein Preis, den, zumindest oberflächlich betrachtet, der Krieg stets anzubieten hatte. Lovells Fall hatte gezeigt, wie das Unerwartete auch diejenigen innerhalb weniger Stunden erreichen konnte, die sich über einen Bürojob beklagten. Ich dachte über Stringhams mehr unmittelbare Situation nach. Es schien wahrscheinlich, dass er, als er von einer freien Stelle in den unteren Rängen der Feldwäscherei hörte, sich impulsiv entschlossen hatte, ein neues, vergleichsweise exotisches Gebiet des Armeelebens auf seiner selbstverordneten militärischen Pilgerreise zu erkunden. Es mochte sogar sein, dass Bithel sich Stringham als einen Mann vorgemerkt hatte, der der Einheit, die er befehligte, möglicherweise Ehre machen würde. Das, so schloss ich, sei sogar noch wahrscheinlicher. Ich hatte diese Überlegungen während einer jener langen Perioden des Schweigens in der Messe angestellt. Diese waren zwar weniger nervenaufreibend als jene am Tisch des Generals, aber in fast jeder Hinsicht noch trostloser. Biggs kam plötzlich und unerwartet auf das Thema zurück.

»Ich bin froh, dass dieser Scheißkerl weg ist«, sagte er. »Der hat mich umgebracht. Ganz sicher. Ich hab sowieso schon genug Ärger, ohne den noch hier um mich herum zu haben.«

Er sprach, als ob es ihm in der Tat eine große Erleichterung verschaffe. Ich musste mir selbst gegenüber zugeben, dass Stringhams Weggang auch für mich eine große Erleichterung bedeutete. Dieses Gefühl der Erlösung, der moralischen Erleichterung, wurde aber gleichzeitig durch mehr als eine Spur Schuldbewusstsein ausgeglichen, denn was die potentielle Verbesserung seiner Lage anging, hatte Stringham die F-Messe ohne die geringste Unterstützung meinerseits verlassen. Ich zerstreute solche Gewissensbisse durch die Überlegung, dass die Feldwäscherei, zumindest solange Bithel der kommandierende Offizier war, ein zweifelhaftes Zigeunerleben führte, das ihm, wenigstens so wie es den Anschein hatte, weniger undankbare Aussichten eröffnete als seine Tätigkeit als Messekellner. Wenn er in die Unterhaltungstruppe der Division aufgenommen werden würde, konnte es ihm vielleicht sogar gelingen, sein Debüt als Sänger zu geben – etwas, wovon er aufgrund einer kurzen Mitgliedschaft im Schulchor wiederholt gesprochen hatte. Kurz gesagt, mir schien, das Problem habe sich – nach einer ehrenhaften, sogar naiv-romantischen Geste seitens Stringhams – aufgelöst, indem er die am wenigsten unkongeniale Nische, die unter den gegebenen Umständen zur Verfügung stand, gefunden hatte. Dies war allein eine Vermutung von mir. Sie war wahrscheinlich weit entfernt von Stringhams persönlichem Ehrgeiz, falls dieser überhaupt schon klar formuliert war.

»Was ist es, das dich quält, Biggy?«, sagte Soper. »Du bist heute gar nicht du selbst.«

»Ach, Scheiße verflucht«, sagte Biggs. »Ich hab einen Haufen Ärger. Diese Rechtsanwälte werden mir das Fell über die Ohren ziehen.«

Als ich Widmerpool an diesem Nachmittag sah, sprach ich mit ihm darüber, dass Stringham jetzt bei der Feldwäscherei war.

»Es war meine Idee, ihn dort hinzuschicken.«

»Eine sehr gute Idee.«

»Es schien mir die Lösung zu sein.«

Widmerpool führte nicht weiter aus, was er getan hatte. Ich war überrascht und ziemlich beeindruckt von der Geschwindigkeit, mit der er gehandelt hatte, besonders angesichts seiner früheren Bemerkung, man solle Stringham dort lassen, wo er war. Offensichtlich hatte Widmerpool über die Sache nachgedacht und entschieden, dass einiges dafür spreche zu versuchen, Stringhams Leben angenehmer zu machen, so sehr das auch einer Lebensregel zuwiderhandeln würde, die die Missachtung des Individuellen verlangte. Ich hatte das Gefühl, Widmerpool dieses Mal falsch beurteilt, zu bereitwillig die zur Schau gestellte trostlose Fassade akzeptiert zu haben, die, zumindest in Stringhams Fall, einen komplexen Wunsch verschleiern mochte, seine gute Natur, in wie großen Abständen diese sich auch regte, zu verbergen.

Ich erachtete es als notwendig, General Liddament aufzusuchen und ihm über die von mir verpasste Gelegenheit hinsichtlich France Libre zu berichten. Die Sache war, aus Sicht des Generals, von zu geringer Bedeutung, um ihn über seinen Adjutanten Greening um einen Gesprächstermin zu bitten. Also musste ich warten, bis ich den Divisionskommandeur allein antreffen würde. Da ich ihn während der täglichen Routine nur selten zu Gesicht bekam, ergab sich die Gelegenheit dazu erst wieder während eines Manövers. Die Pflichten des Verteidigungszuges brachten es mit sich, dass ich morgens gewöhnlich als Erster zum Frühstück erschien, selbst noch vor Cocksidge, der sonst dabei immer die Vorhut des Stabes bildete. Der General wechselte seine Gewohnheiten, manchmal kam er früh, manchmal spät. An jenem Morgen erschien er noch vor Cocksidge, der sich, wie sich später herausstellte, wegen eines zerrissenen Schuhbands oder wegen eines Schnitts beim Rasieren seines gummiartigen Gesichts verspätete, am Frühstückstisch. Nachdem der General seinen Tee getrunken hatte, entschloss ich mich, ihn anzusprechen.

»Ich bin in London bei Major Finn gewesen, Sir.«

»Finn?«

»Ja, Sir.«

»Wie geht es ihm?«

»Sehr gut, Sir. Er lässt Sie grüßen. Er meint, mein Französisch sei nicht gut genug für Liaison-Aufgaben auf Bataillonsebene.«

»Ach.«

Das war General Liddaments einziger Kommentar. Er trank noch mehr Tee in großen Schlucken und studierte dabei eine Landkarte. Die Tatsache, dass Cocksidge eine oder zwei Minuten später den Raum betrat, hatte, glaube ich, nicht den geringsten Einfluss auf diese Unterhaltung; ich meine insofern, als vielleicht eine weitere Diskussion meiner eigenen Angelegenheiten durch den General stattgefunden hätte. Die war bereits beendet. Cocksidge war ganz außer sich, als er sah, dass der Divisionskommandeur schon fast sein Frühstück beendet hatte.

»Entschuldigen Sie bitte, Sir«, sagte er, »aber ich glaube, man hat Ihnen die angeschlagene Tasse gegeben. Ich werde sie sofort auswechseln, Sir. Ich weiß nicht, wie oft ich schon mit dem Messefeldwebel über diese Tasse gesprochen habe, Sir, und ihm gesagt habe, dass er sie nie einem höheren Offizier und schon gar nicht Ihnen, Sir, geben soll. Ich werde veranlassen, dass es nie wieder passiert, Sir.«

Militärische Auseinandersetzungen in Syrien hatten gezeigt, warum es einen Ruf nach mehr britischen Liaison-Offizieren für France Libre im Ausland gegeben hatte. Ich dachte daran, wie dem 9. Regiment der Kolonialen Infanterie von jemandem mit einer besseren Beherrschung der Sprache – und einem größeren schauspielerischen Talent – als ich sie besaß, Strafpredigten gehalten würden. Dann griffen die Deutschen Kreta an. Man hatte den Eindruck, dass die Dinge dort einen nicht allzu guten Verlauf nähmen. Unterdessen wurde die Ausbildung der Division fortgesetzt; Strategien, Einheiten nahmen kohärentere Formen an, erhärteten sich; neue Waffen wurden ausgegeben; die Instrukteure wurden besser. Der Posten des kommandierenden Offiziers der Aufklärungseinheit blieb weiterhin unbesetzt. Ich fragte Widmerpool, ob er Fortschritte bei dem Versuch gemacht habe, seinen eigenen Kandidaten durchzubringen. Er war über die Frage nicht erfreut.

»Es sind Schwierigkeiten aufgetaucht.«

»Jemand anderes kriegt den Posten?«

»Ich verstehe nicht so ganz, was vor sich geht«, sagte Widmerpool. »Ich hatte in der letzten Zeit keine Gelegenheit, mich mit der Sache zu beschäftigen. Dieser Diplock-Fall hat so viel von meiner Zeit in Anspruch genommen. Je tiefer ich da hineinschaue, desto schuldiger scheint Diplock zu sein. Es wird höllischen Ärger geben. Hogbourne-Johnson beträgt sich sehr schlecht, ist mir gegenüber persönlich beleidigend und tut sein Bestes, den Mann zu schützen und die Sache zu behindern. Das wird nichts nützen. Ich bin zuversichtlich, in der Lage zu sein zu zeigen, dass Diplocks Verhalten nicht nur vorschriftswidrig, sondern kriminell gewesen ist. Pedlar ist fast ebenso wenig geneigt, das Schlimmste anzunehmen. Aber wenigstens steht Pedlar der Sache verhältnismäßig unvoreingenommen gegenüber, wenn er auch etwas langsam im Denken ist.«

»Weiß der General von Diplock?«

»Hogbourne-Johnson meint, es gibt noch nicht genügend Beweismaterial, um ihn damit zu befassen.«

Ich glaubte, in der Sache Diplock sei Widmerpool auf der richtigen Spur. Es gibt nur wenige Aspekte menschlichen Handelns, die außerordentlicher sind als die Art und Weise, wie alte Kämpen wie dieser Unterfähnrich-Büroleiter plötzlich in ein schwerwiegendes Fehlverhalten verfallen – gewöhnlich wegen einer Frau. Diplock mochte sehr wohl eine Karriere geringfügiger Unehrlichkeiten hinter sich haben, dies aber sah nach etwas weit Ernsthafterem aus.

»Da du die Aufklärungseinheit erwähnt hast –«, sagte Widmerpool, »es muss noch geklärt werden, wie das mit dem Offiziersbestand aussehen soll. Wenigstens einer der beiden Hauptmannsränge, die dieser Einheit zugeteilt wurden, ehe sie überhaupt gegründet war, ist noch – dank einer Laune des Generals – an einer anderen Stelle besetzt. Das ist eines der Dinge, die ich dir heute Abend zurücklassen werde und mit dem du dich näher beschäftigen sollst.«

»Offiziersbestand ohne Truppen erinnert mich immer an ›Die toten Seelen‹. Ein militärischer Tschitschikow könnte zuerst Bataillone sammeln, dann Brigaden und schließlich eine Division – und zum Generalmajor befördert werden.«

Ich sagte das, um Widmerpool aufzuziehen, war mir aber ziemlich sicher, dass er noch nie eine Zeile von Gogol gelesen hatte, doch kaum je zugeben würde, eine Anspielung, sei sie nun literarischer oder anderer Art, nicht erkannt zu haben. Bei dieser Gelegenheit nickte er nur mehrere Male mit dem Kopf; dann kehrte er zu der Tatsache zurück, dass er, im Gegensatz zu seiner üblichen Praxis, an diesem Abend nach dem Essen die Arbeit nicht wieder aufnehmen würde.

»Ausnahmsweise werde ich heute Abend meine Bürostunden abkürzen«, sagte er. »Ich habe diesen Mann – sein Name ist mir im Moment entfallen – von der Abteilung des Staatssekretärs für das Militär, der gerade hier auf Dienstreise ist, zum Dinner eingeladen.«

»Ist das wegen der Ernennung im Zusammenhang mit der Aufklärungseinheit?«

Widmerpool zwinkerte; das tat er nur, wenn er ausnehmend guter Laune war.

»Wichtiger als das«, sagte er.

»Für dich?«

»Das Dinner gibt vielleicht einer bestimmten Sache den letzten Schliff.«

»Beförderung?«

»Wer weiß? Das liegt eigentlich schon seit einiger Zeit in der Luft.«

Widmerpool erlaubte sich nur selten einen solchen freien Abend. Er arbeitete wie ein Automat. Arbeit, ob im Zivilleben oder beim Militär, war sein einziges Interesse. Hinzu kam, dass er, wenn es nach ihm ging, auch seinem Assistenten nie einen Abend freigab, denn von jedem, der unter ihm diente, wurde erwartet, dass er das mit dem ganzen Ausmaß seiner Kräfte tat – eigentlich etwas völlig Angemessenes. Das Ergebnis war, dass in dem Büro des SAGA eine große Menge Arbeit erledigt wurde; einiges davon nützlich, anderes weniger nützlich. Man musste zugeben, dass insgesamt gesehen die nützliche Arbeit einen großen Prozentsatz der Zeit und Energie wieder ausglich, die auf Widmerpools Lieblingsprojekte, von denen es mehrere gab, verschwendet wurden. Ich dachte über diese Dinge nach, während ich an jenem Abend, bevor ich das Hauptquartier verließ, um ins Bett zu gehen, Papiere im Safe verstaute. Ich machte ihn zu und schloss ihn ab. Es war um zehn Uhr herum. Das Telefon begann zu klingeln.

»Büro des SAGA.«

»Nick?«

Die Stimme klang vertraut. Dennoch, ich konnte sie nicht sofort einordnen. Kein Offizier im Divisionshauptquartier gebrauchte diesen intimen Tonfall, wenn er meinen Namen aussprach.

»Am Apparat.«

»Ich bin's, Charles.«

Das brachte mich nicht weiter. Soweit ich mich erinnern konnte, hieß kein Mitglied des örtlichen Stabs Charles. Es musste sich um jemanden handeln, der erst kürzlich hier angekommen war und mich kannte.

»Charles wer?«

»Rekrut Stringham, Sir – verzeihen Sie die Anmaßung.«

»Charles, ja, tut mir leid.«

»Gut, dass ich dich noch angetroffen habe.«

»Stimmt. Ich war gerade dabei zu gehen. Woher wusstest du, dass ich hier bin?«

»Ich hab zuerst die F-Messe angerufen – als Adjutant von General Fauncefoot-Fritwell.«

»Wer in aller Welt ist General Fauncefoot-Fritwell?«

»Einfach nur ein Name, der mir eingefallen ist, weil er wie der eines höheren Offiziers klingt, der einen Adjutanten hat – also mach dir keine Gedanken, wenn Hauptmann Biggs, der, glaube ich, am Apparat war, dir gegenüber den General erwähnt. Er wird dir sagen, dass keine Nachricht hinterlassen wurde. Hauptmann Biggs, wenn er es denn war, klang ziemlich beeindruckt, sogar sehr verängstigt. Er sagte mir, du arbeitetest wahrscheinlich noch, es sei denn, du seist auf dem Weg zurück. Ich muss sagen, die kriegen euch Offiziere ganz schön ran.«

»Aber Charles, worum geht es eigentlich?«

Ich vermutete, er müsse betrunken sein, und fragte mich, was ich am besten tun könne. Dies war genau eine dieser peinlichen Situationen, die Widmerpool vorausgesehen hatte. Sie konnte unangenehm werden. Mich überkam einer jener Momente – sie stellten sich von Zeit zu Zeit ein –, in denen ich innerlich davon überzeugt war, dass es durchaus einiges gab, das für Widmerpools Ansichten sprach. Allerdings klang Stringham völlig nüchtern; doch völlig nüchtern zu klingen war eine jener Eigenschaften, die er bekanntermaßen sehr wohl zur Schau zu stellen vermochte, nachdem er eine Menge getrunken hatte. Dies galt besonders für die Periode, die seinem totalen Untergang unmittelbar vorausgegangen war. Ich hatte ein ungutes Gefühl.

»Ja, ich muss zur Sache kommen, Nick«, sagte er. »Ich werde schrecklich geschwätzig in meinem hohen Alter. Es ist das Kasernenleben. Also, entschuldige, dass ich dich noch zu so später Stunde angerufen habe, was, das weiß ich wohl, der guten Ordnung und Disziplin widerspricht. Tatsache ist, ich sehe mich mit einem Problem konfrontiert.«

»Was ist passiert?«

»Du kennst meinen Offizier, Mr. Bithel?«

»Natürlich.«

»Dann wird dir ja auch bewusst sein, dass er – wie mein früheres unerneuertes Selbst – manchmal das ist, was unser vormaliger Mentor, Mr. Le Bas, einen Verehrer des Bacchus zu nennen pflegte.«

»Bithel ist betrunken?«

»Richtig. Du hast es gleich erfasst. Er hat die dionysischen Riten ziemlich übertrieben.«

»Er ist bewusstlos?«

»Genau.«

»Wo?«

»Ich bin grad auf meinem Weg zurück ins Bett über seine flach auf der Erde liegende Form gestolpert. Als ich plötzlich und unerwartet von der F-Messe wegversetzt und Mr. Bithels glorreichem Kommando unterstellt wurde, betrug er sich bei meiner Ankunft mir gegenüber sehr freundlich. Das ist er dann auch die ganze Zeit gewesen. Ich hege deshalb dankbare Gefühle für ihn. Ich dachte – um weitere Gefahr, physische oder moralische, von ihm abzuwenden –, du hättest vielleicht eine Idee, wie man ihn ohne unnötige Verzögerung dahin zurückbefördern könnte, wo auch immer er hingehört. Sonst fühlt sich noch irgend so ein wichtigtuerischer Mann von der zivilen oder militärischen Polizei verpflichtet, den Leutnant in den Bau zu stecken. Ich bin mir nicht sicher, wo er hingehört. Die G-Messe, oder? Aber ihn dahin zu bringen, schaffe ich nicht ganz so ›alleinio‹, wie es in einem Song der Jahrhundertwende heißt. Ich frag mich, ob du vielleicht einen Vorschlag hast.«

Dieser Notfall hatte Stringham merklich aufgeheitert. Das war selbst über das Telefon zu spüren. Mir blieb keine Wahl.

»Ich komme dahin. Wie steht es mit dir? Bleibt dir noch Zeit?«

»Ich habe Spätausgang.«

»Und wo bist du genau?«

Stringham beschrieb die Stelle, die nicht weit von der Straße entfernt lag, in der wir uns bei jener früheren Gelegenheit begegnet waren. Der Ort war etwa zehn Minuten zu Fuß vom Hauptquartier entfernt; etwas weiter von der G-Messe, wo Bithel schlief.

»Ich werde über Mr. B. Wache halten, bis du hier eintriffst«, sagte Stringham. »Im Moment lehnt er außer Gefahr gegen die Stufen eines ausgebombten Hauses. Bring eine Taschenlampe mit, wenn du eine hast. Es ist stockdunkel hier und stinkt schlimmer als Käse.«

Durch eine unglaubliche Kette glücklicher Umstände hatte es Bithel, wenn auch nur gerade so, erreicht, einer Untersuchung des Militärgerichts wegen eines geplatzten Schecks zu entgehen, die ihm in der Nacht des mittelschweren Luftangriffs vor mehreren Wochen solche Sorgen bereitet hatte. Widmerpool hatte jedoch jetzt kategorisch erklärt, er sei im Begriff, Bithel des Kommandos über die Feldwäscherei zu entheben, und täte es, sobald seine Verhandlungen über diese Sache mit der Behörde, in deren Verantwortungsbereich die Wäscherei letztlich fiel, zufriedenstellend abgeschlossen seien. Dies mochte ein Urteil sein, gegen das es keinen Einspruch gab, stellte jedoch keinen Grund dar, die Hilfe dabei zu verweigern, Bithel in dieser Nacht in sein eigenes Bett zu bekommen, statt ihn von der Militär- oder Ortspolizei aufgreifen zu lassen. Es war sogar möglich, dass die definitive offizielle Benachrichtigung von seiner endgültigen Entlassung zu diesem Alkoholexzess geführt hatte – etwas, das Bithel bisher immer in vernünftigen

Grenzen zu halten vermocht hatte. Er würde zweifellos untröstlich darüber sein, das Kommando über die Feldwäscherei verloren zu haben, zumal gesagt wurde, er habe sie mit ziemlichem Erfolg geführt. Falls ihm Derartiges zu verstehen gegeben worden war, fühlte er sich vielleicht zusätzlich beunruhigt, weil eine Enthebung fast unweigerlich den ersten Schritt zu seinem endgültigen Ausschluss aus der Armee bedeuten würde. Bithel war stolz darauf, in der Armee zu sein; sie sicherte ihm außerdem seinen Lebensunterhalt. Von all dem einmal abgesehen, musste ich Stringham dabei unterstützen, Bithel zu retten. So erschienen mir die Dinge. Ich inspizierte das Büro ein letztes Mal, um sicherzugehen, dass keins der Papiere, die eingeschlossen werden sollten, noch außerhalb des Safes war, und verließ dann das Hauptquartier.

Draußen auf der Straße war es unmöglich, ohne Taschenlampe mehr als einen Meter weit zu sehen. Trotzdem fand ich den Ort ohne große Schwierigkeiten. Stringham lehnte, Hände in seinen Taschen, gegen die Wand eines Hauses, das eine oder zwei Wochen zuvor nach einem Brandbombeneinschlag ausgebrannt war. Er rauchte eine Zigarette.

»Hallo, Nick.«

»Wo ist Bithel?«

»Oben auf dieser Treppe. Ich hab ihn da raufgezogen, damit er nicht im Weg ist. Vor einem Moment schien er zu sich zu kommen. Aber dann ist er wieder zurückgesunken. Lass uns raufgehen und ihn uns ansehen.«

Bithel lehnte unter dem Vordach gegen die Eingangstür des Hauses; seine Beine hingen die Treppe hinunter; sein Kopf lag auf seiner Schulter. Dies alles zeigte sich bei einem Aufflammen der Taschenlampe. Er murmelte etwas in sich hinein. Wir untersuchten ihn.

»Wohin muss er?«, fragte Stringham.

»Die G-Messe. Das ist nicht zu weit von hier.«

»Können wir ihn mit den Füßen nach vorne tragen?«

»Keine verlockende Aussicht in der Dunkelheit. Können wir

ihn nicht aufwecken und zwingen zu laufen? Im Krieg muss jeder einsehen, dass er besondere Anstrengungen zu machen hat. Warum sollte Bithel davon ausgenommen sein?«

»Wie streng du immer gegenüber menschlicher Schwäche bist, Nick.«

Wir schüttelten Bithel, der wieder leichte Anzeichen des Erwachens erkennen ließ, zumindest insofern als diese raue Behandlung Laute des Protest aus ihm herauspresste.

»... Schüttle uns nicht, alter Junge ... schüttle uns nicht so ... warum machst du denn das? ... fühl mich fürchterlich davon ... ich kotze gleich ... das tue ich bestimmt ...«

»Bith, du muss dich jetzt zusammenreißen, du musst zurück zu deinem Quartier.«

»Was hast du gesagt ...?«

»Kannst du aufstehen? Wenn ja, halten wir dich von beiden Seiten.«

»... Kann mich nicht an deinen Namen erinnern, alter Junge ... hab dich nicht gesehen in dieser letzten Kneipe ... da war überhaupt kein Offizier zu sehen ... war ganz froh darüber ... spreche lieber mit diesen jungen Kerlen, ohne dass viele Majore ihre Nasen da reinstecken ... man muss mit den einfachen Soldaten in Kontakt bleiben ... liegst nie sehr falsch, wenn du das tust ... musst dich außerhalb der Dienstzeit für sie interessieren ... dann wurde es spät ... konnte meinen Weg nach Hause nicht finden ...«

»Es *ist* spät, Bith. Deshalb müssen wir dich jetzt ins Bett bringen. Ich bin Nick Jenkins. Wir geleiten dich jetzt zur G-Messe.«

»Nick Jenkins ... waren im selben Regiment ... Erinnerst du dich ... ›Mr. Vice – den Toast auf den König‹ ... dann hast du ...«

»So war's.«

»›Auf den König‹ ...«

Bithel schrie die Worte. Er drehte sich auf einen Ellenbogen und tat so, als hebe er ein Glas.

»Auf den König, Bith.«

»Hab das alte Regiment geliebt… Trinke auf *Das Regiment*… waren keine feigen Socken… ›Das Alter soll sie nicht… dada… und auch die Jahre nicht verdamm'n‹ …«

»Also los, Bith, streng dich mal an.«

»… ›Und bei dem Untergang der Sonne… ja, das war's… gedenken ihrer werden wir‹ …«

Er begann plötzlich mit einer dünnen, piepsenden Stimme, nicht unähnlich der Max Pilgrims, zu singen.

»Folgen, folgen wollen Davies wir,
Folgen Davies, wie auch immer er uns führt.«

»Bith.«

»Erinnerst du dich, wie wir an diesem Weihnachtsabend nach dem Dinner im ganzen Haus herumgetollt sind … als wir in dem früheren Bankgebäude untergebracht waren … immer hinter Oberst Davies her … unter die Tische … über die Stühle … könnte es jetzt nicht mehr, und wenn du mir fünf Pfund geben würdest … Gott, ich glaub wirklich, ich muss kotzen …«

Mit enormer Anstrengung konnten wir ihn auf die Füße stellen. Die plötzliche Änderung seiner Körperposition erwies sich als zu viel für Bithel, der seine eigene digestive Verfassung richtig eingeschätzt hatte. Nach langem Erbrechen schien er merklich nüchterner zu sein. Wir hatten ihm erlaubt, auf alle viere zu sinken, während er seinen Magen erleichterte. Jetzt hoben wir ihn zur Vorbereitung unserer Reise zurück zur G-Messe wieder auf seine Füße.

»Wenn du gehen kannst, Bith, bringen wir dich jetzt nach Hause. Stringham, einer deiner Männer, ist hier, um zu helfen.«

»String…«

»Hier, Sir«, sagte Stringham, der sehr zu lachen begonnen hatte. »Stringham von der Feldwäscherei meldet sich zur Stelle.«

Der Name, verbunden mit dem seines Kommandos, belebte Bithel ein wenig. Vielleicht erinnerte er ihn an den Titel einer jener Abenteuergeschichten, die ihm als Jungen so sehr gefallen hatten; und zweifellos hätten die pikaresken Operationen der Feldwäscherei auch einen fesselnden Roman von George Alfred Henty abgegeben.

»Dieser Uni-Mensch, den der SAGA mir geschickt hat?«

»Genau der, Sir.«

»Das einzig Gute, das mir Major Widmerpool je angetan hat…«

Stringham lachte jetzt so sehr, dass wir Bithel wieder auf den Boden setzen mussten.

»Ich weiß genau, wie Sie sich gerade fühlen, Sir«, sagte Stringham. »Niemand könnte das besser wissen.«

»Stringham ist ein Uni-Mensch … wie du, Nick … Wusstest du das? … Ein guter Typ … hab einige feine Jungs in der Wäscherei … bin stolz, sie zu kommandieren … Feldwebel Ablett … großartiger Typ … Du solltest ihn hören, wenn er ›Der Mann, der sprengt' die Bank von Monte Carlo‹ singt … ruft Erinnerung wach an das alte Varietétheater … aber Stringham ist der einzige Uni-Mensch …«

Die Emotionen, die Bithel befallen hatten, drohten sich wieder in Bewusstlosigkeit zu verkehren. Er begann schwer zu atmen. Wir versuchten, ihn vom Pflaster hochzuheben.

»Eins der Dinge, die ich an ihm mag«, sagte Stringham, »ist die Tatsache, dass er im nüchternen Zustand kaum anders ist. Trinken macht ihn nicht zu einem widerlichen Menschen. Im Gegenteil. Wie gut ich das Gefühl kenne, nach ein paar Doppelten die ganze Welt zu lieben. Da ich nicht mehr trinke, liebe ich auch nicht länger die ganze Welt – genau genommen nicht einmal einen kleinen Teil von ihr.«

»Dennoch, bei dieser Gelegenheit hast du dir die Mühe gemacht, den guten Samariter zu spielen.«

»Er ist schließlich mein kommandierender Offizier – und er ist mir gegenüber sehr freundlich gewesen. Ich kenne immer noch so etwas wie Dankbarkeit, wenn mir auch allgemeine freundliche Gefühle gegenüber der Menschheit abgehen.

Ich mag Dankbarkeit, denn sie ist die seltenste Tugend und sehr schwer zu entwickeln. Zum Beispiel fühle ich mich Tuffy gegenüber nie auch nur annähernd dankbar genug. In einer Hinsicht schäme ich mich, sagen zu müssen, dass ich mir sogar einer gewissen Verbitterung ihr gegenüber bewusst bin. Die gute Tat von heute Nacht wurde mir einfach nur auf einem Tablett serviert. Ich hab inzwischen einen solchen Seelenzustand entwickelt, dass ich selbst Widmerpool gegenüber Dankbarkeit empfinde. Das gereicht mir doch zur Ehre, oder? Weißt du, Nick, er hat sich besonders dafür eingesetzt, dass ich von der F-Messe zur Feldwäscherei versetzt wurde – einfach nur aus purer Freundlichkeit. Wer hätte das von Widmerpool gedacht? Das hab ich von Mr. Bithel selbst gehört, der ebenfalls sehr erstaunt darüber war, dass der SAGA angemessenes Personal für ihn gefunden hatte. Ich muss sagen, ich fand die Vorstellung sehr anziehend, dass ich meine militärischen Erfahrungen erweitern könne. Nebenbei bemerkt, es gibt einige echte Schätzchen in der Wäscherei. Ich weiß nicht, wie ich Widmerpool meine Dankbarkeit zeigen kann. Indem ich ihm aus dem Weg gehe, nehme ich an. Das Einzige, das ich nicht verstehen kann, ist Mr. Bithels Besessenheit vom Universitätsleben. Als er das Thema aufbrachte, habe ich ihm erläutert, dass meine eigenen Tage am College zu den melancholischsten in einem Leben zählten, das ganz gewiss nicht frei von Schatten war.«

Während der ganzen Zeit, in der Stringham sprach, versuchten wir, Bithel dazu zu bringen, sein Bewusstsein wiederzuerlangen. Es gelang uns schließlich, ihn in Bewegung zu setzen.

»Also, wenn du uns jetzt führst, Nick, werden wir den Leutnant in kurzer Zeit ins Bett stecken können.«

Nachdem wir Bithel dazu gebracht hatten, zwischen uns über das Pflaster zu stolpern, ging es trotz der stygischen Dunkelheit ziemlich rasch voran. Ja, wir mussten bereits etwa hundertdreißig Meter von der G-Messe entfernt gewesen sein, ehe überhaupt etwas Unangenehmes passierte. Dann aber gab es ein Desaster, das schlimmste, das geschehen konnte. Stringham und ich, mit einem etwas Unverständliches murmelnden Bithel zwischen uns, gingen gerade um eine Ecke, als eine Gestalt, die eilig aus der anderen Richtung kam, heftig mit unserer Gruppe kollidierte. Dieser starke Aufprall bewirkte, dass Stringham Bithels Arm losließ und auch ich, überrascht und unfähig, das ganze Gewicht alleine zu tragen, Bithel freigeben musste, der schwer zu Boden sank. Die Person, die mit uns zusammengestoßen war, stolperte ebenfalls und fluchte und leuchtete mir einen Moment später mit einer Taschenlampe ins Gesicht, so dass ich weder sie noch sonst etwas sehen konnte.

»Was zum Teufel geht hier vor?«

Das war ohne Zweifel die Stimme Widmerpools, besonders gut zu erkennen, wenn er ärgerlich war. Sein Quartier befand sich ebenfalls in der Nachbarschaft. Er war nach dem Dinner mit seinem Bekannten von der Abteilung des Staatssekretärs für das Militär auf seinem Weg zurück zur B-Messe. Es handelte sich hier um eine äußerst unglückliche Begegnung. Das Einzige, das ich tun konnte, war, mir so schnell wie möglich eine offensichtliche Entschuldigung für Bithels Zustand auszudenken und das Beste zu hoffen.

»Dieser Offizier muss in der Dunkelheit zu Fall gekommen sein«, sagte ich. »Er war bewusstlos. Wir bringen ihn zurück zu seinem Quartier.«

Widmerpool leuchtete uns mit seiner Lampe nacheinander an.

»Nicholas ...«, sagte er, »Bithel ... Stringham ...«

Es lag Erstaunen in seiner Stimme, als er den Namen Stringhams erwähnte, kein Wohlwollen. Da er unsere Identitäten jetzt kannte, bestand keine Hoffnung mehr, ohne zusätzliche Erklärungen weitergehen zu können.

»Charles Stringham fand Bithel betäubt auf dem Boden liegend. Er rief mich an. Wir bringen ihn gerade zurück zur G-Messe.«

Das hätte vielleicht einigermaßen überzeugend geklungen, wenn nur Bithel selbst ruhig geblieben wäre. Doch der letzte

Fall schien ihn, wenn schon nicht ernüchtert, so doch wenigstens aus der Betäubung geschüttelt zu haben, in die er zuvor gefallen war. Ohne irgendwelche Hilfe von uns Übrigen erhob er sich jetzt von dem Pflaster. Er nahm Widmerpool beim Arm.

»Muss nach Hause gehen …«, sagte er. »Muss nach Hause gehen … hab zu viel von dem verdammten Starkbier getrunken … widerliches Zeug, wenn man es mit Gin-and-Italian mixt … wär schlimm, wenn ich der Militärpolizei über den Weg laufen würde …«

Dann begann er wieder zu singen, doch jetzt mit einer leiseren Stimme als zuvor.

»Folgen, folgen wollen Davies wir …«

Die restlichen Worte des Songs wurden in diesem Moment von dem plötzlich einsetzenden Fliegeralarm übertönt. Für mich bedeutete sein heulendes Auf und Ab einen Ruf zur Pflicht, den ich nicht überhören durfte. Bithels Schwierigkeiten, so gewichtig sie auch sein mochten, mussten mir jetzt als zweitrangig gelten im Hinblick auf meine Aufgabe, für die Kampfbereitschaft des Verteidigungszuges und ohne Verzögerung für den Aufbau seiner Maschinengewehre zum Einsatz gegen die Flieger zu sorgen. Es bestand die Chance, dass Widmerpools Aufmerksamkeit durch die Sirene von der Notwendigkeit, Bithel nach Hause zu bringen, abgelenkt werden würde. Warum sollte er nach dem Ertönen des Alarms noch länger auf der Straße verweilen? Sein methodischer Geist mochte ihm sagen, dass es korrektes Verhalten sei, einen Luftschutzraum aufzusuchen. Er tat jedoch nichts Dergleichen, sondern befreite sich nur von Bithel, indem er ihn gegen die Wand stieß. Er muss die Situation völlig erfasst, muss sofort eingesehen haben, dass das Wichtigste jetzt war, Bithel selbst aus dem Weg zu schaffen. Er konnte kaum Zweifel darüber hegen, warum Bithel auf dem Pflaster liegend gefunden worden war, akzeptierte aber gleichzeitig, dass es keinen Sinn ergab, an Ort und Stelle einen großen Aufstand zu machen. Um disziplinarische Maßnahmen würde er sich, wenn erforderlich, später kümmern. Dies war weder die richtige Zeit noch der richtige Ort dazu.

»Ich werde ihn jetzt euch überlassen müssen. Ich muss sofort diese Maschinengewehrposten verteilen.«

»Ja los, mach, dass du zu deinem Verteidigungszug kommst«, sagte Widmerpool. »Dalli, dalli. Stringham und ich werden diesen Trunkenbold zurück ins Bett bringen. Ich werd dafür sorgen, dass es das letzte Mal ist, dass die Armee Ärger mit ihm hat. Das hier wird die Sache nur beschleunigen, die schon eingeleitet ist. Nimm ihn an der einen Seite, Stringham.«

Bithel lehnte noch gegen die Mauer. Stringham nahm ihn wieder beim Arm. Dabei wandte er sich Widmerpool zu.

»Es ist interessant, sich ins Gedächtnis zu rufen, Sir«, sagte er, »dass ich mich bei unserer letzten Begegnung selbst in einem bewegungslosen Zustand befand. Sie und Mr. Jenkins waren es, die mich auf so freundliche Weise ins Bett brachten. Das beweist, dass Besserung möglich ist, dass Rollen sich umkehren können. Ich habe ein neues Blatt aufgeschlagen. Stringham gehört nun zu den Rängen der Nüchternen wie der Tapferen.«

Ich wartete Widmerpools Antwort nicht mehr ab. Die Kanonen hatten zu schießen begonnen. Ich musste meinen Helm holen, ehe ich die Runde zu den einzelnen Abteilungen machte. Nachdem ich mir die nötige Ausrüstung besorgt hatte, ging ich meinen Pflichten nach. Der Verteidigungszug kam in dieser Nacht gut in die Gänge.

»Die kommen immer am Mittwoch«, sagte Feldwebel Harmer. »Man könnte genauso gut aufbleiben und auf sie warten.«

Was Fliegerangriffe anging, war diese Nacht gar nicht so übel. Sie flogen früh wieder nach Hause. Wir waren vor halb eins im Bett.

»Keine Neuigkeiten für mich, nehme ich an, Sir?«, fragte Unteroffizier Mantle, ehe er seine Abteilung wegführte.

Ich sagte ihm, ich würde noch einmal mit dem SAGA reden. Es ergab sich, dass ich mich am folgenden Morgen Angelegenheiten des Verteidigungszuges widmen musste, so dass ich Widmerpool erst am Nachmittag sah. Ich war darüber nicht traurig, denn das gab ihm Zeit abzukühlen. Nach der Bithel-Affäre war schlechte Laune, sogar ein richtiggehender Krach zu erwarten. Doch diese Einschätzung erwies sich als ein Irrtum. Als ich in das Zimmer kam, machte Widmerpool den Eindruck, mehr als gewöhnlich mit sich selbst zufrieden zu sein. Er schob die Papiere vor sich zur Seite, offensichtlich in der Absicht, sofort mit mir über die Ereignisse der vorherigen Nacht zu sprechen, statt zunächst die Routinearbeiten des Nachmittags zu erledigen und eine unangenehme Nachbesprechung über das Thema erst am Ende der Tagesarbeit zu veranstalten – wie es seine bevorzugte Praxis war, wenn er wegen irgendeiner Sache Ärger machen wollte.

»Na«, sagte er.

»Bist du mit Bithel fertig geworden?«

»Gewiss doch.«

»Was ist passiert?«

Meine Frage zielte darauf ab zu erfahren, was sich auf den nächsten etwa hundert Metern der Straße, die zu der G-Messe führte, abgespielt hatte und wie Bithel physisch in sein Zimmer befördert worden war. Widmerpool zog es dagegen vor, sie als eine Erkundigung zu verstehen, die sich auf die endgültige Lösung des lokalen Problems Bithel bezog.

»Ich hab heute Morgen mit dem ›A und Q‹ gesprochen«, sagte er. »Bithel ist mit sofortiger Wirkung beurlaubt worden. Er wird in Kürze aus der Armee entlassen werden.«

»Durch das Militärgericht?«

»Nicht nötig – eine rein administrative Versetzung ins Zivilleben spart sowohl Zeit als auch Ärger.«

»Das ist möglich?«

»Bithel selbst ist der Meinung, dass das der beste Weg ist.«

»Du hast mit ihm gesprochen?«

»Ich hab ihn heute Morgen als Erstes hier einbestellt.«

»Wie ging es ihm?«

»Ich hab keine Ahnung. Sein Gesundheitszustand kümmert mich nicht. Ich bot ihm einfach nur die Alternative zwischen dem Militärgericht und einem angemessenen Bericht an, der ihn für ungeeignet erklärt, weiter Offizier zu sein. Die administrativen Dokumente, mit denen er in kürzestmöglicher Zeit aus der Armee entlassen wird, sind unterwegs. Klugerweise hat er zugestimmt, allerdings nicht ohne eine ganz merkwürdige Szene zu machen.«

»Welche Art von Szene?«

»Tränen rannen seine Wangen hinunter.«

»Er war traurig?«

»So schien es wohl.«

Diese Episode war für Widmerpool eindeutig von negativem Interesse. Dass er kein Mitleid für Bithel empfand, schien durchaus verständlich; aber es war ein deutliches Zeichen seines absoluten Mangels an Interesse für Menschen an sich, dass die verschiedenen Begleitumstände dieser Unterredung – ihr allein schon in physischer Hinsicht (angesichts dessen, was Bithel am Abend zuvor getrunken haben musste) grotesker Charakter zum Beispiel – so wenig Eindruck auf ihn gemacht hatten, dass er es nicht für wert hielt, über sie zu sprechen. Andererseits unterstrich die klare Haltung, die er eingenommen hatte, seine Fähigkeit, Probleme von der Art, wie Bithel sie darstellte, entschlossen anzugehen. Widmerpools Methode war das Gegenteil von der Rowland Gwatkins, meines ehemaligen Kompaniechefs, der zu einem früheren Zeitpunkt mit einer anderen der unbefriedigenden Inkarnationen Bithels konfrontiert gewesen war. Als Bithel während eines Gasabwehrkurses auf Castlemallock zu viel getrunken hatte, setzte Gwatkin ihn ohne abschließenden Erfolg unter strengen Arrest. Dann unterließ er es, die notwendigen Formalitäten hinsichtlich einer Arretierung in der Armee einzuhalten, mit dem Ergebnis, dass das ganze Verfahren kollabierte. Zwar war das nicht allein Gwatkins Schuld gewesen; dennoch, von Gwatkins eigenem Standpunkt aus gesehen, hatte sich sein Handeln als völliger Fehlschlag erwiesen. Bei Widmerpool dagegen gab es keine Melodramen, nur effektive Beseitigung des Körpers. Das Bithel-Problem war gelöst. Falls Bithel weiterhin die Kriegsanstrengungen behindern sollte, würde er das in seiner Eigenschaft als Zivilist tun.

»Schade, dass es gestern Nacht diesen Fliegeralarm gab«, sagte er in einem ziemlich scharfen Ton. »Wir hätten diesen Knilch an Armen und Beinen wie einen Gefangenen zurück zu seinem Quartier tragen können. Ich hab schon mal gesehen, wie drei Leute das gemacht haben.«

»Wer wird jetzt die Wäscherei kommandieren?«

»Es ist bereits ein anderer Offizier ernannt. Er wird heute Abend eintreffen – vielleicht ist er sogar schon da. Ich werde ihn sehen wollen. Nebenbei bemerkt, es besteht so etwas wie eine kleine Alarmbereitschaft.«

»Welcher Art?«

»Die Feldwäscherei hat den Befehl erhalten, bereit zu sein, innerhalb von achtundvierzig Stunden verlegt zu werden. Das erfordert den sofortigen Einsatz des neuen Offiziers, der erst heute Abend übernimmt. Ich hatte den Befehl in ein oder zwei Wochen erwartet und nicht, dass er ganz so früh kommen würde. Wie gewöhnlich muss wieder alles in Eile abgewickelt werden.«

»Bithel sollte sowieso gehen?«

»Natürlich – aber nur zum Infanterieausbildungszentrum. Jetzt wird er die Armee ganz verlassen.«

»Wird die Division verlegt?«

»Die Befehle für die Wäscherei haben nichts mit dem Verband als solchem zu tun. Es sind Feldwäschereien angefordert worden. Unter uns gesagt, ich habe Grund anzunehmen, dass diese hier für den Fernen Osten bestimmt ist, aber natürlich ist ihr Bestimmungsort ein Geheimnis – und du darfst auf keinen Fall irgendwo erwähnen, dass ich dieser Auffassung bin.«

»Du hast schon einige Zeit gewusst, dass sie verlegt werden?«

»Die Nachricht ist gekommen, als du auf Urlaub warst.«

»Du kanntest sie, als du Stringham versetzt hast?«

»Das war genau der Grund, warum ich ihn zur Feldwäscherei schickte.«

»Also wird er in den Fernen Osten gehen?«

»Wenn das das Ziel der Wäscherei ist.«

Dies war zweifellos eine äußerst willkürliche Behandlung eines alten Bekannten.

»Wird er denn gehen wollen?«

»Keine Ahnung.«

Widmerpool sah mich verständnislos an.

»Ich vermute, aufgrund seines Alters könnte er da rauskommen.«

»Warum sollte er da rauskommen wollen?«

»Also, er sieht nicht so aus, als ob er besonders gesund wäre. Wie du selbst neulich gesagt hast: Er hat eine Zeitlang ganz viel geschluckt.«

»Aber du warst es doch, der vorgeschlagen hat, er sollte von dem Job als Messekellner wegkommen«, sagte Widmerpool nicht ohne Ungeduld. »Das war der Grund, warum ich in der Angelegenheit überhaupt etwas unternommen habe. Ich hab darüber nachgedacht und bin, per Saldo, zu der Ansicht gekommen, dass du Recht hattest mit deiner Meinung, Stringham sollte dort nicht sein – ja, sollte überhaupt nicht an diesem Hauptquartier sein. Jetzt scheinst du unzufrieden mit dem, was passiert ist. Warum sollte es auch deine Aufgabe sein – oder gar noch meine –, Stringham in Watte zu packen? Jedenfalls kannst du dir doch wohl nicht vorstellen, dass er hierbleibt, nachdem er und zwei Offiziere beim Divisionshauptquartier, einer davon ihr SAGA, gemeinsam damit befasst waren, einen dritten Offizier ins Bett zu befördern, weil dieser betrunken auf der Straße gelegen hatte. Du hast mir versichert, Stringham würde nicht eine Peinlichkeit für uns werden. Aber genau das ist eingetreten.«

»Aber Stringham ist doch ganz vertraut mit der Vorstellung, Betrunkene ins Bett zu befördern. Wie er gestern Nacht sagte: Wir beide haben ihn doch selbst einmal ins Bett befördert.

Es ist unvorstellbar, dass sein Verhalten dadurch beeinflusst würde, dass er bei Bithel geholfen hat – besonders, da Bithel jetzt weg ist.«

»Das hat damit gar nichts zu tun.«

»Was denn dann?«

»Nicholas, hast du noch nie das Wort Disziplin gehört?«

»Aber außer uns weiß es doch niemand – oder war Barker-Shaw oder sonst jemand noch auf, als ihr Bithel zur G-Messe brachtet?«

»Niemand – wie es sich glücklicherweise herausstellte. Aber das macht nicht den geringsten Unterschied aus. Stringham könnte nach einem solchen Zwischenfall unmöglich hierbleiben. Ich beglückwünsche mich für meine Voraussicht, diese Maßnahmen im Zusammenhang mit ihm getroffen zu haben. Im Hinblick auf dieses Hauptquartier muss man sagen, je weiter er weg ist, desto besser. Lass mich noch hinzufügen, dass diese ganze Sache allein eine Frage des Prinzips ist. Stringhams Gegenwart hätte nicht länger irgendeinen Einfluss auf mich persönlich.«

»Warum nicht?«

»Weil ich diesen Verband verlassen werde.«

Diese Information brachte ein neues, ein beunruhigendes Element in unser Gespräch. Ich war verärgert, sogar empört über Widmerpools Haltung Stringham gegenüber, über seine Gleichgültigkeit hinsichtlich dessen, was mit ihm passieren würde, abkommandiert jetzt nach Gott weiß wohin. Doch nun drohte Schlimmeres. Eigennutz, gleichermaßen unattraktiv in seiner äußeren Erscheinung und seinem inneren Wesen nach, ist, dennoch, eine Notwendigkeit für das Überleben des Individuums. Er sollte vielleicht nicht allzu sehr verachtet werden, und sei es auch nur aus diesem Grund. Verachtet oder nicht, wie aktiv er ist, zeigt sich meist sofort. Jetzt, angesichts Widmerpools Hinweis, dass er wegginge, wurde mir in einer unbehaglichen Weise bewusst, wie sich eigennützige Besorgnisse schnell und dröhnend in den Vordergrund drängten. Was waren Widmerpools Intentionen, jetzt, wo er irgendwo anders hinging, im Hinblick auf mich? Würde mein Schicksal für ihn von ebenso geringem Interesse sein wie das Stringhams? Das waren meine unmittelbaren Gedanken.

»Bist du befördert worden?«

»Im Sinne einer sofortigen Rangerhöhung – nein. Wenn es darum geht, ob meine Aufgaben nun auf einer höheren – auf einer unermesslich höheren – Ebene als dem Divisionshauptquartier angesiedelt sind – ja.«

»Das Kriegsministerium?«

Widmerpool hob leicht seine Hand; gleichzeitig erlaubte er einem kurzen Lächeln, sein Gesicht zu erhellen – als Hinweis auf die Höhe, eine ihrem Ausmaß nach stratosphärische Höhe, zu der er im Begriff war aufzusteigen und die weit jenseits irgendeiner Institution mit traditionell so prosaischen, um nicht zu sagen schäbigen, Aufgaben lag wie das Kriegsministerium. Er verschränkte seine Arme.

»Nein«, sagte er, »nicht das Kriegsministerium, bin ich dankbar, sagen zu können.«

»Wo dann?«

»Die Kabinettsbüros.«

»Ich weiß nicht genau, was das heißt.«

»Ein Eingeständnis, das mich nicht überrascht.«

»Es ist die allerhöchste Stelle?«

»So könnte man es beschreiben.«

»Wie sonst noch?«

»Die Kabinettsbüros umschließen, in einer Hinsicht, das Aktionsgebiet, in dem das Verteidigungsministerium – die Stabschefs, wenn du so willst – in unmittelbarem Kontakt miteinander und der Regierung dieses Landes, dem Premierminister selbst, stehen.«

»Aha.«

»Du wirst also die Tatsache anerkennen, dass die Entfernung Stringhams von diesem Hauptquartier nicht den geringsten persönlichen Einfluss auf mich hat.«

»Gehst du sofort?«

»Ich hab es im Augenblick nur inoffiziell gehört. Ich stelle mir vor, es ist eine Sache von einer Woche, vielleicht weniger.«

»Hast du eine Vorstellung, was mit mir passieren wird, wenn du weg bist?«

»Keine.«

Es lag etwas Eindrucksvolles in seinem totalen Mangel an Interesse an dem Schicksal aller anderen Menschen, außer seinem eigenen. Vielleicht war es aber auch nicht der Mangel an Interesse an sich – der ja bei vielen Menschen zu beobachten ist –, sondern die Tatsache, dass er sich gar nicht die Mühe machte, dies unter einer mehr oder weniger heuchlerischen Hülle zu verbergen.

»Du lässt mich also auf dem Trockenen sitzen?«

»Ich bezweifle allerdings, dass es meinem Nachfolger erlaubt sein wird, einen Assistenten zu haben. Meine ganz eigenen Methoden, energiegeladener als die der meisten anderen, resultierten in einer für einen bloßen SAGA ungewöhnlichen Menge an Arbeit. Trotzdem hat es kürzlich Druck von oben gegeben, mich dazu zu bewegen, auf deine Dienste zu verzichten.«

»Hast du irgendetwas im Auge für mich?«

»Nichts.«

»Aber du sagtest, du würdest versuchen, etwas für mich zu arrangieren.«

»Daran kann ich mich nicht erinnern – und außerdem, was könnte ich arrangieren?«

»Also wird es das Infanterieausbildungszentrum für mich sein?«

»Das kann ich mir vorstellen.«

»Keine besondere Aussicht.«

»Die Armee bietet meistens nur wenig einladende Aussichten«, sagte Widmerpool. »Denk mal an die Monate, die ich hier festgesessen und meine Zeit und, wenn ich das sagen darf, meine Fähigkeiten vergeudet habe. Wir sind nicht Soldaten, um einfach nur eine schöne Zeit zu verleben. Wir sind dabei, einen Krieg zu führen. Lass mich dir sagen, dass es nichts überraschend Brillantes in deiner Arbeit – deinem Fleiß, deinen Fähigkeiten – gibt, das mich dazu veranlassen könnte, mich mit Nachdruck für gute Aufgaben für dich einzusetzen. Zusätzlich zu dem, was man nur als deine mittelmäßigen Qualitäten als Stabsoffizier betrachten kann, warst du es, und niemand anders, der es für angebracht hielt, mich in diesen ganzen Bithel-Stringham-Kuddelmuddel einzubeziehen. Das hätte sich als sehr peinlich für mich erweisen können. Nein, Nicholas, wenn du dein Gewissen erforschst, wirst du feststellen, dass es sehr wenig gibt, über das du dich beschweren kannst.«

Er seufzte, ob über meine eigene Undankbarkeit oder über menschliche Schwachheit im Allgemeinen vermochte ich nicht zu entscheiden. Cocksidge erschien an der Tür.

»Der ›A und Q‹ wünscht Sie zu sprechen, Sir«, sagte er. »Sofort. Sehr dringend. Er hat den Chef der Militärpolizei bei sich.«

»Gut.«

»Ich höre, dass Sie uns vielleicht verlassen, Sir«, sagte Cocksidge. Sein Ton war mehr ölig als unterwürfig.

»Es hat sich herumgesprochen, ja?«, sagte Widmerpool wohlwollend.

Ich hatte den Eindruck, dass er das Gerücht selbst in die Welt gesetzt hatte. Er ging den Korridor hinunter. Cocksidge wandte sich mir zu, wobei sich seine mittelprächtige Unterwürfigkeit, die gerade einem höheren Stabsoffizier gegolten hatte, in eine Haltung wandelte, die ihm mehr für die Behandlung eines Fähnrichs, der nicht einmal Mitglied des Stabs war, angemessen erschien.

»In der Nacht, in der Sie zuletzt diensthabender Offizier waren, Jenkins, hat die Pionierkompanie ihren routinemäßigen Telefonkontakt fünf Minuten später bekommen, als Sie in Ihrem Bericht angeben.«

»Er ist ganz normal mit den anderen herausgegangen.«

»Was ist denn dann passiert?«

»Ich vermute, der diensthabende Offizier der Pioniere hat das nicht unmittelbar eingetragen, oder seine Uhr ging falsch.«

»Ich werde das näher untersuchen«, antwortete Cocksidge.

Er sagte das in einem drohenden Ton, so als ob er weitere Erklärungen erwarte. Ich erinnerte mich jetzt, dass ich in der Tat den Kontakt zu den Pionieren aus irgendeinem trivialen Grund einige Minuten später als zu den Übrigen hergestellt hatte. Ich blieb jedoch bei meiner Behauptung. Die Sache hatte nicht die geringste praktische Bedeutung. Falls Cocksidge die Absicht hatte, Ärger zu machen, müsste er Untersuchungen auf sich nehmen, die ihm erhebliche Mühen bereiten würden. Bei den zu erwartenden mageren Vorteilen für ihn war das unwahrscheinlich. Er verließ den Raum und schlug die Tür hinter sich zu. Das Telefon klingelte.

»Major Farebrother vom Kommando ist hier unten, Sir. Er möchte mit dem SAGA sprechen.«

»Schicken Sie ihn herauf.«

Dies war das erste Mal, dass Sunny Farebrother dem Divisionshauptquartier einen Besuch abstattete. In der letzten Zeit hatte es weniger Konflikte, sogar weniger direkte Kontakte zwischen ihm und Widmerpool gegeben. Entweder waren ihre alten Feindseligkeiten abgeklungen, oder, vermutete ich, andere, wichtigere Angelegenheiten hatten beide beschäftigt gehalten. Die Neuigkeit, die Widmerpool gerade über sich verkündet hatte, bestätigte diese Ansicht. Farebrother war, es sei denn, er hatte sich stark verändert, gewiss auf eine ähnliche Weise aktiv. In diesem Augenblick kam er durch die Tür, hielt eine Sekunde inne und salutierte dann mit der Formalität des Exerzierplatzes. Bis zu einem gewissen Grad konnte an der Art, wie jemand salutierte, wenn er einen Raum betrat, Militärpsychologie studiert werden. Offiziere, deren Rang zwischen dem eines Hauptmanns und dem eines Generals lag, pflegten manchmal diese Konvention zu missachten, wenn sie beim Eintreten unmittelbar nur einen Leutnant erblickten. Solche Offiziere, so ist mir aufgefallen, bewiesen oft ihre Unzulänglichkeit, wenn ernsthaftere Forderungen an ihre Fähigkeiten gestellt wurden. Nur wenige allerdings, selbst unter denen, die wussten, wie man sich zu benehmen hatte, brachten die Bewegungen mit einer solchen Zackigkeit zustande wie Farebrother gerade. Als er sich entspannt hatte, erklärte ich ihm, dass Widmerpool zu Oberst Pedlar gerufen worden sei und es etwas dauern könne.

»Ich bin nicht besonders in Eile«, sagte Farebrother. »Ich hatte eine andere Verabredung in der Nachbarschaft und dachte, ich sollte Kenneth einen Besuch abstatten. Ich werde warten, wenn ich darf.«

Ich bot ihm einen Stuhl an, und er nahm Platz. Sein Verhalten war freundlich, aber kalt. Er erkannte mich nicht wieder. Es bestand kaum ein Grund, warum er das nach fast zwanzig Jahren – wir waren damals nach einem Besuch bei den Templers zusammen mit dem Zug nach London gefahren – tun sollte. Ich erinnerte mich daran, wie hoch das Taxi mit seinen verschiedenen Gepäckstücken und Sportartikeln bepackt war, als sich unsere Wege am Bahnhof trennten. Da waren ein Gewehrkasten, ein Cricketschläger, eine Angel, vielleicht auch zwei Squashrackets gewesen.

»Sie müssen mal kommen und mit mir zu Mittag essen«, hatte er gesagt und dabei sein sehr offenes Lächeln aufgesetzt.

Er hatte sich seit jenem Moment erstaunlich wenig verändert. Eine Andeutung von Grau durchzog, hier und da, sein gepflegtes, helles Haar. Dieser leichte Hauch von Silber erhöhte noch die Aura von Distinguiertheit, sogar von moralischer Überlegenheit, die seine äußere Erscheinung stets vermittelte. Er hatte dem Bild, das er von sich darbot – nämlich ein Mensch zu sein, der ein Leben der Selbstverleugnung und Redlichkeit führte –, erlaubt, fast eine Spur von Selbstgerechtigkeit anzunehmen. Irgendwelche Auswüchse dieser Art wurden durch die soldatisch adrette Form seines Benehmens in Grenzen gehalten. Ich hielt ihn jetzt für Anfang fünfzig. Dieses mittlere Alter machte ihn mehr und mehr meiner Vorstellung von

Oberst Newcome ähnlich, allerdings von einem weltklügeren, unternehmungsfreudigeren Prototyp dieses alten Kriegers in Thackerays Roman. Sunny Farebrother konnte seine eigene Gewieftheit nie völlig verbergen, so sehr er das auch versuchte. Er war ein Oberst Newcome, der, anstatt in den Bankrott zu geraten, nach seinem Rückzug aus der Armee ein energischer Wirtschaftsboss wird; der einen Sitz im Vorstand der East India Company erhält und nicht auf dem Gelände des Charterhouse-Hospitals herumgeistert. Allerdings würde Farebrother gewiss die richtigen Formulierungen finden, um seiner Wertschätzung solcher historischen Gebäude oder sentimentalen Erinnerungen, mit denen er vielleicht selbst einmal verbunden war, Ausdruck zu geben. Dessen konnte man sicher sein. Er war kein Spieler, der eine nützliche Karte übersah. Vor allem aber verbreitete er ein Gefühl von Glätte um sich, von unsagbarer, überwältigender Glätte, wie Öl, das sacht aus dem Schnabel eines Gefäßes fließt, vollkommen kontrolliert von dem, der es gießt; eine weiche, glättende Flüssigkeit, die sich langsam, aber unwiderstehlich ausbreitet – sich ausbreitet, so muss gesagt werden, über ein unerwartet weites, ja riesiges Gebiet.

»Wie ist Ihr Name?«

»Jenkins, Sir.«

»Ah, wir haben manchmal am Telefon miteinander gesprochen.«

Die Uniform – die der Landwehreinheit eines Londoner Kavallerieregiments – hatte Farebrother kaum verändert, außer dass sie ihm den Anschein gab, jetzt angemessener gekleidet zu sein. Mütze, Feldjacke, Hosen – alle verbeult und abgetragen wie vormals seine Zivilkleidung – hatten ihm offensichtlich schon im vorherigen Krieg gute Dienste geleistet. Ausgefranst und glänzend vor Alter ließen sie ihn jedoch keineswegs in irgendeiner unzulässigen Weise heruntergekommen aussehen. Vielmehr verlieh ihm ihr hohes Alter die Patina verarmten Adels – eher eines Adels des Geistes als der gesellschaftlichen Klasse, einer tapferen Missachtung materieller Dinge. Sein

Sam-Browne-Gürtel war schlaff vom undenklich häufigen Polieren. Ich erinnerte mich an Peter Templers Bemerkung, dass Farebrothers ›Orden für herausragende Dienste‹ »ein besonders guter« gewesen sei; und daran, dass Farebrother selbst von dem ›Order of the British Empire‹, den er daneben trug, gesagt hatte: »Ich sagte ihnen, ich sollte ihn eigentlich auf meinem Hintern tragen müssen, weil es die einzige Medaille sei, die ich auf einem Stuhl sitzend gewonnen hätte.« Ob er nun etwas Derartiges – außer im Nachhinein – wirklich gesagt hatte oder nicht, er war in jener nicht-kriegerischen Position jedenfalls sehr wohl in der Lage, auf sich und seine Angelegenheiten achtzugeben, wie selbstsicher auch immer er im kriegerischen Einsatz sein mochte. Es war nicht überraschend, dass Widmerpool ihn hasste. Farebrother lehnte sich leicht nach vorn und verzog sein Gesicht, so als sei ihm selbst in diesem Augenblick die sitzende Position unangenehm. Er sah mich plötzlich an, als tue ihm etwas schrecklich leid.

»Ich habe leider eine ziemlich schlechte Nachricht für Kenneth«, sagte er, »aber es ist wohl besser, ich warte damit, bis er zurückkommt. Ich sag's ihm besser persönlich. Er fühlt sich sonst vielleicht verletzt.«

Er sprach in einem fast gequälten Ton. Ich dachte, jetzt sei der Zeitpunkt gekommen, ihm zu sagen, dass wir einander schon einmal begegnet seien. Farebrother hörte mit hochgezogenen Augenbrauen und einem breiten Lächeln zu, während ich kurz die näheren Umstände erläuterte.

»Das muss vor siebzehn oder achtzehn Jahren gewesen sein.«

»Kurz nachdem ich die Schule verlassen habe.«

»Peter Templer«, sagte er. »Das ist ein seltsamer Zufall.«

»Haben Sie in der letzten Zeit etwas über ihn gehört?«

»Ja allerdings. Vor dem Krieg sind wir uns natürlich im Finanzzentrum häufig begegnet.«

»Er ist jetzt irgendeinem Ministerium in beratender Funktion zugeordnet, nicht wahr?«

»Ökonomische Kriegsführung«, sagte Farebrother.

Er richtete seine sehr ehrlichen blauen Augen fest auf mich. Es lag etwas leicht Seltsames in diesem Blick.

»Er sagte mir, er sei nicht sehr glücklich dort, wo er ist«, sagte er. »Und als er hörte, dass ich mich selbst verändern würde, dachte er, ich sei vielleicht in der Lage zu helfen.«

Es war mir nicht klar, wie Farebrother helfen könnte; ich nahm aber an, dass das eher durch seine zivilen Kontakte möglich sei als in seiner militärischen Stellung. Er schien jetzt das Thema wechseln, nicht weiter über Templers unmittelbare Karriere sprechen zu wollen, wobei er fast den Eindruck erweckte, er habe das Gefühl, er sei vielleicht indiskret gewesen.

»Der alte Mann ist natürlich vor Jahren gestorben«, sagte er. »Er war ein alter Teufel, wenn es je einen gegeben hat. Der fleischgewordene Teufel.«

Ich war ein wenig überrascht, Farebrother Peter Templers Vater in solch herabsetzenden Worten beschreiben zu hören, denn bei unserer vorhergehenden Begegnung hatte er betont, welch ein »vortrefflicher alter Mann« Mr. Templer seiner Ansicht nach sei, hatte er ausgesprochen gefühlvoll von dessen guten Qualitäten gesprochen – von der Tatsache, dass er mit einer lobenden Fußnote persönlicher Erinnerung zu dem offiziellen Nachruf in der »Times« beigetragen hatte, ganz zu schweigen. Ich war mehr daran interessiert, über Peter als über seinen Vater zu sprechen, aber Farebrother wollte nicht auf weitere Details eingehen.

»Ich hab schon mehr gesagt, als ich sollte. Sie haben es durch die unerwartete Erwähnung des Namens sozusagen aus mir herauserstaunt.«

»Sie verlassen also das Kommando, Sir?«

»Da ich einmal damit begonnen habe, indiskret zu sein, werde ich jetzt damit auch fortfahren. Ich gehe zu einer der Nacht-und-Nebel-Shows.«

Von Zeit zu Zeit konnte man hören, wie über diese mysteriösen Sonderabteilungen, die sich von den normalen Aktivitäten des militärischen Dienstes abhoben, geflüstert wurde. In einer abgelegenen Einöde wie dem Divisionshauptquartier, wo ich mich befand, wurden sie nur mit angehaltenem Atem benannt. Farebrothers offenbare Gleichgültigkeit hinsichtlich der Aussicht, Teil von etwas so Esoterischem zu werden, erschien mir erstaunlich distanziert und nonchalant. Dennoch, die Art, wie er dies verkündete, hatte nicht das Geringste von einer Indiskretion an sich, offenbarte vielleicht aber gleichzeitig eine Spur von Selbstzufriedenheit.

»Ich steig zudem eine Stufe höher«, sagte er. »Wurde aber auch Zeit bei meinem Alter.«

Es war mir sofort sonnenklar, dass einer der Gründe für seinen Besuch beim Divisionshauptquartier in seinem Wunsch lag, Widmerpool über seine Beförderung zum Oberstleutnant zu informieren. Die Erkenntnis, dass wir uns in der Vergangenheit schon einmal begegnet waren, hatte seinem Verhalten jede Kühle genommen. Jetzt schien er es aus irgendeinem Grund sogar darauf anzulegen, mich zu einem Verbündeten zu machen.

»Wie kommen Sie so mit unserem Freund Kenneth aus?«, fragte er. »Ist manchmal ein bisschen schwierig, finden Sie nicht auch?«

Ich machte keinen Versuch, diese Bezichtigung zurückzuweisen. Widmerpool nahm in diesem Augenblick einen tiefen Rang in meiner Wertschätzung ein. Ich sah keinen Grund, meinen Groll über ihn zu verbergen. Farebrother freute sich über meine affirmative Reaktion.

»Ich habe nichts gegen einen Menschen, der es liebt, die Dinge auf seine eigene Weise zu tun«, sagte er, »aber was ich nicht mag, ist ein Gerangel um jede neue Instruktion des Armeerats, sobald sie eintrifft. Meinen Sie nicht auch? In dieser Hinsicht weiß Kenneth nie, wann er aufhören muss. Nicht nur das. Ich hab herausgefunden, er hat hinter meinem Rücken beim GMA Ihres Corps schlecht über mich gesprochen.«

Es war mir neu, dass Widmerpools Aktivitäten hinter den Kulissen ihn in der Hierarchie so hoch nach oben wie zu der relativ erhabenen Persönlichkeit des Generalmajors geführt hatten, der für die Administration des Corps des Hauptquartiers verantwortlich war.

»Ich sag das natürlich im Vertrauen«, sagte Farebrother, »und zu Ihrer eigenen Information. Kenneth kann manchmal hinsichtlich seiner eigenen Untergebenen ein wenig gedankenlos sein. Ich wage zu sagen, das haben Sie auch schon herausgefunden. Nicht dass ich etwas gegen Kenneth als Menschen oder als Stabsoffizier sagen würde. In vieler Hinsicht sind seine Fähigkeiten hier in diesem Job vergeudet.«

»Er verlässt ihn.«

»Wirklich?«

Trotz seiner Überzeugung, dass Widmerpools Talente keinen angemessenen Spielraum erhielten, schien Farebrother nicht besonders erfreut zu hören, dass sich das jetzt bald ändern werde. Seine folgende Frage war mit offenerer Neugier gestellt, als er sie bis dahin gezeigt hatte.

»Ich glaube nicht, dass es ein Geheimnis ist.«

»Selbst wenn es das ist, ich werd's nicht weitersagen. Was erwartet ihn?«

»Die Kabinettsbüros, hat er mir gesagt, obwohl es noch nicht offiziell ist, glaube ich.«

Farebrother stieß einen Pfiff aus; es war einer jener kruden Gefühlsausbrüche, die er sich von Zeit zu Zeit zu erlauben pflegte, die jedoch kaum mit der Würde seines übrigen Verhaltens im Einklang zu stehen schienen. Ich erinnerte mich, dass er einen ähnlichen, prustenden Laut mit seinen Lippen gemacht und gleichzeitig mit den Fingern geschnippt hatte, als während meines Besuchs bei den Templers der Name einer schönen Frau ins Gespräch gebracht worden war.

»Die Kabinettsbüros, du meine Güte«, sagte er. »Ist er befördert worden?«

»Ich höre, er geht in seinem gegenwärtigen Rang dorthin, glaubt aber, es bestehe eine gute Chance, sehr bald aufzusteigen.«

»Aha.«

Farebrother schien ein wenig erleichtert, dass Widmerpools Beförderung sich, wenn auch nur kurz, verzögert hatte. Er war sichtlich beunruhigt von dem, was er gehört hatte.

»Die Kabinettsbüros«, wiederholte er mit einiger Betonung. »Also, das ist wirklich sehr hoch. Ich hoffe nur, dass das, was ich ihm zu sagen habe, nicht daran etwas ändern wird. Aber wie ich schon sagte, damit will ich lieber warten, bis ich ihn sehe.«

Er schüttelte den Kopf. In diesem Augenblick kam Widmerpool ins Zimmer zurück. Er fummelte am Kragen seines Kampfanzugs herum, stets ein Zeichen, dass er verärgert war. Es schien, das Gespräch mit dem ›A und Q‹ hatte keinen guten Verlauf genommen. Dass er Farebrother dort sitzen sah, war ihm ebenfalls nicht willkommen.

»Oh, hallo, Sunny«, sagte er ohne große Wärme.

»Ich bin gekommen, um mich von dir zu verabschieden, Kenneth, und jetzt höre ich von Nicholas, dass auch du, wie ich, auf dem Sprung bist wegzugehen.«

Widmerpool zeigte sich leicht überrascht, dass Farebrother meinen Vornamen benutzte, erinnerte sich dann aber daran, dass wir uns schon früher begegnet waren.

»Ich vergaß, dass ihr beiden euch kennt«, sagte er. »Ja, ich gehe weg. Hat dir Nicholas auch gesagt, wohin?«

»Er hat so gut wie nichts verraten«, sagte Farebrother.

Nicht zum ersten Mal wurde mir bewusst, wie vorsichtig er sein konnte; und ich war dankbar dafür, obwohl Widmerpool offensichtlich wünschte, dass sein neues Ziel bekannt würde.

»Die Kabinettsbüros.«

Widmerpool konnte seine Genugtuung nicht verbergen.

»Also wirklich, alter Junge.«

Die verhältnismäßig große Begeisterung, mit der Farebrother diesen Kommentar zu füllen verstand, war so etwas wie ein Meisterstück der Verstellung.

»Es wird Arbeit bedeuten, morgens, mittags und abends«,

sagte Widmerpool. »Aber es wird zweifellos auch interessante Kontakte geben.«

»Ganz sicher, alter Junge, ich wette darauf – und eine Beförderung.«

»Möglich.«

»Sehr bald.«

»Ach, das weiß man in dieser verdammten Armee nie«, sagte Widmerpool. Der Gedanke an seinen neuen Job hatte seine Laune verbessert, was sich wie gewöhnlich daran zeigte, dass er in einen rau-jovialen Militärton verfiel, »aber was wird aus dir, Sunny, wenn du auch weggehst?«

»Eine dieser geheimen Shows.«

»Baker Street?«

»Es würde mich nicht überraschen.«

»Auch eine Beförderung?«

Farebrother nickte bescheiden.

»Das war der einzige Grund, warum ich angenommen habe. Ich brauch das Geld. Würde lieber etwas Unkomplizierteres tun, wenn ich die Wahl hätte.«

Widmerpool konnte es kaum freuen zu hören, dass Farebrother zum Oberstleutnant ernannt werden würde, während er selbst, für wie kurze Zeit auch immer, Major blieb. Ja, es ärgerte ihn wahrscheinlich, dass Farebrother überhaupt befördert wurde. Dennoch gelang es ihm – ein bei ihm selten anzutreffender Beweis von Selbstkontrolle –, keine Betroffenheit zu zeigen und sich selbst sogar so etwas wie einen Glückwunsch abzuringen. Der Grund dafür lag zweifellos zum Teil in der für ihn befriedigenden Natur seiner ihm zugesagten neuen Aufgaben, aber auch, wie er bei einer späteren Gelegenheit offenbarte, in der Geringschätzung, die er für die Organisation empfand, der sich anzuschließen Farebrother gerade im Begriff war.

»Ein Haufen Drückeberger, meiner Meinung nach«, sagte er später.

Farebrother war zweifellos scharfsinnig genug, ihre jeweilige zukünftige Situation von nahezu dem gleichen Standpunkt aus zu sehen, das heißt, sich darüber im Klaren zu sein, dass, obwohl er vielleicht für den Augenblick die Nase vorn haben mochte, zugegeben werden musste, dass Widmerpools Möglichkeiten, seine Ambitionen zu befrieden, sich eines weit größeren Spielraums erfreuten. Ja, er brachte diese Schlussfolgerung auch mit einigen Worten zum Ausdruck. Farebrother konnte sich diese Generosität sehr wohl erlauben, denn er hatte, wie sich herausstellte, einen weiteren Trumpf in seinem Ärmel. Er spielte diese Karte erst aus, nachdem sie sich ein paar Minuten über ihre neuen Jobs unterhalten hatten. Farebrother eröffnete seine Attacke, indem er abrupt von ihren persönlichen Angelegenheiten zu einem anderen Thema wechselte.

»Du bist darüber informiert worden, dass Ivo Deanery die Aufklärungseinheit kriegt?«, fragte er plötzlich.

Widmerpool war von dieser Frage überrascht. Er schien wieder ärgerlich zu werden.

»Noch nie was von ihm gehört«, sagte er.

Die Antwort klang, als ob sie gegeben wurde, um Zeit zu gewinnen.

»Bis vor kurzem Adjutant in meinem Kavallerieregiment«, sagte Farebrother. »Du könntest dir keinen lebhafteren Burschen vorstellen. Hat in Palästina das Militärkreuz verliehen bekommen, kurz vor dem Krieg.«

Widmerpool schwieg. Er schien nicht im Geringsten an Ivo Deanerys jugendlichen Heldentaten interessiert zu sein, welcher Art diese auch gewesen sein mochten. Ich vermutete, er wollte gegenüber Farebrother nicht zugeben, dass er selbst einen Kandidaten für den Posten des Kommandeurs der Aufklärungseinheit vorgeschlagen hatte und dass dieser Kandidat, nach dem, was gerade gesagt worden war, unterlegen sein musste.

»Ich wusste, dass du ein Interesse daran hattest, wer Kommandeur des Aufklärungsregiments sein würde«, sagte Farebrother in einem ganz beiläufigen Ton.

»Natürlich.«

»Ich meine, ein besonderes Interesse.«

»Da war nichts Besonderes dran«, sagte Widmerpool.

»Ach, wie ich höre, doch«, sagte Farebrother, der sofort einen verdutzten Ausdruck annahm, so als sei er sehr besorgt über Widmerpools Verneinung eines besonderen Interesses. »Eigentlich ist das der Hauptgrund, warum ich gekommen bin, um dich zu besuchen.«

»Sieh mal«, sagte Widmerpool, »ich weiß nicht, worauf du hinauswillst, Sunny. Wie kann man SAGA eines Verbands sein, ohne ein lebhaftes Interesse daran zu nehmen, wer zum Kommandeur seiner Einheiten ernannt wird.«

Er verlor langsam die Fassung.

»Der GMA glaubt, du seist ein wenig zu interessiert«, sagte Farebrother, jetzt in einem Ton übertriebener Betrübtheit. »Alter Junge, es wird einen höllischen Krach geben. Du bist ins Fettnäpfchen getreten.«

»Was meinst du damit?«

Widmerpool war jetzt äußerst beunruhigt, aber verängstigt genug, um seinen Ärger unter Kontrolle zu halten. Farebrother schaute fragend zu mir herüber, dann wanderten seine Augen zurück zu Widmerpool. Er hob seine Augenbrauen. Widmerpool schüttelte heftig den Kopf.

»Du kannst in seiner Gegenwart alles sagen, was du willst«, sagte er. »Er weiß, ich hatte jemanden für das Kommando der Aufklärungseinheit im Auge. Da ist doch nichts gegen zu sagen. Natürlich bedauere ich, dass mein Mann es nicht bekommen hat. Das ist alles, was dazu zu sagen ist. Warum regt sich der GMA dann auf?«

Auch Farebrother schüttelte den Kopf, aber langsam und betrübter als zuvor.

»Ich hab von dem GMA gehört, dass du ihn vor nicht langer Zeit persönlich wegen gewisser Dinge aufgesucht hast, mit denen ich selbst befasst war.«

Widmerpool errötete stark.

»Ich glaube, ich weiß, was du meinst«, sagte er, »aber das waren genauso gut meine Angelegenheiten wie deine.«

»Wäre es nicht besser gewesen, alter Junge, wenn du mir gegenüber erwähnt hättest, dass du ihn aufsuchen würdest?«

»Ich sah keinen Grund, das zu tun.«

Widmerpool fühlte sich keineswegs wohl in seiner Haut.

»Na ja«, sagte Farebrother in einem milden Ton, »der GMA glaubt, zu Recht oder nicht, dass du ihn hinsichtlich verschiedener inoffizieller Informationshappen, die du ihm andientest, irregeführt hast, besonders, weil er damals nicht wusste, dass du dich an anderer Stelle stark dafür eingesetzt hattest, dass ein gewisser Offizier einen Kommandeursposten erhielt, der noch unbesetzt war.«

»Wie hat er das herausgefunden?«

»Ich hab es ihm gesagt«, sagte Farebrother schlicht.

»Also, sieh mal …«, sagte Widmerpool.

Er war zu wütend, um den Satz zu beenden.

»Es lief darauf hinaus, dass der GMA sagte, er werde mit deinem General über diese ganze Angelegenheit sprechen.«

»Aber ich hab mich in keiner Weise inkorrekt verhalten«, sagte Widmerpool. »Es gibt nicht den geringsten Grund anzunehmen …«

»Glaub mir, Kenneth, ich bin absolut davon überzeugt, dass du nichts unternommen hast, an dem man offiziell den geringsten Anstoß nehmen könnte«, sagte Farebrother. »Ganz ehrlich. Deshalb hielt ich es für das Beste, meine Karten offen auf den Tisch zu legen. Der GMA ist manchmal ein wenig voreilig. Wie du sehr wohl weißt, neigen Amateursoldaten wie du und ich dazu, ihre Geschäfte in einer Weise anzugehen, die sich ziemlich von der Routine unterscheidet, die Berufssoldaten gewohnt sind. Wir lieben es, die Dinge prompt zu erledigen. Ich dachte nur, es sei schade, dass du zu dem GMA gegangen bist, um ihm all diese Dinge über mich zu erzählen. Das war der Grund, warum ich entschied, er sollte mehr über dich und deine eigenen Aktivitäten wissen. Ich bin sicher, dass sich am

Ende alles wieder einrenkt. Aber ich hielt es für richtig, dich zu warnen – da ich sowieso vorbeikommen wollte, um mich zu verabschieden –, dass mein General vielleicht wegen all dem mit deinem General in Kontakt treten wird.«

Farebrothers ruhiger, beschwichtigender Ton verfehlte es völlig, Widmerpool, der jetzt besorgter schien als je zuvor, zu besänftigen. Farebrother erhob sich. Er streckte seine Schultern und lächelte – erfreut, wie er sehr wohl sein konnte, über die Verwüstung, die das Gespräch von nur wenigen Minuten unter Widmerpools Plänen und ihrer Verwirklichung angerichtet hatte. Auf seine eigene Weise war Farebrother, wie mir später bewusst wurde, ein effizientes, ein wirklich ausnehmend effizientes Schlitzohr, wenn er etwas erreichen wollte. Widmerpool hatte den Fehler gemacht zu versuchen, in der Sache – was immer es war –, der sein Besuch bei dem GMA gegolten hatte, doppeltes Spiel mit ihm zu treiben. Er hätte sich denken können, dass Farebrother früher oder später dahinterkommen würde. Vielleicht hatte er diese Möglichkeit ignoriert und das Risiko ausgeschlossen, dass sich Farebrother einer naheliegenden formidablen Waffe bedienen würde. Wie auch immer, mit seinem charakteristischen Sinn für die Realität erfasste Widmerpool sofort, dass schnell etwas getan werden musste, wenn der Ärger, der inzwischen wahrscheinlich unvermeidbar war, in seinem Ausmaß reduziert werden sollte. Er würde keine Zeit mit Gegenbeschuldigungen verschwenden.

»Ich werde dich runter zur Tür begleiten, Sunny«, sagte er. »Ich kann diese ganze Sache meines Besuches bei dem GMA erklären. Es war in Wirklichkeit überhaupt nicht gegen dich gerichtet, obwohl ich jetzt einsehe, dass es so aussehen muss.«

Farebrother wandte sich mir zu. Er nickte kurz.

»Auf Wiedersehen, Nicholas.«

»Auf Wiedersehen, Sir.«

Sie verließen zusammen das Zimmer. Die Situation, in der Widmerpool steckte, war wahrscheinlich, nein, war fast sicher sehr unangenehm. Eines wenigstens stand fest: Wen immer er auch versucht hatte, auf den Posten des Kommandeurs der Aufklärungseinheit zu hieven, er hätte den Job genauso gut, wenn nicht besser, ausgefüllt wie jeder andere, der wahrscheinlich ernannt werden würde. Widmerpools Kandidat hätte sich – und wenn das auch nur in Widmerpools eigenem Interesse lag – in keiner Hinsicht als ungeeignet erwiesen. Wenn sich Widmerpool besonders für ihn eingesetzt hatte, war er gewiss ein erstklassiger Offizier, nicht ein persönlicher Freund, dessen Fähigkeiten soeben angemessen waren. Das musste fairerweise über Widmerpools Methoden gesagt werden, obwohl ich keinen Grund hatte, sie zu mögen. Was Farebrothers Mann, Ivo Deanery, angeht, so zeigte sich, dass auch er den Job des Kommandeurs gut ausfüllte. Er leitete das Aufklärungscorps der Division mit großem Elan bis wenige Tage vor der deutschen Kapitulation; dann wurde er in die Luft gesprengt, als er mit seinem Jeep über eine Landmine fuhr. Doch auch das nur so nebenbei. Der unmittelbar relevante Punkt war, dass Widmerpool – selbst wenn seine Intrigen nicht wirklich über das hinausgegangen waren, was man als Grenzen der Disziplin betrachten musste –, sich sehr wohl Freiheiten in dem festgelegten Bereich, der einem Offizier seines bescheidenen Ranges zugestanden war, erlaubt haben mochte, die, wenn sie ans Tageslicht kämen, von höherer Befehlsgewalt als ernsthaften Affront betrachtet werden würden. Wahrscheinlich hatte sein ursprünglicher Kontakt mit dem Generalmajor der Division einem belanglosen Streit mit Farebrother gegolten. Er hätte diesen Kontakt besser nicht arrangieren sollen, und ganz gewiss nicht hinter Farebrothers Rücken, zumal es um etwas äußerst Triviales ging. Widmerpool hatte keine Skrupel hinsichtlich eines solchen Verhaltens.

»Es ist nicht gut, zu gentlemanlike zu sein«, hatte er einmal gesagt.

Wie es weitergegangen war, lässt sich leicht erraten. Nachdem ihm aufgrund dieses Vorwands Zugang zu dem GMA gewährt worden war, hatte er die Gelegenheit genutzt und das vorliegende Thema mit Dingen verbunden, die die Aufklärungseinheit betrafen. Möglicherweise hatte der GMA sich sogar gefreut, die eine oder andere jener nützlichen privaten Informationen zu erhalten, die für solche Art von Interviews im Ärmel zu haben Widmerpool so sehr liebte. Dann, so schien es, war irgendetwas schiefgelaufen. Der GMA hatte Farebrother erlaubt herauszufinden, oder zumindest stark zu vermuten, dass Widmerpool dabei war, Schwierigkeiten für ihn auszukochen. Wie so viele Menschen, die es für gut halten, nicht »gentlemanlike« zu sein, zog Widmerpool es nicht genügend in Betracht, dass auch andere Leute diese Doktrin praktizierten. Ja, er pflegte sich bitter zu beklagen, wenn sie es taten. Farebrother bildete das Beispiel für einen Mann, der ebenfalls nicht von Skrupeln geplagt wurde. Ohne Zweifel hatte er dem GMA dargelegt, dass die von Widmerpool suggerierte Geschichte Erfundenes enthielte, das, bei Licht besehen, Spuren eines Verhaltens offenbare – wenn vielleicht auch nur jemandem, der eine allzu pingelige Auffassung davon habe, was angemessenes Handeln sei –, das wohl als impertinente Intrige eines untergeordneten Offiziers betrachtet werden müsse. So zumindest muss die Sache dem GMA erschienen sein. Er war ärgerlich geworden. Jetzt würde es, wie Farebrother gesagt hatte, einen höllischen Krach geben, und das an einem äußerst kritischen Wendepunkt in Widmerpools Karriere. Offensichtlich hatte er auf der Treppe ein längeres Gespräch mit Farebrother. Ehe er zurückkehrte, kam Greening ins Zimmer.

»Ist der SAGA da?«

»Er ist gerade die Treppe hinuntergegangen, um noch etwas mit seinem Gegenüber vom Kommando zu besprechen. Er wird jeden Moment zurück sein.«

»Seine Hoheit will Major Widmerpool sofort sehen.«

»Soll ich es ihm bestellen?«

»Ich werde warten. Seine Hoheit ist nicht sehr erfreut. Absolut sauer, genauer gesagt. Ich wag nicht, ohne meinen Mann zurückzugehen – wie bei der berittenen Territorialpolizei in Kanada.«

»Was ist passiert?«

»Keine Ahnung.«

Es sah so aus, als ob der besagte Krach jetzt losgehen würde. Greening und ich spielten eine Partie Tic-Tac-Toe miteinander. Widmerpool kam zurück. Greening übermittelte ihm seinen Befehl. Widmerpool, der bereits besorgt aussah, bekam ein leichtes Zucken im Gesicht, sagte aber nichts. Er und Greening machten sich auf zum Zimmer des Generals. In der Armee werden lange Zeitabschnitte, in denen nicht das Geringste zu geschehen scheint, immer wieder durch plötzliche, unerwartete Perioden des Umbruchs und der Veränderung unterbrochen. Das ist Tradition. Wir wurden jetzt alle in einen dieser Strudel hineingezogen. Oberst Hogbourne-Johnson war der Nächste, der das Zimmer betrat. Dies war ein seltenes Ereignis, das als den wahrscheinlichsten Schluss nahelegte, irgendeine plötzliche Wut habe ihm so sehr zugesetzt, dass es ihm unmöglich war, tatenlos zu bleiben und Widmerpool nur per Telefon in seine Gegenwart zu beordern. Er musste den Korridor heraufgestürmt sein, um zu verhindern, dass sie, ohne an jemandem ausgelassen zu werden, überkochte und ihm so vielleicht inneren Schaden zufügte. Doch das erwies sich als eine falsche Vermutung. Der Oberst war, im Gegenteil, in einer ausnehmend guten Stimmung.

»Wo ist der SAGA?«

»Beim Divisionskommandeur, Sir.«

Oberst Hogbourne-Johnson nahm auf dem Stuhl Platz, auf dem einen Moment zuvor Farebrother gesessen hatte. Dass er da blieb, war ebenso unerwartet wie seine Ankunft hier. Es konnte kein Zweifel daran bestehen, dass er über etwas besonders erfreut war. Es mochte sehr wohl sein, dass er bereits wusste, dass sich Widmerpool in Schwierigkeiten befand. Er zog an seinem kurzen, borstigen, graubraunen Schnurrbart.

»Sind Sie nicht so eine Art Schriftstellertyp im Privatleben?«

Ich bejahte, dass das der Fall sei.

»Der General hat neulich etwas Derartiges verlauten lassen.«

Nach diesem Kommentar gab Oberst Hogbourne-Johnson einen seltsamen Laut von sich, eine Art zischendes Prusten durch einen Mundwinkel, das bei dieser Gelegenheit offenbar die Unbefangenheit zum Ausdruck bringen sollte, die er in der Gegenwart der Künste empfand.

»Ich hab selbst einmal eine ziemlich gute Parodie geschrieben«, sagte er.

»Wirklich, Sir?«

»Eine Parodie auf Omar Khayyam.«

Ich bekundete respektvolles Interesse.

»Eine sehr amüsante Sache war das«, sagte er ohne falsche Bescheidenheit.

Ich wollte ihn gerade ersuchen, wenn nicht das ganze Stück, dann doch wenigstens einige wenige Strophen seines gewiss sehr hörenswerten Versuchs eines Pastiches zu rezitieren, als Widmerpools Rückkehr ein näheres Bekanntwerden mit der Muse des Obersten verhinderte.

»Ah, Kenneth«, sagte Oberst Hogbourne-Johnson in einem äußerst öligen Ton, »ich hatte gehofft, Sie würden mir einen Augenblick Ihrer kostbaren Zeit erübrigen.«

Widmerpool schien noch weniger erfreut darüber, Hogbourne-Johnson zu sehen, als er über Farebrothers Besuch gewesen war. Man konnte ihm inzwischen ansehen, wie sehr ihn all die Schläge mitgenommen hatten, die jetzt auf ihn herabregneten.

»Ja bitte, Sir?«, antwortete er tonlos.

»Mr. Diplock …«, sagte Oberst Hogbourne-Johnson. »Nein, Sie brauchen nicht zu gehen, Nicholas.«

Er saß auf dem Stuhl und schlug mit geballten Fäusten auf seine Knie und ließ sich Zeit mit dem, was er zu sagen beabsichtigte. Offensichtlich wünschte er, dass ein Zeuge zugegen sei, wenn er Widmerpool wegen der Diplock-Affäre demütigen würde. Der Gebrauch meines eigenen Vornamens ließ auf seine ausnehmend gute Laune schließen.

»Ja bitte, Sir?«, wiederholte Widmerpool.

»Ich bedauere, man wird Ihnen nachweisen, dass Sie einen großen Fehler gemacht haben, mein Sohn«, sagte Oberst Hogbourne-Johnson.

Er bellte die Worte heraus wie einen Befehl auf dem Exerzierplatz. Widmerpool schwieg.

»Den falschen Baum angepinkelt«, sagte Oberst Hogbourne-Johnson.

Widmerpool zog seine Lippen zusammen und hob die Augenbrauen. Selbst in dem Zustand der Niedergeschlagenheit, in den man ihn versetzt hatte, war er noch des Ärgers fähig.

»Sie haben eine Reihe von Anklagen gegen einen alten und verdienten Soldaten erhoben«, sagte Oberst Hogbourne-Johnson, »und dadurch viele Unannehmlichkeiten und administrative Behinderungen und viel unnötige Arbeit verursacht.«

Widmerpool setzte zu einer Antwort an, aber der Oberst schnitt ihm das Wort ab.

»Ich hatte gestern ein langes Gespräch mit Diplock«, sagte er, »und ich bin überzeugt, dass er jeden Verdacht entkräften kann. Angesichts dieser Lage habe ich ihm einen Tag Urlaub gewährt, damit er bestimmte Beweisstücke beibringen kann. Also, ich höre, dass Sie uns vielleicht verlassen werden?«

»Ich …«

Widmerpool zögerte. Dann riss er sich zusammen.

»Ja, Sir«, sagte er. »Ich werde sicher die Division verlassen.«

»Bevor Sie gehen«, sagte Oberst Hogbourne-Johnson, »halte ich es für nötig, dass Sie sich entschuldigen.«

»Ich kenne noch nicht die neuen Fakten, Sir«, sagte Widmerpool, »die ans Licht gekommen sind und angeblich so sehr das verändern, was als unwiderlegbare Anschuldigungen galt. Ich bin heute am frühen Nachmittag beim ›A und Q‹ gewesen, der mich über die Maßnahmen unterrichtete, die Sie erwähnten. Er hatte den Chef der Militärpolizei informiert, weil er glaubte, Diplock sollte unter allgemeine Aufsicht gestellt werden.«

Obwohl er das in einem ziemlich aggressiven Ton sagte, erweckte Widmerpool immer noch den Eindruck, seine Gedanken seien mit anderen Dingen beschäftigt. Ohne Zweifel war es, während sein eigenes Schicksal in der Schwebe hing, schwer für ihn, sich auf die Diplock-Affäre zu konzentrieren. Es sah so aus, als wolle Oberst Hogbourne-Johnson, wie die Katze mit der Maus, noch eine Zeitlang mit Widmerpool spielen, ehe er seine Informationen weitergab, denn anstatt mitzuteilen, was er möglicherweise wusste und was für Diplock und dessen Verhalten von Belang sein mochte, wechselte er das Thema.

»Und dann ist da noch eine andere Sache«, sagte er. »Gewisse Schritte, die in Bezug auf das Aufklärungsbataillon unternommen wurden.«

»Der General hat auch gerade über dieses Thema gesprochen«, sagte Widmerpool.

Hogbourne-Johnson war sichtlich erstaunt über diese Mitteilung. Der Ausdruck auf seinem Gesicht zeigte, dass er nichts von der Unruhe wusste, die Widmerpools Intrigen hinsichtlich der Aufklärungseinheit auf einer höheren Ebene als seiner eigenen erzeugt hatte.

»Ihnen gegenüber?«

»Ja«, sagte Widmerpool unverblümt. »Der General sagte mir, dass ein gewisser Major – jetzt natürlich Oberstleutnant – Deanery zum Kommandeur dieser Einheit ernannt worden ist.«

Wenn er gehofft hatte, im Zusammenhang mit der Aufklärungseinheit gegenüber Widmerpool punkten zu können, dann, so schien es, hatte er sich übernommen. Er errötete. Ohne Zweifel wusste er, dass Widmerpool im Trüben gefischt hatte, war jedoch nicht über das Ergebnis informiert worden. Zwar war Widmerpools Kandidat nicht zum Zuge gekommen, aber, wie sich jetzt zeigte, der des Obersten ebenfalls nicht. Dieses Faktum war ihm höchst unwillkommen. Seine ausgesprochen forsche, höhnische Selbstsicherheit wandelte sich in eine bloß alltägliche üble Laune.

»*Ivo* Deanery?«

»Ein Kavallerist.«

»Das ist er.«

»Er hat das Kommando bekommen.«

»Soso.«

Einen Moment lang hatte Oberst Hogbourne-Johnson nichts zu sagen. Er war äußerst wütend, konnte jedoch nicht gut zugeben, er habe gerade die Nachricht empfangen, dass seine eigenen geheimen Pläne, wie immer sie ausgesehen haben mochten, gescheitert waren. Dass Widmerpool, den zu schikanieren sein Kommen ja gegolten hatte, jetzt das Vehikel dieser Information war, musste ihn zusätzlich gewurmt haben. Doch sollte, von seinem Standpunkt aus gesehen, eine Sekunde später etwas noch weit Schlimmeres und auch Dramatischeres geschehen. Die Tür öffnete sich und Keef, der Chef der Militärpolizei, betrat das Zimmer. Irgendetwas hatte ihn stark erregt. Er war offensichtlich gekommen, um Widmerpool zu sprechen, und die Anwesenheit Oberst Hogbourne-Johnsons, die er nicht erwartet hatte, verblüffte ihn augenscheinlich. Ein knorriger, fuchsartiger kleiner Mann – eine wie die meisten Chefs der Militärpolizei nicht besonders angenehme Gestalt –, führte er nach allgemeiner Auffassung seine Abteilung dieser Truppe, deren Personal stets schwierig zu befehligen ist, mit Kompetenz. Jetzt zögerte er einen Augenblick, unsicher, so schien es, ob er sofort, an Ort und Stelle, die beabsichtigte Enthüllung machen oder sich lieber schnell eine Entschuldigung ausdenken und sich dann zurückziehen solle, um zu einer Zeit wiederzukommen, wenn er Widmerpool allein antreffen würde. Keef musste zu dem Schluss gekommen sein, dass die unmittelbare Verkündung einer unwillkommenen Nachricht wohl das Beste sei, denn nachdem er sich fast zu einer Habachtstellung aufgerichtet hatte, wandte er sich an Oberst Hogbourne-Johnson, so als ob dieser derjenige sei, den er von Anfang an habe sprechen wollen. Der Grund für sein momentanes Zögern zeigte sich nur allzu bald.

»Entschuldigen Sie bitte, Sir.«

»Ja?«

»Eine ernsthafte Angelegenheit ist mir gerade über das Telefon mitgeteilt worden, Sir.«

»Also, worum handelt es sich?«

»Diplock ist desertiert, Sir.«

Diese Nachricht kam so unerwartet, dass Oberst Hogbourne-Johnson, bereits ausreichend provoziert durch die Ernennung Ivo Deanerys zum Kommandeur der Aufklärungseinheit, zunächst keine Worte finden konnte, um anzuzeigen, dass er voll erfasste, was Keef zu berichten hatte. Das schreckliche Schweigen, das jetzt folgte, muss an Keefs Nerven gezerrt haben. Immer noch fast in Habachtstellung stehend, war er es, der zuerst etwas sagte.

»Es ist gerade durchgekommen, Sir«, wiederholte er. »Der ›A und Q‹ hatte den Befehl herausgegeben, ein Auge auf ihn zu halten, aber der kam zu spät. Man weiß, dass der Mann seinen Weg über die Grenze genommen hat. Er befindet sich inzwischen auf neutralem Territorium.«

Diplock vertraut zu haben, zu ihm gestanden zu haben, als man ihn der Unterschlagung beschuldigte, war, soweit ich Oberst Hogbourne-Johnson aus eigener Erfahrung kannte, die einzige Geste gewesen, mit der er je so etwas wie Generosität bewiesen hatte. Das sagt jetzt natürlich jemand, der ihn so gut wie gar nicht kannte. In seinem Privatleben mag er sehr wohl Qualitäten zur Schau gestellt haben, die meiner kurzen Beobachtung seines professionellen Verhaltens verborgen blieben. Selbst wenn das nicht so war, wenn er sich gegenüber seinen Freunden und seiner Familie so wenig liebenswürdig verhielt wie gegenüber seinen Kameraden in der Armee, selbst wenn seine Haltung im Zusammenhang mit Diplock von Egoismus, Vorurteil und Sturheit diktiert gewesen war, es blieb ein Faktum, dass er an Diplock geglaubt, ihm vertraut hatte. Er hatte zum Beispiel Widmerpool zur Ordnung gerufen, als dieser seinen Bürovorsteher ein altes Weib genannt hatte, einfach nur aus Respekt vor der Tatsache, dass Diplock Jahre zuvor mit der Militärmedaille ausgezeichnet worden war. Nun war er ganz außerordentlich enttäuscht worden. So ganz hatte er diese Klimax nicht verdient. Auch Widmerpool hatte falschgelegen. Diplock mochte vielleicht ein altes Weib gewesen sein, als er die Armeeformulare manipulierte; als es darum ging, den Folgen zu entkommen, war er es nicht. Doch das war eine andere Sache. Oberst Hogbourne-Johnson war es, der betrogen worden war. Möglicherweise fühlte er selbst das auch. Er erhob sich von seinem Stuhl und fegte dabei einige Papiere von dem Dokumentenstapel auf Widmerpools Schreibtisch zu Boden. Mit einer kurzen Kopfbewegung zu Keef hin, die diesem anzeigte, dass er ihm folgen solle, verließ er das Zimmer. Man konnte das dumpfe Stampfen ihrer Stiefel hören, während sie die teppichlosen Korridore hinunterschritten. Widmerpool schloss die Tür hinter ihnen. Dann hielt er an und hob mühsam mehrere ›Beweisaufnahmen‹ vom Fußboden auf. Die Besorgnis um seine eigene Zukunft war offenkundig zu gravierend, um ihm so etwas wie Befriedigung über die missliche Lage, in der Hogbourne-Johnson sich befand, zu erlauben. Ja, ich hatte Widmerpool seit jenem lange vergangenen Tag, an dem er zugegeben hatte, Gypsy Jones' »Operation« bezahlt zu haben, nicht mehr so bestürzt, so erfüllt von äußerster Verzweiflung gesehen.

»Es hat einen teuflischen Krach gegeben«, sagte er.

»Was ist passiert?«

»Der General war fuchsteufelswild.«

»Über das, was Sunny Farebrother sagte?«

»Der verdammte GMA hat ihm ein völlig falsches Bild von dem vermittelt, was ich gesagt hatte.«

»Worauf wird es hinauslaufen?«

»General Liddament sagt, er wird weitere Untersuchungen anstellen. Wenn er überzeugt ist, dass ich mich in einer Weise verhalten habe, die er missbilligt, wird er mich nicht in seinem Stab behalten. Natürlich ist mir das egal, da ich ja ohnehin weggehe. Was mir Sorgen bereitet, ist, dass er auf den Gedanken kommen könnte, meine Chancen auf den viel besseren Job zu ruinieren, wenn er davon offizielle Mitteilung erhält. Er schien vergessen zu haben, dass das in der Luft lag.«

»Weiß er, dass Hogbourne-Johnson in dieser Sache auch seine Hände im Spiel hatte?«

»Natürlich nicht. Hogbourne-Johnson wird es jetzt schaffen, seine Spuren zu verwischen.«

»Und Diplock?«

»Ach ja, Diplock«, sagte Widmerpool. Seine Stimmung hellte sich ein wenig auf. »Diplock hatte ich ganz vergessen. Also, es war genau so, wie ich gesagt habe, obwohl ich nie gedacht hätte, dass er so weit gehen und desertieren würde. Vielleicht wäre er nie desertiert, wenn die Grenze nicht in so günstiger Nähe gewesen wäre. Das ist alles sehr besorgniserregend. Dennoch, wir müssen jetzt noch ein bisschen arbeiten. Was liegt an?«

»Der Antrag, Mantles Namen auf die Vorschlagsliste zur Beförderung zum Offizier zu setzen, ist wieder eingereicht worden.«

Widmerpool dachte einen Moment lang nach.

»Gut«, sagte er, »wir werden Hogbourne-Johnson umgehen und den Antrag befürworten.«

Er nahm mir das Papier ab.

»Und Stringham?«

»Was ist mit ihm?«

»Wenn die Feldwäscherei, wie du glaubst, in den Fernen Osten geschickt wird ...«

»Ach, zum Teufel mit Stringham«, sagte Widmerpool. Seine Stimmung hatte sich plötzlich wieder verschlechtert. »Warum machst du immer so einen Aufstand um Stringham. Wenn er nicht ins Ausland gehen will, kann er das wahrscheinlich aufgrund seines Alters auch erreichen. Das ist seine Sache.

In dem Zusammenhang fällt mir ein, dass der Offizier, der Bithel als Kommandeur der Feldwäscherei ersetzen soll, sich in etwa einer Stunde hier melden wird. Ich werd ihn selbst herumführen und ihm vorläufige Instruktionen erteilen. Später werde ich ihm dann eine detailliertere Einweisung geben. Sein Name ist Cheesman.«

Es passierte nichts Besonderes mehr an diesem Nachmittag. Widmerpool stieß einige Seufzer aus, sprach aber nicht weiter über seine eigene missliche Lage. Wie er selbst gesagt hatte, es war nichts mehr zu ändern. Er konnte nur abwarten, wie sich die Dinge entwickeln würden. Niemand wusste besser als Widmerpool, dass in der Armee alles möglich war. Er mochte sehr wohl unbeschadet davonkommen. Andererseits konnte er leicht auf einen statischen Posten in Westafrika oder sonst irgendwo weit weg versetzt werden, der kaum zu der Art von Beförderung führen würde, auf die er gegenwärtig seine Hoffnungen setzte. Als Cheesman später zu uns stieß, wurde mir unmittelbar deutlich, dass die Feldwäscherei, wenn sie ins Ausland ging, es mit einem ganz anderen Kommandeur als Bithel zu tun haben würde.

»Es tut mir leid, dass ich nicht ganz so pünktlich bin, wie ich beabsichtigte, Sir«, sagte er, »aber es kommt mir sehr darauf an, sobald wie möglich mit der Arbeit zu beginnen.«

Cheesman erzählte mir später, dass er neununddreißig Jahre alt sei. Aber er sah völlig alterslos aus. Ergrauendes Haar und eine Drahtgestellbrille passten zu seiner präzisen, leicht streitsüchtigen Art zu sprechen, in der er auch nicht der geringsten Spur eines Armeetons erlaubt hatte, den unauslöschlich zivilen Akzent zu verwässern. Ja, er sprach, als ob er gerade von einer Firma in der Nachbarschaft gekommen sei, um ein Geschäft mit uns abzuwickeln. Er behandelte Widmerpool respektvoll, so wie sich ein bloßer Vertreter einem Geschäftsführer gegenüber verhält, aber es schlich sich dabei nichts ein, das auch nur im Geringsten militärisch war. Widmerpool konnte manchmal ähnlich auftreten, aber er war auch stolz auf seine eigene Forschheit als Stabsoffizier, und offensichtlich mochte er Cheesman nicht besonders. Doch hatten ihn Berichte, die er, woher auch immer, über Cheesmans Fähigkeiten erhalten hatte, offensichtlich davon überzeugt, dass dieser den Job effizient erledigen werde. Nachdem sie ein paar Sätze hinsichtlich der Übernahme der Wäscherei gewechselt hatten, befahl er mir, die Rolle des Führers zu spielen, nachdem Cheesmans Gepäck zur G-Messe hinübergebracht worden sei. Ohne Zweifel war Widmerpool unter den vorherrschenden Umständen froh, eine Zeitlang allein gelassen zu werden und über seine Lage nachdenken zu können.

»Ich werde morgen mit Ihnen sprechen, Cheesman«, sagte er, »wenn Sie im Hinblick auf die Verlegung eine bessere Vorstellung von dem Personal und der Ausrüstung der Wäscherei haben.«

»Ich freue mich darauf, mich umsehen zu können, Sir«, sagte Cheesman.

Er und ich machten uns auf den Weg zu den Außenbezirken des Quartierbereichs, wo die Feldwäscherei während ihrer Zeiten beim Hauptquartier unterbracht war. Cheesman sagte mir, er sei im Zivilleben Steuerberater. Er habe hin und wieder viel mit Kunden zu tun gehabt, die Reinigungen unterhielten, und, nachdem er Offizier geworden sei, sich entsprechend um das Kommando einer Feldwäscherei beworben.

»Die schienen überrascht zu sein, dass ich dahin wollte«, sagte er. »Für mich war das nur logisch. Der kommandierende Offizier meiner Ausbildungseinheit für Offiziere hat sich schiefgelacht. Das hat er immer gemacht, wenn ich mit ihm sprach. Er war auch der Meinung, dass ich zu alt für einen Fähnrich der Infanterie sei, und wollte, dass ich zum Zahlmeistercorps gehen oder mich zum Nachrichtenoffizier ausbilden lassen solle, aber schließlich haben sie mir eine Wäscherei gegeben. Ich hoffte, Soldaten zu befehligen. Ich wurde hierherversetzt, weil man anscheinend meine Arbeit für gut hielt. Ich fühlte mich geschmeichelt.«

»In Ablett haben Sie einen erstklassigen Feldwebel.«

»Das ist gut zu hören. Mein letzter war nicht immer allzu verlässlich.«

Feldwebel Ablett wartete schon auf uns. Wie Bithel in seinem betrunkenen Delirium behauptet hatte, fügte jener seinen Fähigkeiten eines ungewöhnlich effizienten Feldwebels auch solche hinzu, die für seine Auftritte als der führende Komiker bei Unterhaltungsveranstaltungen der Division notwendig waren, auf denen er lange vergessene Lieder zu singen, vorsintflutliche Witze zu erzählen und, nur seine Unterwäsche tragend, ungeniert über die Bühne zu tanzen pflegte. Abletts Nummer war stets die beliebteste. Jetzt aber hatte er dieses Talent für das Vaudeville unterdrückt und stattdessen die nüchterne, ausgesprochen strenge Haltung eines alten Soldaten angenommen, dessen glattrasierte Oberlippe und schwächstmögliches Wuchern eines Backenbarts vielleicht mit Absicht an einen Veteran der Kampagnen Wellingtons erinnerten. Ich stellte Ablett Cheesman vor. Mir kam der Gedanke, dass dies eine gute Gelegenheit sei zu versuchen, mit Stringham zu reden.

»Es gibt einen Mann in Ihrer Einheit, mit dem ich gerne sprechen möchte. Kann ich das tun, während der Feldwebel Sie herumführt?«

»Aber sicher doch«, sagte Cheesman. »Eine persönliche Sache?«

»Er ist ein Mann, den ich vom Zivilleben her kenne.«

Cheesman war die Art von Mensch, der man diese Information anvertrauen konnte. Außerdem: Die Einheit würde bald verlegt werden. Feldwebel Ablett rief einen Unteroffizier herbei. Ich überließ es Cheesman, sich selbst zurechtzufinden, und machte mich mit dem Unteroffizier auf die Suche nach Stringham.

»Zuletzt hab ich Stringy gesehen, wie er in seinem Zimmer in der Kaserne auf seinem Bett lag«, sagte der Unteroffizier, ein freundlicher Mann mit einer Knollennase, der militärische Formalitäten offensichtlich nicht allzu ernst nahm.

Er verschwand durch eine Tür. Ich wartete in einer Art Hof, wo die Feldwäscherei ihre absonderlichen Fahrzeuge geparkt hatte. Einige Minuten später kam der Unteroffizier zurück. Stringham folgte ihm. Er sah aus, als habe die unerwartete Aufforderung herauszukommen ihm ein unbehagliches Gefühl vermittelt. Er trug keine Mütze. Als er mich sah, hellte sein Gesicht sich auf. Er nahm Haltung an.

»Danke, Unteroffizier.«

»Keine Ursache, Sir.«

Der knollennasige Unteroffizier verschwand.

»Du hast mir einen ganz schönen Schrecken eingejagt, Nick«, sagte Stringham. »Ich lag auf meinem Bett und sann über Tuffy nach, und was für ein seltsames altes Mädchen sie doch ist. Ich las gerade Browning, und das lässt mich immer an sie denken. Browning ist ihr Lieblingsdichter. Hab ich dir das schon gesagt? Natürlich hab ich das, ich bin hoffnungslos vergesslich geworden. Er macht mich immer ziemlich schreckhaft, wenn ich ihn lese. Deshalb hab ich das Flattern gekriegt, als Unteroffizier Treadwell sagte, ein Offizier verlange nach mir.«

»Ich hab gerade euern neuen Mann hergebracht, den Ersatz für Bithel.«

»Der arme Bith. Das war ein außerordentlicher Abend, gestern. Was ist mit ihm passiert?«

»Widmerpool hat ihn rausgeschmissen.«

»Guter Gott. Vielleicht auch ganz gut so, vom Standpunkt der Armee aus gesehen. Aber ich werd ihn vermissen. Wie ist der Neue so?«

»Er heißt Cheesman. Du wirst wohl gut mit ihm zurechtkommen, wenn du bei ihm bleibst.«

»Warum sollte ich nicht bei ihm bleiben? Ich bin inzwischen mit der Wäscherei verheiratet. Ich weiß jetzt endlich, was *esprit de corps* bedeutet, etwas, das mir bis jetzt kläglich abging.«

»Über all das möchte ich gerne mit dir reden.«

»Esprit de corps?«

»Können wir nicht ein paar Minuten spazierengehen, während Cheesman mit eurem Feldwebel zu tun hat?«

»Ablett ist auch jemand, den ich besonders mag«, sagte Stringham. »Ich versuche, mir einige seiner Witze für die Abendgesellschaften nach dem Krieg einzuprägen, falls ich je wieder dazu eingeladen werde, ja, falls sie überhaupt wieder gegeben werden *après la guerre.* Abletts Witze haben so etwas absolut authentisch Spätneunzehntesjahrhunderthaftes an sich, das einen mit Selbstvertrauen erfüllt. Warte einen Augenblick, ich hole eben eine Mütze.«

Als er zurückkehrte, trug er ein Schiffchen und hielt ein kleines, zerfleddertes Buch in der Hand. Wir gingen langsam eine endlose, leere, von kleinen roten Backsteinhäusern gesäumte Straße entlang. Das Wetter war, ungewöhnlicherweise, warm und sonnig. Stringham hielt das Buch hoch.

»Ehe wir uns trennen, Nick«, sagte er, »muss ich dir etwas vorlesen, das ich hier gefunden habe. Ich kann mir nicht so recht erklären, was das alles heißt, aber etwas davon ist für das Armeeleben offensichtlich von Belang.«

»Charles, du musst jetzt schnell zu einer Entscheidung kommen. Die Feldwäscherei soll bald verlegt werden.«

»Das haben wir auch gehört.«

»Es gibt solche Gerüchte?«

»Diese Dinge weiß man immer zuerst in den unteren Rängen. Das ist einer ihrer Vorteile. Wo soll es hingehen?«

»Das ist natürlich noch ein Geheimnis, aber Widmerpool glaubt – ob's stimmt oder nicht –, dass das Ziel wahrscheinlich der Ferne Osten ist.«

»Auch das haben wir schon gehört.«

»Dann wisst ihr genauso viel wie ich.«

»So scheint es wohl. Natürlich, die Geheimhaltung funktioniert vielleicht so gut, dass es sich am Ende in Wirklichkeit um Island handelt. Es passieren dauernd solche Sachen.«

»Das Entscheidende ist, du könntest wahrscheinlich – mit Sicherheit – da herauskommen und auf Grund deines Alters und deiner medizinischen Kategorie nicht ins Ausland geschickt werden.«

»Ich stimme dir zu, ich bin älter als die Felsen, inmitten derer ich sitze, und ich bin unendlich häufiger gestorben als der Vampir. Aber dennoch, ich möchte ihn doch gerne sehen, den zauberhaften Osten, und selbst die isländischen Geysire, wenn die es denn sein sollen.«

»Du willst es also durchziehen?«

»Ohne jeden Zweifel.«

»Ich dachte nur, ich sollte dir weitergeben, was gesagt wird – strikt gegen alle Regeln.«

»Es wird auch keiner etwas von mir hören. Darauf kannst du dich verlassen. Ich vermute, Widmerpool hat das kommen sehen?«

»Das denke ich auch.«

»Und der ganze Altruismus hinsichtlich der F-Messe hatte nur das Ziel, dass ich versetzt würde.«

»So war es wohl.«

»Er hätte mir keinen größeren Gefallen tun können«, sagte Stringham. »Der alte Knabe ist ein wundervolles Beispiel für einen der Aspekte der Passage, die ich dir vorlesen möchte. Wie alles, das irgendetwas taugt, hat sie zwanzig verschiedene Bedeutungen.«

Er blieb stehen und blätterte in dem Buch, das er mitgebracht hatte. Wir standen neben einer Briefkastensäule. Als er die Stelle gefunden hatte, begann er laut zu lesen:

»Ich schloss die Augen, wandt' sie auf mein Herz.
Wie der, der ruft nach Wein, bevor er kämpft,
Verlangt' ich einen Zug von früh'rer, glücklicherer Sicht,
Eh' ich, gestärkt, die Hoffnung hatt' zu tuen meine Pflicht.
Zu denken erst, zu kämpfen dann – die Kunst des Soldaten;
Ein Schluck der alten Zeit renkt alles wieder ein.«

»Ritter Roland zu dem Dunklen Turm kam?«

»Ritter Stringham – in diesem Fall.«

»Ich weiß nie so recht, wie ich über Browning denken soll.«

»Ich hab immer den Eindruck, er schreibt über Leute, die sehr teure Kostüme tragen. Wie auch immer, er hat 'ne Menge zu sagen. Nicht dass ich auch nur die geringsten nostalgischen Gefühle für frühere, glücklichere Sichten hegte. Ich könnte aus dem Stegreif auch gar nicht viele aufzählen. ›Zu denken erst, zu kämpfen dann‹ ist die gute Stelle.«

»Wir wollen hoffen, dass sich das Oberkommando diese Worte zu Herzen genommen hat.«

»Seltsam, dass Browning wusste, wie wichtig das ist.«

»Vielleicht hätte er ein General sein sollen.«

»Das sollte von allen Rängen beachtet werden. Es könnte einen Tagesbefehl zu diesem Thema geben. Kann Widmerpool das nicht arrangieren?«

»Widmerpool verlässt auch das Divisionshauptquartier.«

»Wird er zum Oberst befördert?«

»Der Divisionskommandeur könnte ihm das vielleicht versauen. Er ist auf einige von Widmerpools Intrigen gestoßen und fand das gar nicht gut. Aber Widmerpool wird auf jeden Fall gehen.«

»Wie außerordentlich dramatisch.«

»Nicht wahr?«

»Was wird dann mit dir passieren?«

»Weiß der Himmel. Das IAZ, kann ich mir vorstellen. Sieh mal, Charles, ich werd bald zu Cheesman zurückmüssen, aber ich muss dir noch von der höllischen Sache erzählen, die neulich während meines Urlaubs passiert ist.«

Ich berichtete ihm von der Bombardierung des Madrid und des Hauses der Jeavons.

»Das Madrid, sieh einmal an. Ich bin mal mit Peggy da gewesen, in den frühen Tagen unserer Ehe. Der Abend war die Eiszeit selbst. Und dann das Haus, in dessen oberstem Stockwerk ich mal gewohnt habe, zusammen mit Tuffy, die sich um mich gekümmert hat – wo ich gelernt hab, nüchtern zu sein. Wo Tuffy immer Browning las. Es ist jetzt in Schutt und Asche?«

»Überhaupt nicht. Die Fassade des Hauses sieht genauso aus wie früher.«

»Die arme Lady Molly – sie hätte auf Dogdene bleiben und diesen Job tun sollen.«

»Viel zu ruhig für sie.«

»Ach, und der arme Ted. Was in aller Welt wird er jetzt mit sich anfangen? Ich hab mich früher hin und wieder gerne zusammen mit Ted in eine Kneipe weggeschlichen.«

»Er lebt so wie vorher auch. Er kampiert in dem Haus und macht weiter als Luftschutzwart.«

»Deine Schwägerin Priscilla ist mir hauptsächlich als eine Frau in Erinnerung, die mit einem Musiker angebändelt hatte, für den meine Mutter einmal einen ganz außerordentlichen Empfang gegeben hat. Warst du nicht auch da, Nick? Ich verbinde diesen Abend mit einer seltsamen kleinen Frau, die mit Rüschen bedeckt war wie die Schäferin Bo-Peep. Ich hab sie so ein bisschen angemacht.«

»Sie hieß Mrs. Maclintick. Sie lebt jetzt mit dem Musiker zusammen, für den deine Mutter den Empfang gegeben hat – Hugh Moreland.«

»Moreland, das war der Name. Sie lebt jetzt mit ihm zusammen, wirklich? Welche laxe Moral die Leute doch heutzutage haben. Der Krieg, vermute ich. Ich tue mein Bestes, um ein gutes Beispiel zu geben, aber niemand folgt mir und meinem mönchischen Zölibat. Das war ein seltsamer Abend. Tuffy kam, um mich nach Hause zu fahren. Ich kann mich jetzt ziemlich deutlich daran erinnern, obwohl ich viel zu viel getrunken hatte. Das ist so ein Schluck der alten Zeit, wenn es je einen gegeben hat. Macht dich bereit, gegen jeden zu kämpfen.«

»Charles, ich muss jetzt zurück zu Cheesman. Du bist absolut entschlossen, bei der Feldwäscherei zu bleiben, komme was wolle?«

»*Quis separabit?* – so heißt es bei der Irischen Garde, nicht wahr? Die Feldwäscherei hat den gleichen Leitspruch.«

»Gehst du jetzt zurück zu deinem Quartier?«

»Ich glaube, ich mache noch einen kleinen Spaziergang. Ich hab im Augenblick genug von Gedichten. Gedichte regen mich immer ziemlich auf. Ich denke, ich werde sie aufgeben müssen – wie das Trinken. Ein kurzer Spaziergang wird mir guttun. Ich hab dienstfrei bis um neun Uhr.«

»Auf Wiedersehen, Charles – falls wir uns nicht mehr sehen sollten, bevor die Wäscherei verlegt wird.«

»Auf Wiedersehen, Nick.«

Er lächelte und nickte. Dann ging er die Straße hinauf. Er erweckte den Eindruck, als habe er seine Verbindung zu allem, was man alltägliches Leben, sei es nun in der Armee oder sonst wo, nennen könnte, völlig gekappt. Ich kehrte zu Cheesman und Feldwebel Ablett zurück. Sie schienen gut miteinander ausgekommen zu sein und diskutierten noch heftig über Fahrzeugwartung.

»Haben Sie den Mann gefunden, Sir?«, fragte der Feldwebel.

»Ich hab mit ihm gesprochen. Kannte ihn vom Zivilleben her.«

»Dachte ich mir schon, Sir. Er hätte bei den Unterhaltungsveranstaltungen nützlich sein können. Aber wie es jetzt aussieht, wird es keine mehr geben, wenn wir verlegt werden.«

»Ich glaube, Sie werden überall eine Show auf die Bühne bringen, wo auch immer Sie sind. Wir werden beim nächsten Mal Ihren Stepptanz in Unterhosen vermissen, Feldwebel.«

»Das war immer eine beliebte Nummer«, sagte Feldwebel Ablett ohne falsche Bescheidenheit.

Ich führte Cheesman zurück zur G-Messe. Seine Sanftmut hielt ihn nicht davon ab, sich mit mir über jedes Thema, das aufkam, zu streiten.

»So denken Sie darüber«, sagte er mehr als einmal, »aber es gibt auch noch einen völlig anderen Blickwinkel.«

Diese Entschiedenheit würde beim Führen der Wäscherei

nützlich sein, die, wie jede kleine, mehr oder weniger unabhängige Einheit, Druck von allen möglichen Seiten ausgesetzt war.

»Warten Sie einen Moment«, sagte er, »ich möchte mir Ihren Namen, den des Feldwebels und den des SAGA notieren.«

Er öffnete die beiden oberen Knöpfe der Feldjacke seiner Dienstuniform und kramte nach seinem Notizbuch. Diese Bewegung zeigte, dass er unter der Feldjacke eine khakifarbene Weste trug, die wie die eines zivilen Anzugs geschnitten war. Ich sagte ihm, ich sei erstaunt, dass er dieses Kleidungsstück, das aus dem gleichen Material war wie sie, zusammen mit der Uniform trage.

»Sie sind nicht der Erste, der das sagt«, antwortete Cheesman, ohne zu lächeln. »Ich weiß nicht, warum.«

»In der Regel sieht man einfach keine Weste.«

»Ich habe bisher immer eine getragen. Warum sollte ich das jetzt nicht mehr tun, nur weil ich in der Armee bin?«

»Dafür gibt es überhaupt keinen Grund.«

»Selbst der Schneider schien überrascht. Er sagte: ›Wir liefern normalerweise keine Westen mit Dienstuniformen, Sir.‹«

»Es ist sowieso ein Krieg der Schneider.

»Was meinen Sie damit?«

»Das ist, was die Leute so sagen.«

»Warum?«

»Weiß der Himmel.«

Cheesman guckte mich fragend an, verfolgte die Sache aber nicht weiter.

»Ich sehe Sie morgen beim Kirchgang.«

Eine meiner Aufgaben am Sonntagmorgen bestand stets darin, den Verteidigungszug zum Appell zu bringen, wo er sich mit der Militärpolizei und verschiedenen anderen Einheiten, die zusammen mit ihm das Divisionshauptquartier bildeten, versammelte. Dieser Appell hatte durchaus seine Schwierigkeiten, denn die Rotmützen, von denen die meisten ehemalige Gardesoldaten waren, marschierten in einem eher lässigeren Tempo als die Linieneinheiten, von denen einige, etwa die Leichte Infanterie oder die Füsiliere, sich dagegen ausgesprochen forsch bewegten. Oberst Hogbourne-Johnson, dessen Sympathien natürlicherweise der Leichten Infanterie galten, schimpfte stets über den Mangel an Einheitlichkeit bei den Marschkolonnen. An diesem Tag aber lief alles glatt ab. Nachdem diese Soldaten hatten wieder abtreten dürfen, machte ich mich auf den Weg zum Büro des SAGA, um zu sehen, ob es etwas gab, das noch vor Montag behandelt werden musste. Zufälligerweise hatte ich nach dem Kirchgang mit keinem der anderen Offiziere gesprochen. Widmerpool war nicht in seinem Zimmer, und er hatte auch nicht am Gottesdienst teilgenommen. Es war nicht ungewöhnlich, dass er den Sonntagmorgen mit Arbeit verbrachte, um früh das, was er zu tun gedachte, erledigen und dann zur Messe zurückkehren zu können. Fast im gleichen Augenblick, in dem ich dort ankam, klingelte das Telefon.

»Büro des SAGA – Jenkins.«

»Hier ist der ›A und Q‹. Ist der SAGA da?«

»Nein, Sir.«

»Ist er heute Morgen in seinem Büro gewesen?«

»Nicht, seitdem ich nach dem Kirchgang hierherkam, Sir.«

Oberst Pedlar klang sehr erregt, ob freudig oder wütend, war schwer zu sagen.

»War der Stabsarzt in der Kirche?«

»Ja, Sir.«

Ich hatte bemerkt, dass Macfie einige Bänke vor mir saß.

»Ich kann niemanden in seinem Zimmer erreichen. Sagen Sie dem Mann in der Vermittlung, er soll versuchen, Major Widmerpool und Major Macfie ausfindig zu machen und zu mir zu schicken – und kommen Sie selbst auch hierher.«

»Ja, Sir.«

Oberst Pedlar ging in seinem Zimmer auf und ab.

»Haben Sie ihnen gesagt, sie sollen den Stabsarzt ausfindig machen?«

»Ja, Sir.«

»Wir können nicht viel tun, bevor er kommt. Es ist etwas sehr Bedauerliches geschehen. Eine Tragödie, genauer gesagt. Äußerst unangenehm.«

»Ja, Sir?«

»Tatsache ist, der Sportoffizier hat sich im Cricketpavillon erhängt.«

»In der Hütte an dem Sportfeld, Sir?«

»Genau. Die, von der der Schlüssel verlorengegangen war.«

Oberst Pedlar ging weiter in seinem Büro auf und ab.

»Man kann nicht viel tun, bevor der SAGA und der Stabsarzt kommen«, sagte er.

»Wann hat man das entdeckt, Sir?«

»Vor ganz kurzer Zeit – durch einen Zivilisten, der ein paar Bänke aus der Hütte holen musste.«

Oberst Pedlar blieb einen Moment lang stehen. Das Sprechen schien ihm Erleichterung verschafft zu haben. Dann setzte er seinen Gang fort.

»Was halten Sie von dieser Neuigkeit?«, fragte er.

»Also, das ist ganz fürchterlich, Sir. Biggs war in meiner Messe ...«

»Ach, ich meine nicht Biggs«, sagte er. »Haben Sie heute Morgen noch nicht Zeitung gelesen oder Radio gehört? Deutschland ist in Russland einmarschiert.«

Ein unmittelbares, überwältigendes, fast mystisches Gefühl der Erleichterung nahm in mir Gestalt an. Ich war mir plötzlich sicher, dass sich alles zum Guten wenden würde. Dieses Gefühl hatte nichts zu tun mit irgendwelchen, und sei es auch nur den oberflächlichsten, Überlegungen hinsichtlich der strategischen Implikationen dieses Ereignisses.

»Ich gebe den Russen drei Wochen«, sagte Oberst Pedlar. »Wenn Sie nicht gehört haben, dass die deutsche Armee Russland angegriffen hat, dann wissen Sie wahrscheinlich auch nicht, dass General Liddament den Befehl über ein Corps erhalten hat.«

»Nein, Sir.«

»Er hat uns heute Morgen verlassen, um es sofort zu übernehmen.«

Ich hatte Oberst Pedlar bisher noch nie so gesprächig erlebt. Er versuchte offensichtlich, durch die Mitteilung all dieser Informationen seine Gedanken von Biggs abzulenken, während er so durch das Zimmer wanderte.

»Und wir werden auch unseren SAGA verlieren.«

»Ich hatte schon gehört, dass er vielleicht weggehen würde, Sir.«

»Obwohl die Versetzung noch nicht offiziell ist.«

»Nein, Sir.«

Oberst Pedlar hörte damit auf, im Zimmer hin und her zu gehen, und setzte sich auf seinen Stuhl. Er legte seine Hand an den Kopf.

»Da war noch etwas, über das ich mit Ihnen sprechen wollte«, sagte er. »Was war das noch gleich?«

Ich wartete. Der Oberst begann, in den Papieren auf seinem Schreibtisch herumzusuchen. Sein Gesicht erinnerte mich mehr denn je an einen Hund, der nach einer verlorenen Fährte schnüffelt. Plötzlich hatte er sie entdeckt. Er hielt ein Blatt Papier in der Hand.

»Ah ja«, sagte er. »Über Ihre Weiterverwendung.«

»Ja, Sir?«

»Sie sollten zum IAZ gehen.«

»Ja, Sir.«

»Aber ich hab gerade das hier erhalten. Es sollte natürlich über den SAGA gehen, aber da Sie nun mal hier sind, können Sie es auch gleich sehen.«

Er händigte mir eine durch Fernschreiber übermittelte Nachricht aus. Sie zitierte meinen Namen, meinen Rang und meine Nummer und instruierte mich, dass ich mich in der folgenden Woche in einem Zimmer, die Nummer wurde ebenfalls genannt, im Kriegsministerium zu melden hätte.

»Ich weiß nichts über diese Sache«, sagte Oberst Pedlar.

»Ich auch nicht, Sir.«

»Jedenfalls ist damit das Problem gelöst, was mit Ihnen geschehen soll.«

»Ja, Sir.«

In diesem Augenblick betraten Widmerpool und Macfie das Zimmer. Macfie sah so mürrisch aus wie eh und je, womöglich sogar noch mürrischer, aber Widmerpools Gesicht verriet, dass er die Nachricht von der Beförderung des Generals und seinem Weggang schon bekommen hatte. Auch sein Verhalten Oberst Pedlar gegenüber ließ das erkennen, als dieser begann, die Umstände des Selbstmords zu erläutern.

»Ich glaub nicht, dass Jenkins hierbleiben muss, oder?«, fragte er in einem brüsken Ton.

»Ich glaube kaum, dass er das muss«, sagte Pedlar. »Sie können jetzt wohl gehen. Vergessen Sie nicht, hinsichtlich der Botschaft, die ich Ihnen weitergereicht habe, das Nötige zu tun.«

Ich ging zurück zu F-Messe. Soper sprach gerade mit Keef über das, was geschehen war. Mit seinen schweren, affenartigen Augenbrauen, jetzt in großer Erregung zusammengezogen, sah er mehr denn je wie ein professioneller Komiker aus.

»Eine schöne Bescherung«, sagte er. »Hätte nie gedacht, dass Biggy so was tun würde. Ausgerechnet im Cricketpavillon, wo er doch dieses Spiel so liebte. Der Ärger wegen dieses Schlüssels, das war es. Mehr noch als diese Sache mit seiner Frau, meiner Meinung nach. Wird nicht mehr so wie früher sein hier, ohne sein Nörgeln über das Essen jeden Tag.«

Das war die gleiche Woche, in der das Flugzeug abgeschossen wurde, in dem sich Barnby auf Erkundungsflug befand, um über die Tarnungen des Feindes berichten zu können.

NEUÜBERSETZUNGEN

H. G. Wells, Der Krieg der Welten

James Baldwin, Von dieser Welt

Jack London, Martin Eden

Pearl S. Buck, Die Welt voller Wunder

Henry James, Daisy Miller

F. Scott Fitzgerald, Der große Gatsby

ALLE LIEFERBAREN TITEL, INFORMATIONEN UND SPECIALS
FINDEN SIE ONLINE

www.dtv.de dtv

WILLKOMMEN BEI DEN CAZALETS!

Eine Familie, zwei Jahrzehnte,
drei Generationen, vier Geschwister –
eine Serie, die süchtig macht!

BESUCHEN SIE UNSER ONLINE-SPECIAL:
www.dtv.de/cazalet

Auch als **eBook**

www.dtv.de dtv

Very british –
Jane Gardams hinreißende
Bestseller-Triologie

ALLE LIEFERBAREN TITEL, INFORMATIONEN UND SPECIALS
FINDEN SIE ONLINE

www.dtv.de dtv